Pepita Jiménez

Clásica
Narrativa

JUAN VALERA

PEPITA JIMÉNEZ

Introducción de Andrés Amorós

AUSTRAL

ESPASA

Esta edición dispone de recursos pedagógicos en www.planetalector.com

© por la introducción, Andrés Amorós
© Espasa Libros, S. L. U., 2011
    Avinguda Diagonal, 662. 6.ª planta. 08034 Barcelona (España)
    www.espasa.com
    www.planetadelibros.com

Diseño de la colección: Compañía
Primera edición: 7-III-1986
Decimaoctava edición:
    Primera en esta presentación: febrero de 2011
    Segunda impresión: noviembre de 2014
    Tercera impresión: noviembre de 2016
    Cuarta impresión: abril de 2018
    Quinta impresión: mayo de 2020

Depósito legal: B. 7.799-2011
ISBN: 978-84-670-3660-2
Impresión y encuadernación: QP PRINT
Printed in Spain - Impreso en España

Biografía

Juan Valera (Cabra, 1824 - Madrid, 1905), de familia noble, cursó estudios universitarios en Granada y Madrid. Trabajó en el servicio diplomático con el duque de Rivas, viajó a Portugal, Rusia, Brasil, Estados Unidos, Bélgica y Austria. Es difícil catalogar a Valera en un movimiento estético, ya que arremetió contra el Romanticismo y el Naturalismo y no se postuló ante ninguno. Su agudeza literaria se basa en la sencillez, la precisión y la realidad de sus escritos. En 1861 pasó a formar parte de la Real Academia Española. Cultivó todos los géneros literarios; ejemplos de su obra son: *Sobre el Quijote y sobre las diferentes maneras de comentarle y juzgarle* (1861), *Poesías de don Juan Valera* (1858), *Pepita Jiménez* (1873), *Pasarse de listo* (1878), *Morsamor* (1899), *Las ilusiones del doctor Faustino* (1875), *Juanita la larga* (1895), *Genio y figura* (1897), *El comendador Mendoza* (1877), *Doña Luz* (1879) y *Elisa la malagueña* (1905).

ÍNDICE

PEPITA JIMÉNEZ

INTRODUCCIÓN

*A la bisnieta
de don Luis de Vargas,
en Monsalves*

EL MAR ANDALUZ

Al escudriñar los recovecos de la relación sentimental entre *Doña Luz* y el padre Enrique, recurre don Juan Valera a una imagen que me parece básica para entender toda su obra —y la personalidad de su autor—: un mar andaluz, muy claro, inundado de luz. Por muy transparente que parezca, siempre existe una zona oscura, impenetrable, en lo hondo. Pero su superficie resplandeciente refleja la hermosura:

«El alma del Padre continuaba siempre para doña Luz clara, diáfana e impenetrable, como la mar profunda que ciñe y abraza las costas andaluzas. El sol atraviesa muchas capas de agua y todo lo llena de claridad; pero allá en lo más hondo se pierde y ofusca la mirada, entre iris, reflejos, tornasoles y relámpagos argentinos, y nada se distingue con exactitud y fijeza».

Ése es, quizá, el destino de Valera y de su obra más famosa: un autor clásico, una novela clásica, en todos los sentidos de la palabra. La plena consagración ha servido, quizá, para que se disimule un poco su verdadera grandeza. La sonrisa irónica de Valera parece ocultarse tras una celosía: su estilo. Por eso, si nos gusta lo que revela, nos fascina mucho más lo que oculta.

Algo así puede suceder, también, con PEPITA JIMÉNEZ, por mucho que pueda sorprendernos. ¿Desconocida una novela que está en todos los manuales de historia de la literatura, en todos los planes de estudio, en todas las «lecturas obligatorias» que soportan los alumnos de cualquier nivel? ¿Por qué no? O por eso mismo, quizá. Unos la han reducido a un producto costumbrista, como una postal ingenuamente coloreada; otros, siguiendo lo que dijo su autor, a una paráfrasis y antología de los místicos. La mayoría, en fin, sólo ven en ella una «novela rosa», con final feliz, apta para lectoras jóvenes e inocentes —si es que todavía existe esa especie—, que pasarán, en seguida, a platos más sazonados y consistentes.

Ingenuidad, inocencia... Pocas palabras más inadecuadas para definir el arte de Valera, por más que a él le divierta ponerse ese disfraz. Nada de eso. Una obra clásica, eso sí: llena de complejidad, de luz, de belleza, de misterio, de permanente atractivo. Como el mar andaluz.

EL LIBRE EXAMEN

Aparece PEPITA JIMÉNEZ en 1874, el mismo año de la Restauración monárquica de Alfonso XII, de *El sombrero de tres picos,* del *Boris Godunov,* de Mussorgski.

Un año antes, el 73, con la abdicación de Amadeo de Saboya nos había llegado la Primera República española. Ese año nacieron Proust y Azorín, comenzó Galdós sus *Episodios Nacionales,* aparecieron *Une saison en enfer,* de Rimbaud, y *Ana Karenina,* de Tolstoi. En septiembre de 1868 se había producido la Revolución, «la Gloriosa».

¿Tiene todo esto que ver con nuestra novela? ¡Por supuesto! En un artículo magistral, incluido en su libro *Solos,* pone de manifiesto Clarín la relación entre «El libre examen y nuestra literatura presente». En él, afirma tajantemente:

«El glorioso renacimiento de la novela española data de fecha posterior a la revolución de 1868. Y es que para reflejar como debe la vida moderna actual, las ideas actuales, las aspiraciones del espíritu del presente, necesita ese género más libertad en política, costumbres y ciencia de la que existía en los tiempos anteriores a 1868. La novela es el vehículo que las letras escogen en nuestro tiempo para llevar al pensamiento general, a la cultura común, las inquietudes, el germen fecundo de la vida contemporánea, y fue lógicamente este género el que más y mejor prosperó después que respiramos el aire de la libertad de pensamiento».

En efecto, la novela española había alcanzado rango de primera fila universal y se había adelantado, quizá, a todas con el *Lazarillo* y el *Quijote*. Después, el peso de la moral contrarreformista y la sutileza del lenguaje barroco condujeron a un camino sin salida. En el siglo XVIII, los prejuicios clasicistas impedían entender adecuadamente la gratuidad de la ficción, que debía ampararse, para ser estimada, en otros géneros de mayor abolengo clásico: la sátira *(Fray Gerundio de Campazas)*, la autobiografía *(Vida,* de Torres Villarroel), la didáctica *(Eusebio,* de Montengón).

La novela realista renace, en la segunda mitad del siglo XIX, sobre la base del costumbrismo romántico. Con la mitad del siglo coincide, casi, el título que inaugura simbólicamente esta nueva etapa: *La gaviota* (1849), de Fernán Caballero. Pero las grandes novelas realistas se publican durante la Restauración: en 1875, *El escándalo*. En el 76, *Doña Perfecta*. En el 78, *Marianela* y *La familia de León Roch*. En el 79, *Doña Luz*. En el 81, *La desheredada*. En el 82, *El amigo Manso* y *La tribuna*. En el 84, *Tormento* y *La de Bringas*. En el 85, *La Regenta* y *Sotileza*. En el 86, *Fortunata y Jacinta* y *Los pazos de Ulloa...* Una cosecha fecunda, en una década verdaderamente gloriosa.

La Revolución del 68 puso en cuestión los fundamentos que regían la vida nacional. La naciente novela realista se incorporó a las polémicas con el género de tesis. Simplificando mucho, podemos decir que surgieron, por un lado, las novelas de tesis católica, monárquica, tradicionalista y exaltadora del campo; por otro, las de tesis anticlerical, progresista y defensora de la ciudad. En el primer bando estarían Fernán Caballero, Pedro Antonio de Alarcón, José María de Pereda; en el segundo, Galdós, Clarín, la Pardo Bazán...

Participando en las grandes polémicas, el género narrativo se consolidó popularmente. A la vez, la tesis condicionaba de modo grave la amplia visión de la realidad que debe ofrecer el género, limitándolo con su maniqueísmo simplificador y con los discursos puestos en boca de los personajes, para expresar las opiniones del narrador.

Por eso, un Galdós, por ejemplo, alcanza su verdadera grandeza cuando sobrepasa las polémicas tesis de sus comienzos, cuando comprende —usando la certera expresión de Montesinos— que cualquier personaje, si no tiene *la razón,* sí posee *sus razones,* las que le hacen actuar y le mantienen vivo.

Ni en un bando ni en el otro encaja don Juan Valera: espíritu aristocrático, liberal, conservador, irónico, displicente, regeneracionista, escéptico... Sin embargo, el ambiente intelectual no puede dejar de influirle. Clarín nos da, otra vez, la fórmula tajante: «ningún autor como Valera señala el gran adelanto de nuestros días en materia de pensar sin miedo».

LO VEROSÍMIL

Pocas palabras tan peligrosas en la crítica literaria, tan ambiguas, como ésta de *realismo.* En la segunda mitad del siglo XIX, sin embargo, se acepta con toda sencillez como algo opuesto a las fantasías románticas.

Una autora inglesa de la época, Clara Reeve, la define así: «La novela hace una relación corriente de las cosas según pasan todos los días ante nuestros ojos, tal como le pueden ocurrir a un amigo nuestro o a nosotros mismos, y su perfección estriba en representar cada escena de manera tan sencilla y natural, en hacerla parecer tan verosímil que nos engañe (por lo menos mientras la leemos) y nos lleve a la creencia de que todo es real».

Según eso, la novela realista posee estas características concretas:

a) Limita lo fantástico.
b) Ambienta en época contemporánea y con realismo.
c) Utiliza el lenguaje cotidiano.
d) Busca lo verosímil, lo posible.
e) Pretende dar ilusión de realidad.

Realismo, pues, supone verosimilitud. No importa (como creyó ingenuamente Fernán Caballero alguna vez) que los hechos hayan sucedido en la realidad, sino que resulten verosímiles, según la psicología del personaje, el ambiente, el desarrollo de la trama...

Se basa el novelista realista en la acumulación de detalles significativos. Es un observador, un testigo, un historiador social, de las distintas especies que pueblan nuestro mundo: «La sociedad francesa —escribe Balzac— iba a ser el historiador, yo no sería más que el secretario».

Presenta el narrador un mundo estable, a la medida del hombre, poseído por él. Se preocupa mucho de determinar el lugar y el tiempo en que se desarrolla la acción, de forma que resulten «naturales», verosímiles. Imagina caracteres coherentes, contemplados por un narrador omnisciente: en cada instante sabe todo lo que sucede en todos los escenarios, incluidos los movimientos internos que no llegan a traducirse exteriormente.

Este último será el ámbito preferido de don Juan Valera. En su inacabada *Mariquita y Antonio,* se justifica así: «quiero y debo ir con pausa y reposo, relatando hasta los ápices más diminutos, importantes todos, a mi ver, a la perfecta inteligencia y conocimiento de mis personajes y de los casos y peripecias que les ocurran».

Su pretensión de veracidad era puramente irónica. En realidad, se trataba de un medio de defender lo que hoy nos parece más moderno de su novela: el análisis psicológico demorado, frente a la acción febril que caracterizaba la novela romántica o folletinesca.

Nos lo ha dicho, de modo definitivo, en *Doña Luz:* «en el espíritu del hombre se mezclan y combinan, a veces, los buenos y los malos instintos, y combaten ángeles buenos y malos, movidos por encontradas razones y conspirando, no obstante, al mismo fin».

Eso es lo verdaderamente revolucionario de Valera: los ángeles buenos y malos, en el fondo de cada uno de nosotros, están, sin saberlo, *conspirando al mismo fin.* Juegan la luz y la sombra, produciendo curiosos reflejos, en las profundidades de este mar. Eso es, en este mundo narrativo, lo verosímil.

UN LIBERAL MODERADO

Nació Valera en Cabra (Córdoba), en 1824. Era hijo de un oficial de la Armada y de una marquesa, de familia antigua pero venida a menos. (Por su madre, era pariente de los Alcalá-Galiano). Su padre fue un liberal republicano que había sufrido persecución; por eso, inculcó a su hijo —en frase de Azaña— la más rigurosa cautela en las opiniones. Tenía derecho a una plaza en el Colegio de Artillería, pero, en vez de eso, estudió Leyes en Málaga y Granada.

Desde los trece o catorce años escribía versos y narraciones. Su familia alentó sus aficiones literarias y su padre le pagó la impresión de un juvenil libro de versos, que nadie leyó.

A los veintisiete años va a Madrid y decide dedicarse a la carrera diplomática, como un medio de ganarse la vida, que le permitirá, a la vez, viajar y escribir. Su primer destino es el de Agregado sin sueldo en Nápoles, con el duque de Rivas. Allí traba amistad con Serafín Estébanez Calderón, uno de sus maestros, y conoce a Lucía Palladi, «la Muerta», la primera de una serie de mujeres que influyeron sobre él de modo decisivo.

Su vida transcurre entre los cargos diplomáticos (Lisboa, Rio de Janeiro, Dresde, Rusia, Bruselas, Washington, Viena), la política en Madrid y ocasionales temporadas en su tierra natal.

Casó con Dolores Delavat en 1867, cuando Valera tenía cuarenta y tres años, casi el doble que ella. Su matrimonio no fue muy feliz. Vivió como lo que era, un gran señor, pero angustiado por estrecheces económicas. Tuvo una amplia cultura, grandes amigos. Permaneció siempre en la línea del liberalismo moderado, de acuerdo —como señala Gómez Marín— con el momento histórico y la línea de sus orígenes. Alcanzó la gloria literaria, pero no la fortuna. Su correspondencia apenas tiene par en nuestra literatura.

Al final de su vida, en Madrid, mantuvo una tertulia literaria famosa. Casi ciego, conservaba la prestancia personal y la conversación ingeniosa. Sus opiniones críticas eran muy respetadas. Pudo contemplar los nacimientos del modernismo y el 98. Murió en 1905, en su casa madrileña de la Cuesta de Santo Domingo.

Se expresaba habitualmente con ambigüedad, con ironía. A eso le empujaban su inteligencia, su sentido del humor, su temperamento escéptico; también, sus cautelas: «¿Cómo quieres tú que en España, sin inutilizarme para todo y para siempre, hubiera podido yo decir tales cosas sin velarlas con reticencias e ironías?».

Le gustaban los buenos libros, los buenos amigos, la buena vida, las mujeres hermosas e inteligentes: «En un abrazo de la mujer querida está el cielo. Lo demás no vale un pitoche». Con todo ello se consoló de amarguras y adornó su vida, de acuerdo con el ideal clásico de moderación, armonía y búsqueda de la felicidad.

En busca de la novela perdida

Si Valera hubiera tenido más dinero, ¿habría escrito novelas? Es dudoso. Así se lo dice a Campillo: «Mi deseo de escribir novelas procede de varias causas y es la más poderosa la necesidad de ganar dinero. En suma, yo necesito más dinero y deseo escribir para ganarlo».

Por rico que hubiera sido, siempre habría escrito: crítica, cartas, relatos cortos; sobre todo, poesía. No es extraño que le tentara el género entonces de moda, el que proporcionaba más popularidad y beneficios.

Sin embargo, lo observaba con muchos prejuicios. Como ha mostrado Montesinos, parece haber heredado del siglo XVIII el desprecio por la novela. La considera un «género poético», fruto libre de la imaginación creadora. Frente al realismo, vuelve por los fueros de la fantasía. Por eso escribe algo tan sorprendente como esto: «Prefiero la peor novela de Walter Scott a toda la *Comedia humana*».

Desdeña también la novela tendenciosa, sea cual sea su tendencia. No quiere probar una tesis, como el naturalismo, pero sí que del relato se deduzca una enseñanza moral de idealismo.

Defiende la novela psicológica, en la que a los personajes no les ocurre nada especial. Dentro de eso, le preocupa sobre todo la experiencia amorosa, en todas sus variedades. Cree que el placer erótico es la condición de la felicidad.

Es absolutamente esteticista: «El arte, expresión de la belleza, no obedece a más ley que dicha belleza». Según eso, el artista ha de representar las cosas más bellas de lo que la realidad las muestra, encubrir lo feo. La literatura no tiene otra finalidad, fuera del placer que el arte nos proporciona: «Yo soy más que nadie partidario del arte por el arte».

Por su sólida formación clásica, se aparta Valera de lo que es habitual en el novelista español de su tiempo —y, quizá, de todos los tiempos—. Irónicamente, escribe a Menéndez Pelayo: «Usted y yo somos greco-latinos y clasicotes hasta los tuétanos».

Paradójicamente, su escaso aprecio del género narrativo le permite escapar a leyes y recetas. Por no ser géneros «clásicos», la novela y el cuento son los menos sujetos a reglas y preceptos. *Valera o la ficción libre* titula Montesinos su capital estudio, y apostilla: la «novela en libertad», lo más nuevo que trajo, pareció viejísimo y caduco a sus contemporáneos. Hoy, en cambio, podemos verlo como un precursor de la novela intelectual o novela-ensayo. De haber vivido hoy —imagina Baquero Goyanes—, quizá le hubieran gustado las novelas humanísticas de Aldous Huxley y Thomas Mann.

Después del ensayo juvenil inacabado *Mariquita y Antonio,* Valera llega a la novela en 1874, a los cincuenta años, con PEPITA JIMÉNEZ. Hasta acabar esa década publica *Las ilusiones del doctor Faustino, El comendador Mendoza, Pasarse de listo* y *Doña Luz.* Vuelve luego a la diplomacia, a los viajes, a escribir críticas y ensayos. Regresará al mundo de la novela en los últimos años del siglo, con setenta años sobre las espaldas: *Juanita la Larga, Genio y figura, Morsamor.*

PEPITA JIMÉNEZ le consagró como escritor. Significa, a la vez, un comienzo deslumbrante y un fruto maduro, que nunca logrará repetir.

COSAS DE VALERA

Sus contemporáneos no pusieron en duda su talento, pero sí que lograra plasmarlo en obras concretas de valor perdurable. No se discutió solamente que sus novelas fueran buenas o malas, sino, simplemente, que fueran o no novelas. El concepto más amplio que hoy tenemos del género nos permite, quizá, comprender más y valorar mejor su singularidad. Al ocuparse de sus «tentativas dramáticas», prefiere Clarín evitar las discusiones sobre la pureza de los géneros literarios y llamarlas, simplemente, «cosas de Valera».

Los que le conocieron opinaban de él que era superior a toda su obra. En ella, sin embargo, podemos encontrarlo plenamente, a pesar de su aversión por las confidencias: «todo escrito mío parece un examen de conciencia o más bien una confesión, arrancada como por fuerza y no hecha con deliberante propósito».

El crítico más sagaz de la época, Leopoldo Alas, es también el que mejor supo entenderlo: «Don Juan Valera es en el fondo mucho más revolucionario que Galdós [...]. Su humorismo profundo, sabio, le ha llevado por tantos y tan inexplorados caminos, que bien se puede decir que Valera ha hablado de cosas de que jamás se había hablado en castellano y ha hecho pensar y leer entre líneas lo que jamás autor español había sugerido al lector atento, perspicaz y reflexivo».

Hablando de Pedro Antonio de Alarcón, escribe Valera unas frases esenciales para entenderlo: «En prosa y en verso, es siempre el mismo. El escritor y el hombre son lo que deben ser, enteramente idénticos».

Él sí que lleva a la práctica este ideal. En las páginas de sus novelas, leyendo entre líneas, encontramos a don Juan Valera, con sus limitaciones y con su enorme atractivo. Lo dijo Clarín, una vez más: todo lo que se escribió es «valeresco». Son, sencillamente y para siempre, «cosas de Valera».

PEPITA JIMÉNEZ: ANTECEDENTES

Como toda gran obra, PEPITA JIMÉNEZ nace, a la vez, de la vida y de los libros. Don Manuel Azaña, que preparó durante años una biografía de Valera, ha aclarado suficientemente lo primero.

Traslada literariamente la novela, ante todo, un lance de la familia del autor: la relación entre doña Dolores Valera y don Felipe Ulloa, que se querían pero eran pobres. Ella se casó con un viudo rico y, cuando enviudó, con su enamorado. Embellece Valera esta historia suprimiendo el primer noviazgo, roto por interés. Y pone en don Luis algunos de sus sentimientos personales: el placer del campo, la ambición...

Más importante es un antecedente literario. En su novela juvenil *Mariquita y Antonio,* inacabada, están los componentes esenciales de todos sus relatos largos: una base costumbrista, nacida de los recuerdos más que de la observación del pintoresquismo andaluz; la exaltación de la fuerza del amor; la escisión de lo humano y lo divino en un alma apasionada; los juegos de la piedad y la lujuria... Así lo han visto, entre otros, Azaña, Montesinos y Alberto Jiménez.

La diferencia también me parece clara: todos los elementos de *Mariquita y Antonio* encajan aquí con suavidad, armonizan en el conjunto. La maestría del autor consigue que se disimule su mano. Las preocupaciones típicas de Valera no aparecen ya «en bruto», como en *Mariquita y Antonio,* sino, irónicamente, al revés: atribuidas, «a contrario», a un personaje.

Un lector que disfrute con Valera debe inexcusablemente conocer *Mariquita y Antonio,* ensayo juvenil interesantísimo y germen de toda su narrativa, pero PEPITA JIMÉNEZ supone, con respecto a ella, un avance de madurez narrativa verdaderamente enorme.

Resta el asunto de los místicos. De acuerdo con su propia confesión, quiere intervenir Valera en la polémica sobre el krausismo mostrando el paralelismo que existe entre el misticismo español y el idealismo alemán.

El prólogo que escribe para la edición americana de Appleton lo afirma taxativamente: «me empeñé en demostrar que si Sanz del Río y los de su escuela eran panteístas, nuestros teólogos místicos de los siglos XVI y XVII lo eran también».

Prosigue, unas líneas más abajo: «Para llevar adelante mi empeño leí y estudié con fervor cuanto libro español, devoto, ascético y místico, me vino a las manos, enamorándome cada vez más de la abundancia de nuestra literatura en tales libros, del tesoro de poesía que encierran, del atrevimiento y libertad de los autores, de la profunda y delicada observación con que examinan las facultades del alma, en lo cual se adelantan a la escuela escocesa, y de cómo llegan a penetrar y abismarse en el centro de la mente, en la suprema raíz del propio espíritu para ver allí a Dios y unirse con Dios, no perdiendo la personalidad, ni el valor para la vida activa, sino saliendo de los arrobos y raptos de amor divino más capaces para toda operación útil a la especie humana, como sale más templado, acicalado y limpio el acero después de estar candente en la fragua. De todo esto, en lo que tiene de más poético y de más fácil de entender, quise yo dar muestra al público español de ahora, que lo tenía olvidado; pero como yo era hombre de mi tiempo, profano, no muy ejemplar por mi vida penitente y con fama de descreído, no me atreví a hablar en mi nombre, e inventé a un estudiante de clérigo para que hablase. Imaginé luego que pintaría yo con más viveza las ideas y los sentimientos de dicho estudiante contraponiéndolos a un amor terrenal, y así nació PEPITA JIMÉNEZ».

Pido perdón por la larga cita, pero éste es un párrafo que ha hecho correr ríos de tinta. En lo mismo insiste en la dedicatoria a doña Ida de Bauer que abre *El Comendador Mendoza*: «Quise entonces recoger como en un ramillete todo lo más precioso, o lo que más precioso me parecía, de aquellas flores místicas y ascéticas, e inventé un personaje que las recogiera con fe y con entusiasmo, juzgándome yo, por mí mismo, incapaz de tal cosa. Así brotó, espontánea, una novela, cuando yo distaba tanto de querer ser novelista».

Pero luego limita irónicamente esta explicación: «Harto sabido es que las obras literarias, y muy en particular las de carácter poético, sólo se dan en momentos dichosos de inspiración que los autores no renuevan a su antojo».

¿Qué hay de verdad y qué de fantasía detrás de todas estas idas y venidas? Muy difícil resulta precisarlo. Cortinas de humo, ironías, autojustificaciones: máscaras que el cauto Valera se va poniendo y que, de vez en cuando, por coquetería o cansancio, retira para que vislumbremos un instante su verdadera cara.

Uno de sus «tics» narrativos predilectos es la máxima latina «excusatio non petita, accusatio manifesta». Apliquémoslo a su caso: lo del florilegio de los místicos me parece un notable camelo, una hábil construcción intelectual que posee, por supuesto, cierto fundamento y que, ante todo, le protege de posibles ataques.

Lo que sí hay en PEPITA JIMÉNEZ, a mi modo de ver, es una burla de los ascetas y un cierto misticismo humanizado, a la vez platónico y corporal, que es lo propio de Valera. Su gran atractivo, como narrador, es la complejidad mental, la madurez, que se traducen en una expresión ambigua, irónica. Eso es lo que logra perfectamente en PEPITA JIMÉNEZ a través de la perspectiva de un orgulloso inconsciente.

La discusión final de los dos enamorados es un fragmento de altura ideológica y psicológica indudable, pero es retórica. Ése es justamente el momento en que más copia el lenguaje de los místicos, como ha estudiado Lott. Creo que Valera lo hace aposta. Como en *Mariquita y Antonio,* todas las palabras retóricas se hacen humo ante los hechos nacidos de una pasión humana elemental, profunda. El razonador protagonista comprende, entonces, que sus planes, puramente abstractos, eran pura necedad. Ésa es —luego lo veremos— la lección básica de *Asclepigenia.* Y el núcleo central de PEPITA JIMÉNEZ.

AMOR POSTAL

Todo eso lo consigue expresar Valera gracias a las cartas. Pocas veces se ve tan claramente la unión entre una técnica narrativa y una visión del mundo.

La técnica epistolar es, evidentemente, adecuada para una novela en la que predomina la psicología sobre la acción. Valera la cultiva ampliamente, a lo largo de toda su vida y de toda su carrera literaria.

Las fronteras entre lo íntimo y lo literario, en sus cartas, se desdibujan mucho. De algunas que escribe desde Brasil le comenta Estébanez Calderón que parecen episodios de una novela de costumbres —y muy divertidos, añadiría yo—. Sus cartas suelen incluir crítica literaria. Está seguro de que algún día se publicarán. A veces, le sirven de esquema para un trabajo posterior. Piensa en un destinatario múltiple: «se dirige a ti y en tu nombre a todos». Las que escribió desde Rusia a su jefe, Cueto, las publicó éste en los periódicos.

Fuera del ámbito familiar o amistoso, usa la técnica epistolar para el prólogo a las *Poesías* de Menéndez Pelayo; para expresar su propia estética; para replicar a Campoamor, en su *Metafísica a la ligera. Cartas a Campoamor acerca de su ideísmo;* para presentar, en fin, sus propios poemas, en una carta-prólogo.

¿Por qué esta predilección? Hasta para la crítica le agrada «la libre manera de escribir, propia de una carta». Teme que no le gusten al vulgo por estar escritas «del modo familiar y con el *sans-laçonisme,* como usted diría, que es tan propio e indispensable del estilo de cartas, y que *yo no dejaría por nada del mundo al escribirlas»* (el subrayado es mío).

A la altura de sus cincuenta años, siendo ya un escritor con experiencia, se acerca Valera con temor al mundo de la novela. No es raro que recurra a una técnica que conoce, domina y le encanta. (Ya había concebido antes un proyecto de novela epistolar: *Cartas de un pretendiente).*

¿Qué es lo que consigue con esa técnica? En sus cartas, don Luis conjuga lo que piensa Valera con lo mismo, pero dicho «a contrario». Nos da el reverso de la medalla para que adivinemos la cara: por ejemplo, no le gusta la vida del campo ni sus bromas, se cansa del pueblo...

El juego del narrador, el personaje y el lector se refracta en varios espejos. Por ejemplo:

a) Don Luis no se conoce a sí mismo —pero el lector sí lo va conociendo.

b) Tampoco conoce don Luis los verdaderos sentimientos de su padre ni de Pepita —el lector, sí, igual que antes.

c) Desecha los temores de su corresponsal —que el lector sabe fundados.

Al abandonar la técnica epistolar, en la segunda parte, nos encontramos con un narrador omnisciente: sabe lo que saben todos los personajes, cómo y cuándo lo supieron, y conoce también las cartas de la primera parte. Ese narrador no puede ser el vicario, ni pega en el deán esa burla del buen sacerdote ingenuo —el mismo Valera lo advierte y se cura en salud contra el posible reproche.

Justifica Montesinos el abandono de la técnica epistolar por las exigencias del perspectivismo. Discrepo en esto de mi ilustre maestro: creo que se pierden, a la vez, verosimilitud y encanto.

Con su intuición de narradora, lo ve muy claramente Carmen Martín Gaite: «Valera debía haberse atrevido a continuar hasta el final por la vía emprendida, aun a riesgo de dejar sueltos algunos cabos de la trama, ambigüedad que no habría atentado contra el interés de la historia y hubiera redondeado su calidad. Los «Paralipómenos», a pesar de que encierran tramos de gran acierto literario, me parecen una especie de claudicación, una concesión al realismo decimonónico, del que Valera, por otra parte, se consideraba furibundo enemigo. Le faltó valor, pienso, para llevar lo sutil hasta sus últimas consecuencias y seguir enarbolando la candela de la duda. Esa contribución al *happy end* es la única mancha que ensombrece la modernidad y perfección de la novela». No es tanto —me parece a mí— el final feliz como el abandono de la técnica epistolar, lo que constituye un error. Subrayo una hermosa expresión: «la candela de la duda…».

Era difícil, desde luego, mantener la ficción de las cartas, pero ése era el gran atractivo. Sin ellas, la novela decae. Habiendo llegado a un punto muerto, para que la acción progrese ha de recurrir el narrador a personajes secundarios: el vicario, Antoñona, Currito, el rival desdeñado —igual que en *Mariquita y Antonio*—. Prepara cuidadosamente la entrevista final: nos da los preparativos, describe el escenario, pondera la dificultad de elegir las palabras... Para redondear la historia, le hace falta recurrir otra vez a las cartas.

De este modo, la ironía básica (la realidad vence a todos los ideales preconcebidos) encuentra su expresión perfecta en una técnica narrativa perspectivística, irónica: presentar ocultando, una vez más, con la complejidad y el atractivo que eso supone para un lector inteligente. Contada en tercera persona, desde luego, la historia del seminarista y la viudita andaluza se hubiera quedado en mucho menos.

Como la sonrosada novela del presbítero Muñoz y Pabón, PEPITA JIMÉNEZ es, también, la historia de un *amor postal*.

LA ANDALUCÍA SOÑADA

La fascinación progresiva que siente don Luis por Pepita no se produciría del mismo modo en otro lugar, en otro ambiente. Está despertando al amor, desde luego, pero también a la belleza del mundo sensible, a la sensualidad, a la ternura. Y todo eso posee un color, un olor y un sabor concretísimos: el campo andaluz, al llegar la primavera.

No estamos aquí en el mundo ingenuo, elemental, de los costumbristas románticos, aunque Valera los apreciara y aunque también escribiera él un cuadro de costumbres, *La cordobesa*. Lo suyo es otra cosa. Cualquier lector de su maravilloso epistolario lo sabe de sobra. Desde la distancia, siente nostalgia por Andalucía. Cuando vuelve a su tierra natal, se cansa muy pronto: una más de sus típicas contradicciones.

Su actitud literaria, por eso, es más compleja de lo que a primera vista pueda parecer. Ama a su región, pero no es un provinciano, sino un verdadero «ciudadano del mundo» —del mundo de entonces, claro está— , un aristócrata cosmopolita. Como ha precisado Cyrus De Coster, utiliza rasgos locales de Cabra y Doña Mencía («Villabermeja», «Villalegre»), algunos apodos y tipos populares, anécdotas de tipo folclórico, muchos elementos tomados de la realidad: casas, árboles, fiestas, comidas, tertulias... Todo eso está puesto al servicio de su peculiar óptica, de una versión idealizada de la vida andaluza, como a él le hubiera gustado que fuera. Y, en definitiva, todo es un elemento más para construir una obra de arte.

Siente don Luis el frescor del agua, el murmullo del agua en las acequias, el aroma de las hierbas olorosas, «el canto del ruiseñor en el silencio de la noche». Estamos, a la vez, en un pueblo cordobés y en la Arcadia clásica. Los sentimientos humanos renacen con la primavera, sintonizan con ella, se desarrollan, alcanzan a la vez que ella su triunfal madurez... Sin falsas arqueologías, es la eterna lección del verdadero clasicismo.

Se siente don Luis «vencido por aquella voluptuosa Naturaleza». ¿Quién podría permanecer insensible a sus encantos? La Naturaleza es un personaje que interviene a favor del amor humano, en el conflicto que plantea la novela. Pepita también ha estado aletargada, como algunos animales, durante el largo invierno. Ahora, el primer sol primaveral va a romper la costra de su hielo, dejando correr, libre, el agua fresca y haciendo renacer sus hojas verdes.

«La Tierra toda parecía entregada al amor, en aquella tranquila y hermosa noche». Igual que sucede en la *Celestina,* en *Romeo y Julieta,* en *El sueño de una noche de verano.*

Podría recordar, Pepita, las palabras de Melibea: «Todo se goza en este huerto con tu venida. Mira la luna cuán clara se nos muestra, mira las nubes cómo huyen, oye la corriente agua desta fontecica, cuánto más suave murmurio lleva por entre las frescas yerbas. Escucha los altos cipreses, cómo se dan paz unos con otros por intercesión de un templadico viento que los menea. Mira sus quietas sombras, cuán oscuras están, y aparejadas para encubrir nuestro deleite».

Podría también, Pepita, repetir las frases de Julieta: «Corre tu espesa cortina, noche que realizas el amor, para que los ojos del día fugitivo cierren los párpados y Romeo salte a estos brazos, sin ser visto ni notado».

Estamos en el solsticio de verano, la noche eterna del amor: «la noche y la mañana de San Juan, aunque fiesta católica, conservan no sé qué resabios del paganismo y naturalismo antiguo».

Del costumbrismo localista hemos pasado al eterno mito universal, renovado, «mientras responda el labio suspirando / al labio que suspira». Con el amor de Dafnis y Cloe —o de Pepita y don Luis, igual da— nace otra vez el mundo, en la belleza sin mancha de la Andalucía soñada.

ASCLEPIGENIA

A la hora de dilucidar el sentido de PEPITA JIMÉNEZ, conviene —me parece— ponerla en relación con su «drama filo-
sófico-amoroso» *Asclepigenia*. (Para Clarín, por cierto, su segunda obra maestra).

Nos sitúa el dramaturgo en Constantinopla, en el siglo V de
la Era Cristiana. El personaje que representa al Bien y al Uno
es una mujer, una cortesana: la forma visible de la ciencia, la
poesía y la virtud. La visitan tres personajes simbólicos: el
guapo Eumorfo, el rico Crematurgo y el sabio Proclo, enamorados los tres de la misma mujer.

El drama se centra en el filósofo Proclo y su misticismo:
«Sin él, hubiéramos vivido juntos, hubiéramos sido humana-
mente amantes y esposos». Es decir, el mismo tema de PEPITA
JIMÉNEZ.

Las palabras de Proclo podría haberlas pronunciado también
don Luis de Vargas: «La unión mística de que tanto me he en-
vanecido fue, sin duda, ilusión malsana [...]. Mi prurito de perderme en el Uno, absorbente, impersonal, que todo lo tiene en
sí y nada tiene, es la más monstruosa perversión del espíritu. Es
no saber vivir y gozar en el seno de este vario y bello Universo.
Es crear un misticismo contrario al Amor. Mi misticismo recon-
centra el alma, el amor la defiende. Apartado el espíritu de la
Naturaleza, ¿qué se puede esperar sino lo que veo y lamento
ahora? [...]. ¿Qué vale el espíritu que se aparta del mundo real,
creyendo adorar lo divino y adorándose a sí propio?».

La moderación sabia del autor proclama que la belleza del
alma es superior a la riqueza y al bello cuerpo, pero que estos
dos también son bienes. Y Valera añade, todavía, una ironía final autobiográfica: «después que pasen trece o catorce siglos,
contando desde el día de la fecha, aparecerá en la risueña y
fértil Bética [...] cierto escritor ingenioso y verídico, el cual ha
de componer sobre los sucesos de esta noche un diálogo donde
trate de competir con el divino Platón en lo elevado y grave, y
con el satírico Luciano en lo chistoso y alegre».

La lección es muy clara: el ideal es unir lo alto y lo bajo, lo serio y lo cómico. Se califica Valera a sí mismo de «ingenioso», como andaluz, pero también —en ello insiste siempre— de verídico: no con la verdad histórica de los hechos, sino con la verdad poética (¿aristotélica?) de lo que pudo ser verdad. Sobre todo, porque nos da la verdad básica, esencial (¿platónica?) de los problemas humanos.

Éste me parece el texto básico de Valera: el resumen de todo su mundo, el más claro de todos, aunque no sea del todo claro, porque no puede librarse nunca, como vio Clarín, de ese humorismo que acaba por burlarse de sí mismo. (El humor, decía Cortázar, «is all pervading» o no existe).

Sintetizando al máximo, en Valera existen dos tendencias opuestas: a la espiritualización del amor, al platonismo, y a que no se espiritualice tanto que caiga en el engaño egoísta de la mística.

Así pues, su ideal es realmente clásico: armonía con la Naturaleza. Disfrutar de las cosas alegres de este mundo. Moderación en todo. Espiritualizar lo material pero no huir del sano ideal humano de amor psico-físico, de la unión fecunda y feliz.

Exactamente eso quiere decirnos con la historia de don Luis de Vargas y Pepita Jiménez.

CONVERSIÓN

El tema de las ilusiones falsas no es exclusivo del *Doctor Faustino,* sino central en todas las novelas de Valera. Montesinos ha analizado brillantemente cómo diagnostica, una y otra vez, esa «enfermedad del idealismo absoluto».

Valera es, siempre, espectador apasionado de un drama: la ruina de las verdades morales absolutas, que no consiguen darnos la calma ni el equilibrio —ni, por supuesto, la felicidad—. El amor —nos muestra— puede llegar a ser la pasión más artificial, la más fecunda en falsos ideales; en ese caso, la vida acude con su correctivo, de modo fatal. Al fondo de toda su

obra resplandece el mismo respeto por la autenticidad de la
vida y la necesidad absoluta, si queremos «vivir bien», de fundar nuestra conducta sobre una vida auténtica.

Apliquemos todo esto al caso de don Luis de Vargas. Su vanidad es evidente: presume de no asustarse de nada, de la firmeza de su vocación, de conocer el mal y no seguirlo, de haber sido elegido por Dios, de no ser cándido, de no tener
pasiones que vencer...

La aparición de Pepita va a suponer el más dulce correctivo
para tanto orgullo abstracto, pueril. Su amor no se opone tanto
al amor de Dios como a la obstinación de don Luis en sus planes de gloria: «Por lo general, los hombres solemos ser juguetes
de las circunstancias [...]. Contra esto se rebelaba el orgullo de
don Luis con titánica pujanza. ¿Qué se diría de él y, sobre
todo, qué pensaría él de sí mismo si el ideal de su vida, el hombre nuevo que había creado en su alma, si todos sus planes de
virtud, de honra y hasta de santa ambición se desvaneciesen
en un instante, se derritiesen al calor de una mirada, por la
llama fugitiva de unos lindos ojos, como la escarcha se derrite
con el rayo débil aún del sol matutino?».

Nótese que el sujeto principal de la frase es *el orgullo de
don Luis.* Se complace Valera en mostrarnos el triunfo de la realidad sobre los planes abstractos: «Pero pronto se abatía el
vuelo de su imaginación y el alma de don Luis tocaba a la
tierra, y volvía a ver a Pepita, tan graciosa, tan joven, tan candorosa y tan enamorada, y Pepita combatía dentro de su corazón contra sus más fuertes y arraigados propósitos, y don Luis
temía que diese al traste con ellos».

Leyendo una y otra vez PEPITA JIMÉNEZ, he recordado
siempre la teoría de René Girard: lo típico de la novela, frente
a la actitud romántica, es buscar los valores de un modo indi-
recto, a través de una realidad mediadora, que puede encon-
trarse fuera del universo propio de la novela (los libros de caballería, para don Quijote) o en el interior mismo de ese
universo *(El eterno marido,* de Dostoievski). Muchas veces, el
protagonista se libera de ese esquema triangular, se convence

de la inautenticidad de su búsqueda y reconoce el verdadero valor: se *convierte*.

Ése es el caso de don Luis de Vargas. El astuto Valera ha deslizado, en el texto que antes cité, la referencia paulina al *hombre nuevo*. Eso va a ser don Luis, pero en un sentido natural, humano, cuando se derritan sus orgullosos prejuicios de perfección mística ante el calor de los ojos de Pepita.

Es un poco forzado —me parece— que los dos enamorados sostengan una discusión tan larga, pero quizá es necesaria para que confronten claramente sus posiciones. Si se tratara de razones, no cabe duda de que habría de vencer él. Pero ella triunfa con la fuerza invencible de los hechos. A los argumentos del seminarista contesta la mujer enamorada: «Mi espíritu grosero e inculto no alcanza esas sutilezas, esas distinciones, esos refinamientos de amor. Mi voluntad rebelde se niega a lo que usted propone. Yo ni siquiera concibo a usted sin usted. Para mí es usted su boca, sus ojos, sus negros cabellos que deseo acariciar...».

No puede ya evitar don Luis el *convertirse* a los verdaderos valores frente a los librescos. Reconoce que «he sido un santo postizo» y que su misticismo «había sido un producto *artificial* y vano de sus lecturas». Pepita, en cambio, «era una criatura muy a lo *natural*». Si observamos la contraposición de los adjetivos que he subrayado, no puede caber duda de cuál será el desenlace de la novela ni su sentido último: lo natural, en Valera, vence siempre a lo artificial. Como dijo el viejo torero, «lo que no puede ser, no puede ser, y además es imposible».

Pepita Jiménez o la victoria del amor, podría titularse, según Alberto Jiménez. Así es, si no lo entendemos como una pura ponderación romántica, sentimental: victoria sobre las falsas ilusiones, el misticismo exagerado, las ideas abstractas. No triunfan las ideas opuestas, sino algo más sencillo y fatal: los ojos de una andaluza enamorada son los causantes de *la conversión de don Luis de Vargas.*

Pepita, Cadijea

Muy al final de su vida, escribe Valera sus *Meditaciones utópicas sobre la educación humana*. Dentro de ellas, dedica un capítulo, el décimo, a la «Importancia de la mujer en el progreso y cultura del linaje humano».

No es un puro piropo del viejo don Juan (¡vaya nombre!), sino una creencia bien arraigada. Allí cuenta, una vez más, la historia de Cadijea, que ha repetido muchas veces a lo largo de su carrera de escritor: «Cuando ya Mahoma había vencido todos los obstáculos, era el profeta reconocido, obedecido y acatado de todos los árabes [...]. Ayesha, la más bella, graciosa y joven de sus mujeres, se atrevió a quejarse diciéndole que hallaba extraño que la estimase y amase muchísimo menos que a su primera mujer, Cadijea, harto menos bonita que ella, y ya anciana. Mahoma, entonces, con efusión de la más profunda gratitud, dijo de esta suerte: "¡No, por Alá! No puede haber mujer más noble que Cadijea ni por mí más amada: ella creyó en mí cuando me despreciaban los hombres". Así como el zahorí, por una facultad misteriosa que en sí tiene, se cuenta que descubre los tesoros escondidos en el oscuro seno de la tierra, así la mujer penetra con los ojos del alma en lo más hondo de la de su amado y allí descubre ella y luego hace ver y comprender a él los gérmenes ocultos y dormidos de virtud y de ingenio que allí se guardan inertes, y con la fuerza de su amor los despierta, los saca a la luz del claro día para que brillen, los pone en actividad para que creen y aún los guía y encamina hacia el punto y término en que ha de desplegarse su actividad dichosa. Tales son los milagros de lo que llama Rosa Cleveland fe altruista».

Ha confesado siempre Valera que «esta afición mía a las faldas es terrible». En un sentido más profundo, cree que la mujer refinada y culta, modeladora de su amante, es la coronación de la cultura humana, da sentido a este mundo.

En un sentido literal, la mujer amada, para Valera, nos lleva al cielo, es nuestra diosa y nuestra religión: «Los hombres descreídos que tenemos el corazón amoroso, solemos amar entrañablemente, cuando amamos, poniendo en la mujer un afecto desmedido que para Dios debiera consagrarse». A la vez, la mujer nos puede hacer sufrir inmensamente: en su epistolario tenemos pruebas de cómo le afectó, para siempre, el recuerdo de la cruel Madeleine Brohan.

Ya viejo, en Washington, sigue escribiendo: «En suma, todavía persisto en creer que el precio más alto de la vida, su objeto, su fin, su todo, es el amor».

En el cuento *El cautivo de Doña Menda,* el Gran Capitán, ya caudillo famoso, sigue fiel al recuerdo de un amor juvenil: «La mujer que me reveló a mí mismo mi ser propio [...]. Sentó en mi espíritu el germen de todo lo bueno y de todo lo noble que he podido hacer en mi vida».

Eso mismo hicieron la mujer de Mahoma y Lucía Palladi, «la Griega», en Nápoles, obligando al joven Juanito Valera, que la cortejaba, a estudiar lenguas clásicas. Eso mismo hará la rubia andaluza con el seminarista. Es educadora y zahorí de posibilidades del amado, porque quiere —y logra— «sacar de ti tu mejor tú»: Pepita Jiménez, nueva Cadijea.

REACCIONES

La novela obtuvo un notable éxito, que se ha mantenido hasta hoy, convertida en un clásico más o menos venerable. ¿Se entendió adecuadamente? Ése es otro cantar. Del recuento que hace Montesinos se deduce, en resumen, que a casi todos les gustó porque cada uno la interpretó a su manera.

Dos prólogos de Valera son textos autocríticos que es preciso tener en cuenta dentro de sus justos límites, por las habituales cautelas del escritor. El primero es el que escribió para la edición de 1888 —y estaba preparado años antes—. Frente a los que han visto en su obra una tesis o la contraria, insiste Valera en que «al escribir PEPITA JIMÉNEZ no tuve ningún propósito de demostrar esto o de impugnar aquello; de burlarme de un ideal y de encomiar otro; de mostrarme más pío o menos pío. Mi propósito se limitó a escribir una obra de entretenimiento. Si la gente se ha entretenido un rato leyendo mi novela, lo he conseguido y no aspiro a más».

Encaja esto a la perfección con sus ideas sobre el arte, que ya conocemos, a la vez que le sirve de defensa. Las cautelas aumentan al querer precisar el objeto de su sátira: «El señor Deán, y no yo, es quien narra, y cuanto suena a burlas en lo que dice va contra la petulancia juvenil de su sobrino, contra la falta de solidez de sus intentos y contra lo vano de su vocación, no contra la vocación misma».

El otro prólogo importante es el que puso a la edición americana de Appleton, que ya he citado. De acuerdo con su concepción de la novela, declara entonces, una vez más, que «su valor estriba en su lenguaje y en el estilo, y no en las aventuras, que son de las que ocurren a cada paso».

¿Cuál cree que es la razón de su éxito? Además de recurrir, como ya hemos visto, a los ascetas y los místicos, formula Valera una hipótesis fundamental, que toda la crítica posterior ha tenido en cuenta: «yo la escribí en la más robusta plenitud de mi vida, cuando más sana y alegre estaba mi alma, con optimismo envidiable, y con *panfilismo* simpático a todos, que nunca más se mostrará ya en lo íntimo de mi ser, por desgracia».

Esta edición americana fue, en general, bien acogida por la crítica. Sólo le fue hostil *The Critic*. En carta a José Alcalá-Galiano, defiende Valera a su heroína de las acusaciones del crítico: «Parece que se vende mucho. Los periódicos hablan no poco de ella: unos bien y otros mal. Ahora, como aquellos tunos son tan hipócritas, han dado en calificar de inmoral, impura y escandalosa mi novela. Acaso esto haga que se venda más. Los Appleton me dan un diez por ciento. Pero a mí, a pesar de la ganancia que esto pueda traerme y que me hace tanta falta, me duele de un modo atroz en el fondo del alma que aquella canalla que no tiene más Dios ni más moral efectiva que el dollar, me maltrate y ofenda a la buena, candorosa y apasionada heroína, y todo porque se lo larga a don Luis, como si las yanquees no se lo largasen nunca a nadie».

En España, la novela cayó en medio de un ambiente muy sensible para las polémicas ideológicas, más que literarias, y con estos criterios fue enjuiciada. La atacaron fuertemente, por ejemplo, Navarrete, Revilla y Palacio Valdés. La defendió Clarín: don Luis de Vargas viene a ser, en cierto modo, una revancha de la conversión del libertino Fabián Conde, en *El escándalo,* de Pedro Antonio de Alarcón.

La situación puede simbolizarse, quizá, en la polémica que mantuvieron Luis Vidart y José Navarrete. Censuraba éste que Valera criticara el misticismo pero no le opusiera un ideal superior, sólo «los sensuales goces de un mal encubierto y grosero materialismo». Y añadía, con ingenuo profetismo: a lo mejor, en el futuro, don Luis se aburre del matrimonio y se arrepiente de no haber sido cura...

Defendió Vidart a Valera contra los que le acusaron de inmoral. En realidad, escribió, «su libro posee una tendencia progresiva y, por lo tanto, verdaderamente moralizadora». Desde la esfera del arte, ha servido al progreso de la conciencia moral de la humanidad: «La negación de la verdad del ideal místico, que en la mayor parte de Europa sería ya un poco trasnochada, en España aún es conveniente. Por lo tanto, además de escribir un buen libro ha realizado una buena acción».

La conclusión es de un cientifismo encantadoramente ingenuo: «Ha venido a decir que el matrimonio es un estado superior al celibato. Y esto coincide con la más avanzada ciencia moderna».

Para defenderlo de la acusación de sensualismo, el progresista Vidart sacaba a relucir su puritanismo: es absurdo que pidan continencia, en teoría, cuando, en la práctica, «el sensualismo y aun el vicio halla tantos secuaces en nuestra sociedad».

En manos de estos lectores caían las novelas de don Juan Valera: si lograba vencer sus miedos, ¡cómo se reiría!

La crítica moralizante se prolonga triunfalmente con la famosa obra *Novelistas malos y buenos,* del padre Pablo Ladrón de Guevara, jesuita. Todavía en la edición de 1933, durante la Segunda República, censura así a esta novela: «Mala por la enseñanza y por un pasaje peligroso que a no pocos perturbará bastante y mucho. Pareciole a Valera, si le hemos de creer, que había recogido en esta novela, como en un ramillete, todo lo más precioso de las flores místicas y ascéticas [...]. Cortó la mano profana de Valera las flores de su tallo, y el aroma de ellas es como el ramillete marchito y en putrefacción». Ante párrafos como éstos, ¿nos sorprenderán las cautelas de Valera?

PEPITA JIMÉNEZ —lo he mencionado ya— consagró a Valera ante el gran público. Y le convenció, a él mismo, de sus dotes de narrador. A pesar del éxito —se quejaba—, no ganó con ella ni para un vestido de baile de su mujer. Sin embargo, hasta el final de sus días recordaba con especial nostalgia a la rubia andaluza: «¿Cuándo engendraré yo y pariré otra PEPITA JIMÉNEZ?».

LA MÚSICA DE LA VIDA

La historia de amor de un seminarista y una viudita joven, que termina «bien», a gusto del lector ingenuo... No se puede reducir a eso PEPITA JIMÉNEZ. Es, evidentemente, mucho más.

Del costumbrismo andaluz —ya lo hemos visto— se eleva Valera al mito, al clasicismo vivo, sin postizas arqueologías. Dudó si usar como título el lema latino que abre el texto: «Nescit labi virtus»; es decir, «La virtud desconoce el pecar».

Bajo la trama, tan sencilla, palpitan dos mitos clásicos: el de Dafnis y Cloe, que él tradujo, y el de Amor y Psiquis, sobre el que pensaba escribir.

Acierta Valbuena Prat al decir que PEPITA JIMÉNEZ es obra perfecta, dentro de sus límites. No obedece eso sólo a razones puramente literarias —¿qué es lo puramente literario?—, sino vitales: ocupa un puesto central en la vida de su autor. Llega en su momento, ni demasiado tarde ni demasiado temprano. Es un fruto maduro: dorado, en sazón.

Lo inigualable, por supuesto, son las cartas, no lo que viene después. Eso no cansa nunca, por muchas veces que uno lo haya leído. ¿A qué se debe ese atractivo? No a lo que cuenta, por supuesto, sino al estilo, tomando esta palabra en su más amplio sentido: lenguaje, perspectiva, tono, ritmo, ironía, música...

¿Es obra limitada? ¡Por supuesto! El clasicismo de Valera nace justamente de la conciencia y la aceptación de los propios límites. *Ne quid nimis.* De ahí la moderación en la ironía: no se pasa nunca, no cae en la fácil caricatura, pero tampoco respeta nada, con sabia ambigüedad.

Alegría, ironía, fondo clásico y «pastoril». Es lo que llamaba Valera, con evidente autoironía, su «panfilismo». (Otro ilustrado, Diderot, confesaba ser «pantófilo», amar todas las cosas).

Nace PEPITA JIMÉNEZ de un momento en que el pesimista Valera se ha reconciliado con la vida. (O logra reconciliarse con ella escribiendo esta novela, lo mismo da). Por eso, en la marcha del relato existe una claridad de líneas, una alegría sin esfuerzo. Uno puede recordar —los fáciles paralelismos...— a Mozart, a Rafael, a Renoir, al Picasso mitológico.

Existe, también, una música, la misma que Clarín vio en Valera: «esa música de la vida, esa composición armónica de la propia existencia». Ahí está el quid de todo: un ideal de vida que encuentra expresión feliz en un tipo singular de novela.

Lo expresa Valera, quizá mejor que nunca, en una carta a Laverde: «Yo soy en esto como el Aquiles de Hornero, que amaba la vida por encima de todo, y allá en el Orco le dijo a Ulises que daría toda su gloria inmortal por volver a vivir, aunque fuera un perro sarnoso. En fin, viva la vida y amémosla, a pesar de todos los males. Sin este amor de la vida, ni los individuos ni los pueblos suelen hacer nada bueno».

Ésa es la *música callada* que resuena, muy levemente, al fondo de PEPITA JIMÉNEZ.

ANDRÉS AMORÓS

NOTA BIBLIOGRÁFICA

Pepita Jiménez apareció en entregas en la *Revista de España* a lo largo de 1874 y en forma de libro, en Madrid, en ese mismo año.

Para un lector actual son recomendables las ediciones preparadas por Azaña (Espasa Calpe, col. Clásicos Castellanos), Luciano García Lorenzo (Alhambra) y Adolfo Sotelo (Sociedad General Española de Librería).

Sobre el autor y su obra pueden consultarse, entre otros, los siguientes estudios:

ALAS, Leopoldo, *Solos,* Madrid, Alianza Editorial, 1971.
—, *Teoría y crítica de la novela española,* edición de Sergio Beser, Barcelona, Laia, 1972.
AMORÓS, Andrés, «*Doña Luz*», en *El comentario de textos, 3: La novela realista,* Madrid, Castalia, 1979.
AVALLE-ARCE, Juan Bautista, prólogo a su ed. de *Morsamot,* Barcelona, Labor, col. Textos Hispánicos Modernos, 1970.
AZAÑA, Manuel, *Ensayos sobre don Juan Valera,* edición de Juan Marichal, Madrid, Alianza Editorial, 1971.
BERMEJO MARCOS, Manuel, *Don Juan Valera, crítico literario,* Madrid, Gredos, 1968.
BRAVO VILLASANTE, Carmen, *Vida de don Juan Valera,* Madrid, Magisterio Español, 1974.
DE COSER, Cyrus, *Bibliografía crítica de Juan Valera,* Madrid, Consejo Superior de Investigaciones Científicas, 1970.

DE COSER, Cyrus, Prólogo a su edición de *Las ilusiones del doctor Faustino,* Madrid, Castalia, 1970.

—, Prólogo a su edición de *Genio y figura,* Madrid, Cátedra, 1975.

GARCÍA CRUZ, A., *Ideología y vivencias en la obra de don Juan Valera,* Universidad de Salamanca, 1978.

GARCÍA LORENZO, Luciano, Prólogo a su edición de *Pepita Jiménez,* Madrid, Alhambra, 1977.

GÓMEZ MARÍN, J. A., «Valera y las contradicciones del moderantismo español», en *Aproximaciones al realismo español,* Madrid, Castellote, 1975.

GULLÓN, Germán, *El narrador en la novela del siglo XIX,* Madrid, Taurus, 1976.

JIMÉNEZ FRAUD, Alberto, *Juan Valera y la generación de 1868,* Madrid, Taurus, 1973.

KRYNEN, Jean, *L'esthiétisme de Juan Valera,* Universidad de Salamanca, 1946.

LÓPEZ JIMÉNEZ, L. *El naturalismo y España. Valera frente a Zola,* Madrid, Alhambra, 1977.

LÓPEZ MORILLAS, J., «La revolución de septiembre y la novela española», en *Hacia el 98: literatura, sociedad, ideología,* Barcelona, Ariel, 1972.

LOTT, Robert E., *Language and Psychology in «Pepita Jiménez»,* Urbana, Univ. of Illinois Press, 1970.

MARTÍN GAITE, Carmen, prólogo a su edición de *Pepita Jiménez,* Taurus, 1977.

MONTESINOS, José F., *Valera o la ficción libre,* Madrid, Castalia, 1970.

PARDO BAZÁN, Emilia, *Retratos y apuntes literarios,* Madrid, 1908.

PÉREZ DE AYALA, Ramón, *Divagaciones literarias,* en *Obras completas,* tomo IV, Madrid, Aguilar, 1969.

SOTELO, Adolfo, prólogo a su edición de *Pepita Jiménez,* Madrid, SGEL, 1983.

TIERNO GALVÁN, Enrique, «Don Juan Valera o el buen sentido», en *Idealismo y pragmatismo en el siglo XIX español,* Madrid, Tecnos, 1977.

VARELA JÁCOME, Benito: «La idealización de la realidad en Juan Valera», en *Estructuras novelísticas del siglo XIX español,* Barcelona, Aubí, 1974.

WHISTON, J., *Valera: «Pepita Jiménez»,* Londres, Támesis Books, Critical Guides to Spanish Texts, 1978.

Y, por supuesto, todos los tomos de su apasionante *Epistolario.*

PEPITA JIMÉNEZ

PEPITA JIMÉNEZ

NESCI LABI VIRTUS

El señor Deán de la catedral de..., muerto pocos años ha, dejó entre sus papeles un legajo que, rodando de unas manos en otras, ha venido a dar en las mías, sin que, por extraña fortuna, se haya perdido uno solo de los documentos de que constaba. El rótulo del legajo es la sentencia latina que me sirve de epígrafe, sin el nombre de mujer que yo le doy por título ahora; y tal vez este rótulo haya contribuido a que los papeles se conserven; pues creyéndolos cosa de sermón o de teología, nadie se movió antes que yo a desatar el balduque ni a leer una sola página.

Contiene el legajo tres partes. La primera dice: *Cartas de mi sobrino;* la segunda, *Paralipómenos,* y la tercera, *Epílogo.—Cartas de mi hermano.*

Todo ello está escrito de una misma letra, que se puede inferir fuese la del señor Deán. Y como el conjunto forma algo a modo de novela, si bien con poco o ningún enredo, yo imaginé en un principio que tal vez el señor Deán quiso ejercitar su ingenio componiéndola en algunos ratos de ocio; pero, mirando el asunto con más detención y notando la natural sencillez del estilo, me inclino a creer ahora que no hay tal novela, sino que las cartas son copia de verdaderas cartas, que el señor Deán rasgó, quemó o devolvió a sus dueños, y que la parte narrativa, designada con el título bíblico de *Paralipómenos,* es la sola obra del señor Deán, a fin de completar el cuadro con sucesos que las cartas no refieren.

De cualquier modo que sea, confieso que no me ha cansado, antes bien me ha interesado la lectura de estos papeles; y como en el día se publica todo, he decidido publicarlos también, sin más averiguaciones, mudando sólo los nombres propios, para que, si viven los que con ellos se designan, no se vean en novelas sin quererlo ni permitirlo.

Las cartas que la primera parte contiene parecen escritas por un joven de pocos años, con algún conocimiento teórico, pero con ninguna práctica de las cosas del mundo, educado al lado del señor Deán, su tío, y en el Seminario, y con gran fervor religioso y empeño decidido de ser sacerdote.

A este joven llamaremos don Luis de Vargas.

El mencionado *manuscrito,* fielmente trasladado a la estampa, es como sigue:

I

CARTAS DE MI SOBRINO

22 de marzo

Querido tío y venerado maestro: Hace cuatro días que llegué con toda felicidad a este lugar de mi nacimiento, donde he hallado bien de salud a mi padre, al señor Vicario y a los amigos y parientes. El contento de verlos y de hablar con ellos, después de tantos años de ausencia, me ha embargado el ánimo y me ha robado el tiempo, de suerte que hasta ahora no he podido escribir a usted.

Usted me lo perdonará.

Como salí de aquí tan niño y he vuelto hecho un hombre, es singular la impresión que me causan todos estos objetos que guardaba en la memoria. Todo me parece más chico, mucho más chico, pero también más bonito que el recuerdo que tenía. La casa de mi padre, que en mi imaginación era inmensa, es sin duda una gran casa de un rico labrador, pero más pequeña que el Seminario. Lo que ahora comprendo y estimo mejor es el campo de por aquí. Las huertas, sobre todo, son deliciosas. ¡Qué sendas tan lindas hay entre ellas! A un lado, y tal vez a ambos, corre el agua cristalina con grato murmullo. Las orillas de las acequias están cubiertas de hierbas olorosas y de flores de mil clases. En un instante puede uno coger un gran ramo de violetas. Dan sombra a estas sendas pomposos y gigantescos nogales, higueras y otros árboles, y forman los vallados la zarzamora, el rosal, el granado y la madreselva.

Es portentosa la multitud de pajarillos que alegran estos campos y alamedas.

Yo estoy encantado con las huertas, y todas las tardes me paseo por ellas un par de horas.

Mi padre quiere llevarme a ver sus olivares, sus viñas, sus cortijos; pero nada de esto hemos visto aún. No he salido del lugar y de las amenas huertas que le circundan.

Es verdad que no me dejan parar con tanta visita.

Hasta cinco mujeres han venido a verme, que todas han sido mis amas y me han abrazado y besado.

Todos me llaman Luisito o el niño de don Pedro, aunque tengo ya veintidós años cumplidos. Todos preguntan a mi padre por el niño cuando no estoy presente.

Se me figura que son inútiles los libros que he traído para leer, pues ni un instante me dejan solo.

La dignidad de cacique, que yo creía cosa de broma, es cosa harto seria. Mi padre es el cacique del lugar.

Apenas hay aquí quien acierte a comprender lo que llaman mi manía de hacerme clérigo, y esta buena gente me dice, con un candor selvático, que debo ahorcar los hábitos, que el ser clérigo está bien para los pobretones; pero que yo, que soy un rico heredero, debo casarme y consolar la vejez de mi padre, dándole media docena de hermosos y robustos nietos.

Para adularme y adular a mi padre, dicen hombres y mujeres que soy un real mozo, muy salado, que tengo mucho ángel, que mis ojos son muy pícaros y otras sandeces que me afligen, disgustan y avergüenzan, a pesar de que no soy tímido y conozco las miserias y locuras de esta vida, para no escandalizarme ni asustarme de nada.

El único defecto que hallan en mí es el de que estoy muy delgadito a fuerza de estudiar. Para que engorde se proponen no dejarme estudiar ni leer un papel mientras aquí permanezca, y además hacerme comer cuantos primores de cocina y de repostería se confeccionan en el lugar. Está visto: quieren cebarme. No hay familia conocida que no me haya enviado algún obsequio. Ya me envían una torta de bizcocho, ya un cuajado, ya una pirámide de piñonate, ya un tarro de almíbar.

Los obsequios que me hacen no son sólo estos presentes enviados a casa, sino que también me han convidado a comer tres o cuatro personas de las más importantes del lugar.

Mañana como en casa de la famosa Pepita Jiménez, de quien usted habrá oído hablar, sin duda alguna. Nadie ignora aquí que mi padre la pretende.

Mi padre, a pesar de sus cincuenta y cinco años, está tan bien, que puede poner envidia a los más gallardos mozos del lugar. Tiene además el atractivo poderoso, irresistible para algunas mujeres, de sus pasadas conquistas, de su celebridad, de haber sido una especie de Don Juan Tenorio.

No conozco aún a Pepita Jiménez. Todos dicen que es muy linda. Yo sospecho que será una beldad lugareña y algo rústica. Por lo que de ella se cuenta, no acierto a decir si es buena o mala moralmente; pero sí que es de gran despejo natural. Pepita tendrá veinte años; es viuda; sólo tres años estuvo casada. Era hija de doña Francisca Gálvez, viuda, como usted sabe, de un capitán retirado,

> Que le dejó a su muerte
> sólo su honrosa espada por herencia,

según dice el poeta. Hasta la edad de dieciséis años vivió Pepita con su madre en la mayor estrechez, casi en la miseria.

Tenía un tío llamado don Gumersindo, poseedor de un mezquinísimo mayorazgo, de aquellos que en tiempos antiguos una vanidad absurda fundaba. Cualquiera persona regular hubiera vivido con las rentas de este mayorazgo en continuos apuros, llena tal vez de trampas, y sin acertar a darse el lustre y decoro propios de su clase; pero don Gumersindo era un ser extraordinario; el genio de la economía. No se podía decir que crease riqueza; pero tenía una extraordinaria facultad de absorción con respecto a la de los otros, y en punto a consumirla, será difícil hallar sobre la tierra persona alguna en cuyo mantenimiento, conservación y bienestar hayan tenido menos que afanarse la madre naturaleza y la industria humana. No se sabe cómo vivió; pero el caso es que vivió hasta la edad de ochenta años, ahorrando sus rentas íntegras y haciendo crecer su capital por medio de préstamos muy sobre seguro. Nadie por aquí le critica de usurero, antes bien le califican de caritativo, porque siendo moderado en todo, hasta en la usura lo era, y no solía llevar más de un 10 por 100 al año, mientras que en toda esta comarca llevan un 20 y hasta un 30 por 100, y aún parece poco.

Con este arreglo, con esta industria y con el ánimo consagrado siempre a aumentar y a no disminuir sus bienes, sin permitirse el lujo de casarse, ni de tener hijos, ni de fumar siquiera, llegó don Gumersindo a la edad que he dicho, siendo poseedor de un capital importante sin duda en cualquier punto, y aquí considerado enorme, merced a la pobreza de estos lugareños y a la natural exageración andaluza.

Don Gumersindo, muy aseado y cuidadoso de su persona, era un viejo que no inspiraba repugnancia.

Las prendas de su sencillo vestuario estaban algo raídas, para sin una mancha y saltando de limpias, aunque de tiempo inmemorial se le conocía la misma capa, el mismo chaquetón y los mismos pantalones y chaleco. A veces se interrogaban en balde las gentes unas a otras a ver si alguien le había visto estrenar una prenda.

Con todos estos defectos, que aquí y en otras partes muchos consideran virtudes, aunque virtudes exageradas, don Gumersindo tenía excelentes cualidades: era afable, servicial, compasivo, y se desvivía por complacer y ser útil a todo el mundo, aunque le costase trabajos, desvelos y fatigas, con tal que no le costase un real. Alegre y amigo de chanzas y de burlas, se hallaba en todas las reuniones y fiestas, cuando no eran a escote, y las regocijaba con la amenidad de su trato y con su discreta, aunque poco ática, conversación. Nunca había tenido inclinación alguna amorosa a una mujer determinada; pero inocentemente, sin malicia, gustaba de todas, y era el viejo más amigo de requebrar a las muchachas y que más las hiciese reír que había en diez leguas a la redonda.

Ya he dicho que era tío de la Pepita. Cuando frisaba en los ochenta años, iba ella a cumplir los dieciséis. Él era poderoso; ella pobre y desvalida.

La madre de ella era una mujer vulgar, de cortas luces y de instintos groseros. Adoraba a su hija, pero continuamente y con honda amargura se lamentaba de los sacrificios que por ella hacía, de las privaciones que sufría y de la desconsolada vejez y triste muerte que iba a tener en medio de tanta pobreza. Tenía, además, un hijo mayor que Pepita, que había sido gran calavera en el lugar, jugador y pendenciero, y a quien después de muchos disgustos había logrado colocar en La Habana en un empleíllo de mala muerte, viéndose así libre de él y con el charco de por medio. Sin embargo, a los pocos años de estar en La Habana el muchacho, su mala conducta hizo que le dejaran cesante, y asaeteaba con cartas a su madre pidiéndole dinero. La madre, que apenas tenía para sí y para Pepita, se desesperaba, rabiaba, maldecía de sí y de su destino con paciencia poco evangélica, y cifraba toda su esperanza en una buena colocación para su hija que la sacase de apuros.

En tan angustiosa situación empezó don Gumersindo a frecuentar la casa de Pepita y de su madre y a requebrar a Pepita con más ahínco y persistencia que solía requebrar a otras. Era, con todo, tan inverosímil y tan desatinado el suponer que un hombre que había pasado ochenta años sin querer casarse pensase en tal locura cuando ya tenía un pie en el sepulcro, que ni la madre de Pepita, ni Pepita mucho menos, sospecharon jamás los en verdad atrevidos pensamientos de don Gumersindo. Así es, que un día ambas se quedaron atónitas y pasmadas cuando, después de varios requiebros, entre burlas y veras, don Gumersindo soltó con la mayor formalidad, y a boca de jarro, la siguiente categórica pregunta:

—Muchacha, ¿quieres casarte conmigo?

Pepita, aunque la pregunta venía después de mucha broma
y pudiera tomarse por broma, y aunque inexperta de las cosas
del mundo, por cierto instinto adivinatorio que hay en las mujeres, y sobre todo en las mozas, por cándidas que sean, conoció que aquello iba por lo serio, se puso colorada como una
guinda y no contestó nada. La madre contestó por ella.

—Niña, no seas mal criada; contesta a tu tío lo que debes
contestar: Tío, con mucho gusto; cuando usted quiera.

Este *Tío, con mucho gusto; cuando usted quiera,* entonces y
varias veces después, dicen que salió casi mecánicamente de
entre los trémulos labios de Pepita, cediendo a las amonestaciones, a los discursos, a las quejas, y hasta al mandato impe-
rioso de su madre.

Veo que me extiendo demasiado en hablar a usted de esta
Pepita Jiménez y de su historia; pero me interesa, y supongo
que debe interesarle, pues si es cierto lo que aquí aseguran, va
a ser cuñada de usted y madrastra mía. Procuraré, sin embargo, no detenerme en pormenores, y referir, en resumen, cosas que acaso usted ya sepa, aunque hace tiempo que falta de
aquí.

Pepita Jiménez se casó con don Gumersindo.

La envidia se desencadenó contra ella en los días que prece-
dieron a la boda, y algunos meses después.

En efecto, el valor moral de este matrimonio es harto discu-
tible; mas para la muchacha, si se atiende a los ruegos de su
madre, a sus quejas, hasta a su mandato; si se atiende a que
ella creía por este medio proporcionar a su madre una vejez
descansada y libertar a su hermano de la deshonra y de la infamia, siendo su ángel tutelar y su providencia, fuerza es confesar que merece atenuación la censura. Por otra parte, ¿cómo
penetrar en lo íntimo del corazón, en el secreto escondido de
la mente juvenil de una doncella, criada tal vez con recogimiento exquisito e ignorante de todo, y saber qué idea podía
ella formarse del matrimonio? Tal vez entendió que casarse
con aquel viejo era consagrar su vida a cuidarle, a ser su enfer-
mera, a dulcificar los últimos años de su vida, a no dejarle en

soledad y abandono, cercado sólo de achaques y asistido por manos mercenarias, y a iluminar y dorar, por último, sus postrimerías con el rayo esplendente y suave de su hermosura y de su juventud, como ángel que toma forma humana. Si algo de esto o todo esto pensó la muchacha, y en su inocencia no penetró en otros misterios, salva queda la bondad de lo que hizo.

Como quiera que sea, dejando a un lado estas investigaciones psicológicas que no tengo derecho a hacer, pues no conozco a Pepita Jiménez, es lo cierto que ella vivió en santa paz con el viejo durante tres años; que el viejo parecía más feliz que nunca; que ella le cuidaba y regalaba con un esmero admirable, y que en su última y penosa enfermedad le atendió y veló con infatigable y tierno afecto, hasta que el viejo murió en sus brazos, dejándola heredera de una gran fortuna.

Aunque hace más de dos años que perdió a su madre, y más de año y medio que enviudó, Pepita lleva aún el luto de viuda. Su compostura, su vivir retirado y su melancolía son tales, que cualquiera pensaría que llora la muerte del marido como si hubiera sido un hermoso mancebo. Tal vez alguien presume o sospecha que la soberbia de Pepita y el conocimiento cierto que tiene hoy de los poco poéticos medios con que se ha hecho rica, traen su conciencia alterada y más que escrupulosa; y que, avergonzada a sus propios ojos y a los de los hombres, busca en la austeridad y en el retiro consuelo y reparo a la herida de su corazón.

Aquí, como en todas partes, la gente es muy aficionada al dinero. Y digo mal *como en todas partes:* en las ciudades populosas, en los grandes centros de civilización, hay otras distinciones que se ambicionan tanto o más que el dinero, porque abren camino y dan crédito y consideración en el mundo; pero en los pueblos pequeños, donde ni la gloria literaria o científica, ni tal vez la distinción en los modales, ni la elegancia, ni la discreción y amenidad en el trato, suelen estimarse ni comprenderse, no hay otros grados que marquen la jerarquía social sino el tener más o menos dinero o cosa que lo valga. Pepita, pues, con dinero y siendo además hermosa, y haciendo, como dicen todos, buen uso de su riqueza, se ve en el día considerada y respetada extraordinariamente. De este pueblo y de todos los de las cercanías han acudido a pretenderla los más brillantes partidos, los mozos mejor acomodados. Pero, a lo que parece, ella los desdeña a todos con extremada dulzura, procurando no hacerse ningún enemigo, y se supone que tiene llena el alma de la más ardiente devoción, y que su constante pensamiento es consagrar su vida a ejercicios de caridad y de piedad religiosa.

Mi padre no está más adelantado ni ha salido mejor librado, según dicen, que los demás pretendientes; pero Pepita, para cumplir el refrán de que lo cortés no quita a lo valiente, se esmera en mostrarle la amistad más franca, afectuosa y desinteresada. Se deshace con él en obsequios y atenciones; y siempre que mi padre trata de hablarle de amor, le pone a raya echándole un sermón dulcísimo, trayéndole a su memoria sus pasadas culpas, y tratando de desengañarle del mundo y de sus pompas vanas.

Confieso a usted que empiezo a tener curiosidad de conocer a esta mujer; tanto oigo hablar de ella. No creo que mi curiosidad carezca de fundamento, tenga nada de vano ni de pecaminoso; yo mismo siento lo que dice Pepita; yo mismo deseo que mi padre, en su edad proyecta, venga a mejor vida, olvide y no renueve las agitaciones y pasiones de su mocedad, y llegue a una vejez tranquila, dichosa y honrada. Sólo difiero del sentir de Pepita en una cosa: en creer que mi padre, mejor que quedándose soltero, conseguiría esto casándose con una mujer digna, buena y que le quisiese. Por esto mismo deseo conocer a Pepita y ver si ella puede ser esta mujer, pesándome ya algo, y tal vez entre en esto cierto orgullo de familia, que si es malo quisiera desechar, los desdenes, aunque melifluos y afectuosos, de la mencionada joven viuda.

Si tuviera yo otra condición, preferiría que mi padre se quedase soltero. Hijo único entonces, heredaría todas sus riquezas, y como si dijéramos, nada menos que el cacicato de este lugar; pero usted sabe bien lo firme de mi resolución.

Aunque indigno y humilde, me siento llamado al sacerdocio, y los bienes de la tierra hacen poca mella en mi ánimo. Si hay algo en mí del ardor de la juventud y de la vehemencia de las pasiones propias de dicha edad, todo habrá de emplearse en dar pábulo a una caridad activa y fecunda. Hasta los muchos libros que usted me ha dado a leer, y mi conocimiento de la historia de las antiguas civilizaciones de los pueblos del Asia, unen en mí la curiosidad científica al deseo de propagar la fe, y me convidan y excitan a irme de misionero al remoto Oriente. Yo creo que no bien salga de este lugar, donde usted mismo me envía a pasar algún tiempo con mi padre, y no bien me vea elevado a la dignidad del sacerdocio, y aunque ignorante y pecador como soy, me sienta revestido por don sobrenatural y gratuito, merced a la soberana bondad del Altísimo, de la facultad de perdonar los pecados y de la misión de enseñar a las gentes, y reciba el perpetuo y milagroso favor de traer a mis manos impuras al mismo Dios humanado, dejaré a España y me iré a tierras distantes a predicar el Evangelio.

No me mueve vanidad alguna; no quiero creerme superior a otro hombre. El poder de mi fe, la constancia de que me siento capaz, todo, después del favor y de la gracia de Dios, se lo debo a la atinada educación, a la santa enseñanza y al buen ejemplo de usted, mi querido tío.

Casi no me atrevo a confesarme a mí mismo una cosa; pero contra mi voluntad, esta cosa, este pensamiento, esta cavilación acude a mi mente con frecuencia, y ya que acude a mi mente, quiero, debo confesársela a usted; no me es lícito ocultarle ni mis más recónditos e involuntarios pensamientos; usted me ha enseñado a analizar lo que el alma siente, a buscar su origen bueno o malo, a escudriñar los más hondos senos del corazón, a hacer, en suma, un escrupuloso examen de conciencia.

He pensado muchas veces sobre dos métodos opuestos de educación: el de aquellos que procuran conservar la inocencia, confundiendo la inocencia con la ignorancia y creyendo que el mal no conocido se evita mejor que el conocido, y el de aquellos que, valerosamente y no bien llegado el discípulo a la edad de la razón, y salva la delicadeza del pudor, le muestran el mal en toda su fealdad horrible y en toda su espantosa desnudez, a fin de que le aborrezca y le evite. Yo entiendo que el mal debe conocerse para estimar mejor la infinita bondad divina, término ideal e inasequible de todo bien nacido deseo. Yo agradezco a usted que me haya hecho conocer, como dice la Escritura, con la miel y la manteca de su enseñanza, todo lo malo y todo lo bueno, a fin de reprobar lo uno y aspirar a lo otro, con discreto ahínco y con pleno conocimiento de causa. Me alegro de no ser cándido y de ir derecho a la virtud, y en cuanto cabe en lo humano, a la perfección, sabedor de todas las tribulaciones, de todas las asperezas que hay en la peregrinación que debemos hacer con este valle de lágrimas, y no ignorando tampoco lo llano, lo fácil, lo dulce, lo sembrado de flores que está, en apariencia, el camino que conduce a la perdición y a la muerte eterna.

Otra cosa que me considero obligado a agradecer a usted es la indulgencia, la tolerancia, aunque no complaciente y relajada, sino severa y grave, que ha sabido usted inspirarme para con las faltas y pecados del prójimo.

Digo todo esto porque quiero hablar a usted de un asunto tan delicado, tan vidrioso, que apenas hallo términos con que expresarle. En resolución, yo me pregunto a veces: este propósito mío, ¿tendrá por fundamento, en parte, al menos, el carácter de mis relaciones con mi padre? En el fondo de mi corazón, ¿he sabido perdonarle su conducta con mi pobre madre, víctima de sus liviandades?

Lo examino detenidamente, y no hallo un átomo de rencor en mi pecho. Muy al contrario, la gratitud lo llena todo. Mi padre me ha criado con amor; ha procurado honrar en mí la memoria de mi madre, y se diría que al criarme, al esmerarse conmigo cuando pequeño, trataba de aplacar su irritada sombra, si la sombra, si el espíritu de ella, que era un ángel de bondad y de mansedumbre, hubiera sido capaz de ira. Repito, pues, que estoy lleno de gratitud hacia mi padre; él me ha reconocido, y además, a la edad de diez años me envió con usted, a quien debo cuanto soy.

Si hay en mi corazón algún germen de virtud; si hay en mi mente algún principio de ciencia; si hay en mi voluntad algún honrado y buen propósito, a usted lo debo.

El cariño de mi padre hacia mí es extraordinario, es grande; la estimación en que me tiene, inmensamente superior a mis merecimientos. Acaso influya en esto la vanidad. En el amor paterno hay algo de egoísta; es como una prolongación del egoísmo. Todo mi valer, si yo le tuviese, mi padre le consideraría como creación suya, como si yo fuera emanación de su personalidad, así en el cuerpo como en el espíritu. Pero de todos modos, creo que él me quiere y que hay en este cariño algo de independiente y de superior a todo ese disculpable egoísmo de que he hablado.

Siento un gran consuelo, una gran tranquilidad en mi conciencia, y doy por ello las más fervientes gracias a Dios, cuando advierto y noto que la fuerza de la sangre, el vínculo de la naturaleza, ese misterioso lazo que nos une, me lleva, sin ninguna consideración del deber, a amar a mi padre y a reverenciarle. Sería horrible no amarle así, y esforzarse por amarle para cumplir con un mandamiento divino. Sin embargo, y aquí vuelve mi escrúpulo, mi propósito de ser clérigo o fraile, de no aceptar, o de aceptar sólo una pequeña parte de los cuantiosos bienes que han de tocarme por herencia, y de los cuales puedo disfrutar ya en vida de mi padre, ¿proviene sólo de mi menosprecio de las cosas del mundo, de una verdadera vocación a la vida religiosa, o proviene también de orgullo, de rencor escondido, de queja, de algo que hay en mí que no perdona lo que mi madre perdonó con generosidad sublime? Esta duda me asalta y me atormenta a veces; pero casi siempre la resuelvo en mi favor, y creo que no soy orgulloso con mi padre; creo que yo aceptaría todo cuanto tiene si lo necesitara, y me complazco en ser tan agradecido con él por lo poco como por lo mucho.

Adiós, tío: en adelante escribiré a usted a menudo y tan por extenso como me tiene encargado, si bien no tanto como hoy, para no pecar de prolijo.

28 de marzo

Me voy cansando de mi residencia en este lugar, y cada día siento más deseo de volverme con usted, y de recibir las órdenes; pero mi padre quiere acompañarme, quiere estar presente en esa gran solemnidad y exige de mí que permanezca aquí con él dos meses por lo menos. Está tan afable, tan cariñoso conmigo, que sería imposible no darle gusto en todo. Permaneceré, pues, aquí el tiempo que él quiera. Para complacerle me violento y procuro aparentar que me gustan las diversiones de aquí, las jiras campestres y hasta la caza, a todo lo cual le acompaño. Procuro mostrarme más alegre y bullicioso de lo que naturalmente soy. Como en el pueblo, medio de burla, medio en son de elogio, me llaman el *santo,* yo por modestia trato de disimular estas apariencias de santidad o de suavizarlas y humanarlas con la virtud de la eutropelia, ostentando una alegría serena y decente, la cual nunca estuvo reñida ni con la santidad ni con los santos. Confieso, con todo, que las bromas y fiestas de aquí, que los chistes groseros y el regocijo estruendoso, me cansan. No quisiera incurrir en murmuración ni ser maldiciente, aunque sea con todo sigilo y de mí para usted; pero a menudo me dio a pensar que tal vez sería más difícil empresa el moralizar y evangelizar un poco estas gentes, y más lógica y meritoria que el irse a la India, a la Persia o a la China, dejándose atrás a tanto compatriota, si no perdido, algo pervertido. ¡Quién sabe! Dicen algunos que las ideas modernas, que el materialismo y la incredulidad tienen la culpa de todo; pero si la tienen, pero si obran tan malos efectos, ha de ser de un modo extraño, mágico, diabólico, y no por medios naturales, pues es lo cierto que nadie lee aquí libro alguno, ni bueno ni malo, por donde no atino a comprender cómo puedan pervertirse con las malas doctrinas que privan ahora. ¿Estarán en el aire las malas doctrinas, a modo de miasmas de una epidemia? ¿Acaso (y siento tener este mal pensamiento, que a usted sólo declaro), acaso tenga la culpa el mismo clero? ¿Está en España a la altura de su misión? ¿Va a enseñar y a moralizar en los pueblos? ¿En todos sus individuos es capaz de esto? ¿Hay verdadera vocación en los que se consagran a la vida religiosa y a la cura de almas, o es sólo un modo de vivir como otro cualquiera, con la diferencia de que hoy no se dedican a él sino los más menesterosos, los más sin esperanzas y sin medios, por lo mismo que esta *carrera* ofrece menos porvenir que cualquiera otra? Sea como sea, la escasez de sacerdotes instruidos y virtuosos excita más en mí el deseo de ser sacerdote. No quisiera yo que el amor propio me engañase: reconozco todos mis defectos; pero siento en mí una verdadera vocación, y muchos de ellos podrán enmendarse con el auxilio divino.

Hace tres días tuvimos el convite, de que hablé a usted, en casa de Pepita Jiménez. Como esta mujer vive tan retirada, no la conocí hasta el día del convite; me pareció, en efecto, tan bonita como dice la fama, y advertí que tiene con mi padre una afabilidad tan grande, que le da alguna esperanza, al menos miradas las cosas someramente, de que al cabo ceda y acepte su mano.

Como es posible que sea mi madrastra, la he mirado con detención y me parece una mujer singular, cuyas condiciones morales no atino a determinar con certidumbre. Hay en ella un sosiego, una paz exterior, que puede provenir de frialdad de espíritu y de corazón, de estar muy sobre sí y de calcularlo todo, sintiendo poco o nada, y pudiera provenir también de otras prendas que hubiera en su alma; de la tranquilidad de su conciencia, de la pureza de sus aspiraciones y del pensamiento de cumplir en esta vida con los deberes que la sociedad impone, fijando la mente, como término, en esperanzas más altas. Ello es lo cierto que, o bien porque en esta mujer todo es cálculo, sin elevarse su mente a superiores esferas, o bien porque enlaza la prosa del vivir y la poesía de sus ensueños en una perfecta armonía, no hay en ella nada que desentone del cuadro general en que está colocada, y, sin embargo, posee una distinción natural, que la levanta y separa de cuanto la rodea. No afecta vestir traje aldeano ni se viste tampoco según la moda de las ciudades: mezcla ambos estilos en su vestir, de modo que parece una señora, pero una señora de lugar. Disimula mucho, a lo que yo presumo, el cuidado que tiene de su persona; no se advierten en ella ni cosméticos ni afeites; pero la blancura de sus manos, las uñas tan bien cuidadas y acicaladas, y todo el aseo y pulcritud con que está vestida, denotan que cuida de estas cosas más de lo que se pudiera creer en una persona que vive en un pueblo y que además dicen que desdeña las sanidades del mundo y sólo piensa en las cosas del cielo.

Tiene la casa limpísima y todo en un orden perfecto. Los muebles no son artísticos ni elegantes: pero tampoco se advierte en ellos nada de pretencioso y de mal gusto. Para poetizar su estancia, tanto en el patio como en las salas y galerías, hay multitud de flores y plantas. No tiene, en verdad, ninguna planta rara ni ninguna flor exótica; pero sus plantas y sus flores, de lo más común que hay por aquí, están cuidadas con extraordinario mimo.

Varios canarios en jaulas doradas animan con sus trinos toda la casa. Se conoce que el dueño de ella necesita seres vivos en quien poner algún cariño, y, a más de algunas criadas, que se diría que ha elegido con empeño, pues no puede ser mera casualidad el que sean todas bonitas, tiene, como las viejas solteronas, varios animales que le hacen compañía: un loro, una perrita de lanas muy lavada y dos o tres gatos, tan mansos y sociables, que se le ponen a uno encima.

En un extremo de la sala principal hay algo como oratorio, donde resplandece un Niño Jesús de talla, blanco rubio, con ojos azules y bastante guapo. Su vestido es de raso blanco, con manto azul lleno de estrellitas de oro, y todo él está cubierto de dijes y de joyas. El altarito en que está el Niño Jesús

se ve adornado de flores, y alrededor macetas de brusco y lau-
reola, y en el altar mismo, que tiene gradas o escaloncitos, mucha cera ardiendo.

Al ver todo esto no sé qué pensar; pero más a menudo me
inclino a creer que la viuda se ama a sí misma sobre todo, y
que para recreo y para efusión de este amor tiene los gatos, los
canarios, las flores y al propio Niño Jesús, que en el fondo de
su alma tal vez no esté muy por cima de los canarios y de los
gatos.

No se puede negar que la Pepita Jiménez es discreta: ninguna broma tonta, ninguna pregunta impertinente sobre mi
vocación y sobre las órdenes que voy a recibir dentro de poco
han salido de sus labios. Habló conmigo de las cosas del lugar,
de la labranza, de la última cosecha de vino y de aceite y del
modo de mejorar la elaboración del vino; todo ello con modestia y naturalidad, sin mostrar deseo de pasar por muy en-
tendida.

Mi padre estuvo finísimo; parecía remozado, y sus extremos cuidadosos hacia la dama de sus pensamientos eran reci-
bidos, si no con amor, con gratitud.

Asistieron al convite el médico, el escribano y el señor Vicario, grande amigo de la casa y padre espiritual de Pepita.

El señor Vicario debe de tener un alto concepto de ella, porque varias veces me habló aparte de su caridad, de las muchas
limosnas que hacía, de lo compasiva y buena que era para todo
el mundo; en suma, me dijo que era una santa.

Oído el señor Vicario, y fiándome en su juicio, ya no puedo
menos de desear que mi padre se case con la Pepita. Como mi
padre no es a propósito para hacer vida penitente, éste sería el
único modo de que cambiase su vida, tan agitada y tempes-
tuosa hasta aquí, y de que viniese a parar a un término, si no
ejemplar, ordenado y pacífico.

Cuando nos retiramos de casa de Pepita Jiménez y volvimos a la nuestra, mi padre me habló resueltamente de su proyecto: me dijo que él había sido un gran calavera, que había
llevado una vida muy mala y que no veía medio de enmen-

darse, a pesar de sus años, si aquella mujer, que era su salvación, no le quería y se casaba con él. Dando ya por supuesto que iba a quererle y a casarse, mi padre me habló de intereses: me dijo que era muy rico y que me dejaría mejorado, aunque tuviese varios hijos más. Yo le respondí que para los planes y fines de mi vida necesitaba harto poco dinero, y que mi mayor contento sería verle dichoso con mujer e hijos, olvidado de sus antiguos devaneos. Me habló luego mi padre de sus esperanzas amorosas, con un candor y con una vivacidad tales, que se diría que yo era el padre y el viejo, y él un chico de mi edad o más joven. Para ponderarme el mérito de la novia y la dificultad del triunfo, me refirió las condiciones y excelencias de los quince o veinte novios que Pepita había tenido, y que todos habían llevado calabazas. En cuanto a él, según me explicó, hasta cierto punto las había también llevado; pero se lisonjeaba de que no fuesen definitivas, porque Pepita le distinguía tanto y le mostraba tan grande afecto, que si aquello no era amor, pudiera fácilmente convertirse en amor con el largo trato y con la persistente adoración que él le consagraba. Además, la causa del desvío de Pepita tenía para mi padre un no sé qué de fantástico y de sofístico que al cabo debía desvanecerse. Pepita no quería retirarse a un convento ni se inclinaba a la vida penitente: a pesar de su recogimiento y de su devoción religiosa, harto se dejaba ver que se complacía en agradar. El aseo y el esmero de su persona poco tenían de cenobíticos. La culpa de los desvíos de Pepita, decía mi padre, es sin duda su orgullo, orgullo en gran parte fundado; ella es naturalmente elegante, distinguida; es un ser superior por la voluntad y por la inteligencia, por más que con modestia lo disimule: ¿cómo, pues, ha de entregar su corazón a los palurdos que la han pretendido hasta ahora? Ella imagina que su alma está llena de un místico amor de Dios, y que sólo con Dios se satisface, porque no ha salido a su paso todavía un mortal bastante discreto y agradable que le haga olvidar hasta a su Niño Jesús. Aunque sea inmodestia, añadía mi padre, yo me lisonjeo aún de ser ese mortal dichoso.

Tales son, querido tío, las preocupaciones y ocupaciones de mi padre en este pueblo, y las cosas tan extrañas para mí y tan ajenas a mis propósitos y pensamientos de que me habla con frecuencia, y sobre las cuales quiere que dé mi voto.

No parece sino que la excesiva indulgencia de usted para conmigo ha hecho cundir aquí mi fama de hombre de consejo; paso por un pozo de ciencia; todos me refieren sus cuitas y me piden que les muestre el camino que deben seguir. Hasta el bueno del señor Vicario, aun exponiéndose a revelar algo como secretos de confesión, ha venido ya a consultarme sobre varios casos de conciencia que se le han presentado en el confesonario.

Mucho me ha llamado la atención uno de estos casos, que me ha sido referido por el Vicario, como todos, con profundo misterio y sin decirme el nombre de la persona interesada. Cuenta el señor Vicario que una hija suya de confesión tiene grandes escrúpulos porque se siente llevada, con irresistible impulso, hacia la vida solitaria y contemplativa; pero teme, a veces, que este fervor de devoción no venga acompañado de una verdadera humildad, sino que en parte le promueva y excite el mismo demonio del orgullo.

Amar a Dios sobre todas las cosas, buscarle en el centro del alma donde está, purificarse de todas las pasiones y afecciones terrenales para unirse a Él son ciertamente anhelos piadosos y determinaciones buenas; pero el escrúpulo está en saber, en calcular si nacerán o no de un amor propio exagerado. ¿Nacerán acaso, parece que piensa la penitente, de que yo, aunque indigna y pecadora, presumo que vale más mi alma que las almas de mis semejantes; que la hermosura interior de mi mente y de mi voluntad se turbaría y se empañaría con el afecto de los seres humanos que conozco y que creo que no me merecen? ¿Amo a Dios no sobre todas las cosas de un modo infinito, sino sobre lo poco conocido que desdeño, que desestimo, que no puede llenar mi corazón? Si mi devoción tiene este fundamento, hay en ella dos grandes faltas: la primera, que no está cimentada en un puro amor de Dios, lleno de humildad y de caridad, sino en el orgullo; y la segunda, que esa devoción no es firme y valedera, sino que está en el aire, porque ¿quién asegura que no pueda el alma olvidarse del amor a su Creador, cuando no le ama de un modo infinito, sino porque no hay criatura a quien juzgue digna de que el amor en ella se emplee?

Sobre este caso de conciencia, harto alambicado y sutil para que así preocupe a una lugareña, ha venido a consultarme el padre Vicario. Yo he querido excusarme de decir nada, fundándome en mi inexperiencia y pocos años; pero el señor Vicario se ha obstinado de tal suerte, que no he podido menos de discurrir sobre el caso. He dicho, y mucho me alegraría de que usted aprobase mi parecer, que lo que importa a esta hija de confesión atribulada es mirar con mayor benevolencia a los hombres que la rodean, y en vez de analizar y desentrañar sus faltas con el escalpelo de la crítica, tratar de cubrirlas con el manto de la caridad, haciendo resaltar todas las buenas cualidades de ellos y ponderándolas mucho, a fin de amarlos y estimarlos; que debe esforzarse por ver en cada ser humano un objeto digno de amor, un verdadero prójimo, un igual suyo, un alma en cuyo fondo hay un tesoro de excelentes prendas y virtudes, un ser hecho, en suma, a imagen y semejanza de Dios. Realzado así cuanto nos rodea, amando y estimando a las criaturas por lo que son y por más de lo que son, procurando no tenerse por superior a ellas en nada, antes bien, profundizando con valor en el fondo de nuestra conciencia para descubrir todas nuestras faltas y pecados, y adquiriendo la santa humildad y el menosprecio de uno mismo, el corazón se sentirá lleno de afectos humanos, y no despreciará, sino valuará en mucho el mérito de las cosas y de las personas; de modo que, si sobre este fundamento descuella luego y se levanta el amor divino con invencible pujanza, y no hay ya miedo de que pueda nacer este amor de una exagerada estimación propia, del orgullo o de un desdén injusto del prójimo, sino que nacerá de la pura y santa consideración de la hermosura y de la bondad infinitas.

Si, como sospecho, es Pepita Jiménez la que ha consultado al señor Vicario sobre estas dudas y tribulaciones, me parece que mi padre no puede lisonjearse todavía de ser muy querido; pero si el Vicario acierta a darla mi consejo, y ella le acepta y pone en práctica, o vendrá a hacerse una María de Agreda o cosa por el estilo, o, lo que es más probable, dejará a un lado los misticismos y desvíos y se conformará y contentará con aceptar la mano y el corazón de mi padre, que en nada es inferior a ella.

4 de abril

La monotonía de mi vida en este lugar empieza a fastidiarme bastante, y no porque la vida mía en otras partes haya sido más activa físicamente; antes al contrario, aquí me paseo mucho a pie y a caballo, voy al campo, y por complacer a mi padre, concurro a casinos y reuniones; en fin, vivo como fuera de mi centro y de mi modo de ser; pero mi vida intelectual es nula: no leo un libro ni apenas me dejan un momento para pensar y meditar sosegadamente; y como el encanto de mi vida estribaba en estos pensamientos y meditaciones, me parece monótona la que hago ahora. Gracias a la paciencia que usted me ha recomendado para todas las ocasiones, puedo sufrirla.

Otra causa de que mi espíritu no esté completamente tranquilo es el anhelo, que cada día siento más vivo, de tomar el estado a que resueltamente me inclino desde hace años. Me parece que en estos momentos, cuando se halla tan cercana la realización del constante sueño de mi vida, es como una profanación distraer la mente hacia otros objetos. Tanto me atormenta esta idea y tanto cavilo sobre ella, que mi admiración por la belleza de las cosas creadas, por el cielo tan lleno de estrellas en estas serenas noches de primavera y en esta región de Andalucía; por estos alegres campos, cubiertos ahora de verdes sembrados, y por estas frescas y amenas huertas con tan lindas y sombrías alamedas, con tantos mansos arroyos y acequias, con tanto lugar apartado y esquivo, con tanto pájaro que le da música, y con tantas flores y hierbas olorosas: esta admiración y entusiasmo mío, repito, que en otro tiempo me parecían avenirse por completo con el sentimiento religioso que llenaba mi alma, excitándole y sublimándole en vez de debilitarle, hoy casi me parecen pecaminosa distracción e imperdonable olvido de lo eterno por lo temporal, de lo increado y suprasensible por lo sensible y creado. Aunque con poco aprovechamiento en la virtud, aunque nunca libre mi espíritu de los fantasmas de la imaginación, aunque no exento en mí el hombre interior de las impresiones exteriores y del fatigoso método discursivo, aunque incapaz de reconcentrarme por un esfuerzo de amor en el centro mismo de la simple inteligencia, en el ápice de la mente, para ver allí la verdad y la bondad, desnudas de imágenes y de formas, aseguro a usted que tengo miedo del modo de orar imaginario, propio de un hombre corporal y tan poco aprovechado como yo soy. La misma meditación racional me infunde recelo. No quisiera yo hacer discursos para conocer a Dios, ni traer razones de amor para amarle. Quisiera alzarme de un vuelo a la contemplación esencial e íntima. ¿Quién me diese alas como de paloma para volar al seno del que ama mi alma? Pero ¿cuáles son, dónde están mis méritos? ¿Dónde las mortificaciones, la larga oración y el ayuno? ¿Qué he hecho yo, Dios mío, para que Tú me favorezcas?

Harto sé que los impíos del día presente acusan, con falta completa de fundamento, a nuestra santa religión de mover las almas a aborrecer todas las cosas del mundo, a despreciar o a desdeñar la naturaleza, tal vez a temerla casi, como si hubiera en ella algo de diabólico, encerrando todo su amor y todo su afecto en el que llaman monstruoso egoísmo del amor divino, porque creen que el alma se ama a sí propia amando a Dios. Harto sé que no es así, que no es ésta la verdadera doctrina, que el amor divino es la caridad, y que amar a Dios es amarlo todo, porque todo está en Dios, y Dios está en todo por inefable y alta manera. Harto sé que no peco amando las cosas por el amor de Dios, lo cual es amarlas por ellas con rectitud; porque ¿qué son ellas más que la manifestación, la obra del amor de Dios? Y, sin embargo, no sé qué extraño temor, qué singular escrúpulo, qué apenas perceptible e indeterminado remordimiento me atormenta ahora, cuando tengo, como antes, como en otros días de mi juventud, como en la misma niñez, alguna efusión de ternura, algún rapto de entusiasmo, al penetrar en una enramada frondosa, al oír el canto del ruiseñor en el silencio de la noche, al escuchar el pío de las golondrinas, al sentir el arrullo enamorado de la tórtola, al ver las flores o al mirar las estrellas. Se me figura a veces que hay en todo esto algo de delectación sensual, algo que me hace olvidar, por un momento al menos, más altas aspiraciones. No quiero yo que en mí el espíritu peque contra la carne; pero no quiero tampoco que la hermosura de la materia, que sus deleites, aun los más delicados, sutiles y aéreos, aun los que más bien por el espíritu que por el cuerpo se perciben, como el silbo delgado del aire fresco cargado de aromas campesinos, como el canto de las aves, como el majestuoso y reposado silencio de las horas nocturnas, en estos jardines y huertas, me distraigan de la contemplación de la superior hermosura, y entibien ni por un momento mi amor hacia quien ha creado esta armoniosa fábrica del mundo.

No se me oculta que todas estas cosas materiales son como las letras de un libro, son como los signos y caracteres donde el alma, atenta a su lectura, puede penetrar un hondo sentido y leer y descubrir la hermosura de Dios, que, si bien imperfectamente, está en ellas como trasunto o más bien como cifra, porque no la pintan, sino que la representan. En esta distinción me fundo, a veces, para dar fuerza a mis escrúpulos y mortificarme. Porque yo me digo: si amo la hermosura de las cosas terrenales tales como ellas son, y si la amo con exceso, es idolatría: debo amarla como signo, como representación de una hermosura oculta y divina, que vale mil veces más, que es incomparablemente superior en todo.

Hace pocos días cumplí veintidós años. Tal ha sido hasta ahora mi fervor religioso, que no he sentido más amor que el inmaculado amor de Dios mismo y de su santa religión, que quisiera difundir y ver triunfante en todas las regiones de la tierra: Confieso que algún sentimiento profano se ha mezclado con esta pureza de afecto. Usted lo sabe, se lo he dicho mil veces; y usted, mirándome con su acostumbrada indulgencia, me ha contestado que el hombre no es un ángel, y que sólo pretender tanta perfección es orgullo; que debo moderar esos sentimientos y no empeñarme en ahogarlos del todo. El amor a la ciencia, el amor a la propia gloria, adquirida por la ciencia misma, hasta el formar uno de sí propio no desventajoso concepto; todo ello, sentido con moderación, velado y mitigado por la humildad cristiana y encaminado a buen fin, tiene, sin duda, algo de egoísta; pero puede servir de estímulo y apoyo a las más firmes y nobles resoluciones. No es, pues, el escrúpulo que me asalta hoy el de mi orgullo, el de tener sobrada confianza en mí mismo, el de ansiar la gloria mundana, o el de ser sobrado curioso de ciencia; no es nada de esto; nada que tenga relación con el egoísmo, sino en cierto modo lo contrario. Siento una dejadez, un quebranto, un abandono de la voluntad, una facilidad tan grande para las lágrimas; lloro tan fácilmente de ternura al ver una florecilla bonita o al contemplar el rayo misterioso, tenue y ligerísimo de una remota estrella, que casi tengo miedo.

Dígame usted qué piensa de estas cosas; si hay algo de enfermizo en esta disposición de mi ánimo.

8 de abril

Siguen las diversiones campestres, en que tengo que intervenir muy a pesar mío.

He acompañado a mi padre a ver casi todas sus fincas, y mi padre y sus amigos se pasman de que yo no sea completamente ignorante de las cosas del campo. No parece sino que para ellos el estudio de la teología, a que me he dedicado, es contrario del todo al conocimiento de las cosas naturales. ¡Cuánto han admirado mi erudición al verme distinguir en las viñas, donde apenas empiezan a brotar los pámpanos, la cepa

Pedro-Jiménez de la baladí y de la de Don-Bueno! ¡Cuánto han admirado también que en los verdes sembrados sepa yo distinguir la cebada del trigo y el anís de las habas; que conozca muchos árboles frutales y de sombra, y que, aun de las hierbas que nacen espontáneamente en el campo, acierte yo con varios nombres y refiera bastantes condiciones y virtudes!

Pepita Jiménez, que ha sabido por mi padre lo mucho que me gustan las huertas de por aquí, nos ha convidado a ver una que posee a corta distancia del lugar, y a comer las fresas tempranas que en ella se crían. Este antojo de Pepita de obsequiar tanto a mi padre, quien la pretende y a quien desdeña, me parece a menudo que tiene su poco de coquetería, digna de reprobación; pero cuando veo a Pepita después, y la hallo tan natural, tan fresca y tan sencilla, se me pasa el mal pensamiento e imagino que todo lo hace candorosamente y que no la lleva otro fin que el de conservar la buena amistad que con mi familia la liga.

Sea como sea, anteayer tarde fuimos a la huerta de Pepita. Es hermoso sitio, de lo más ameno y pintoresco que puede imaginarse. El riachuelo que riega casi todas estas huertas, sangrado por mil acequias, pasa al lado de la que visitamos; se forma allí una presa, y cuando se suelta el agua sobrante del riego, cae en un hondo barranco poblado en ambas márgenes de álamos blancos y negros, mimbrones, adelfas floridas y otros árboles frondosos. La cascada, de agua limpia y transparente, se derrama en el fondo formando espuma, y luego sigue su curso tortuoso por un cauce que la naturaleza misma ha abierto, esmaltando sus orillas de mil hierbas y flores, y cubriéndolas ahora de multitud de violetas. Las laderas que hay en un extremo de la huerta están llenas de nogales, higueras, avellanos y otros árboles de fruta. Y en la parte llana hay cuadros de hortaliza, de fresa, de tomates, patatas, judías y pimientos, y su poco de jardín, con grande abundancia de flores, de las que por aquí más comúnmente se crían. Los rosales, sobre todo, abundan, y los hay de mil diferentes especies. La casilla del hortelano es más bonita y limpia de lo que en esta

tierra se suele ver, y al lado de la casilla hay otro pequeño edi-
ficio reservado para el dueño de la finca, y donde nos agasajó
Pepita con una espléndida merienda, a la cual dio pretexto el
comer las fresas, que era el principal objeto que allí nos llevaba. La cantidad de fresa fue asombrosa para lo temprano de
la estación, y nos fueron servidas con leche de algunas cabras
que Pepita también posee.

Asistimos a esta jira el médico, el escribano, mi tía doña
Casilda, mi padre y yo; sin faltar el indispensable señor Vicario, padre espiritual, y más que padre espiritual, admirador y
encomiador perpetuo de Pepita.

Por un refinamiento algo sibarítico, no fue el hortelano, ni
su mujer, ni el chiquillo del hortelano, ni ningún otro campesino quien nos sirvió la merienda, sino dos lindas muchachas,
criadas y como confidentas de Pepita, vestidas a lo rústico, si
bien con suma pulcritud y elegancia. Llevaban trajes de percal
de vistosos colores, cortos y ceñidos al cuerpo, pañuelo de
seda cubriendo las espaldas y descubierta la cabeza, donde lu-
cían abundantes y lustrosos cabellos negros, trenzados y ata-
dos luego, formando un moño en figura de martillo, y por delante rizos sujetos con sendas horquillas, por acá llamados
caracoles. Sobre el moño o castaña ostentaba cada una de estas doncellas un ramo de frescas rosas.

Salva la superior riqueza de la tela y su color negro, no era
más cortesano el traje de Pepita. Su vestido de merino tenía
la misma forma que el de las criadas, y, sin ser muy corto, no
arrastraba ni recogía suciamente el polvo del camino. Un modesto pañolito de seda negra cubría también, al uso del lugar,
su espalda y su pecho, y en la cabeza no ostentaba tocado, ni
flor, ni joya, ni más adorno que el de sus propios cabellos rubios. En la única cosa que noté por parte de Pepita cierto esmero, en que se apartaba de los usos aldeanos, era en llevar
guantes. Se conoce que cuida mucho sus manos y que tal vez
pone alguna vanidad en tenerlas muy blancas y bonitas, con
unas uñas lustrosas y sonrosadas; pero si tiene esta vanidad,
es disculpable en la flaqueza humana, y al fin, si yo no estoy

trascordado, creo que Santa Teresa tuvo la misma vanidad cuando era joven, lo cual no le impidió ser una santa tan grande.

En efecto, yo me explico, aunque no disculpo, esta pícara vanidad. ¡Es tan distinguido, tan aristocrático, tener una linda mano! Hasta se me figura, a veces, que tiene algo de simbólico. La mano es el instrumento de nuestras obras, el signo de nuestra nobleza, el medio por donde la inteligencia reviste de forma sus pensamientos artísticos, y da ser a las creaciones de la voluntad, y ejerce el imperio que Dios concedió al hombre sobre todas las criaturas. Una mano ruda, nerviosa, fuerte, tal vez callosa, de un trabajador, de un obrero, demuestra noblemente ese imperio; pero en lo que tiene de más violento y mecánico. En cambio, las manos de esta Pepita, que parecen casi diáfanas como el alabastro, si bien con leves tintas rosadas, donde cree uno ver circular la sangre pura y sutil, que da a sus venas un ligero viso azul; estas manos, digo, de dedos afilados y de sin par corrección de dibujo, parecen el símbolo del imperio mágico, del dominio misterioso que tiene y ejerce el espíritu humano, sin fuerza material, sobre todas las cosas visibles que han sido inmediatamente creadas por Dios y que por medio del hombre Dios completa y mejora. Imposible parece que el que tiene manos como Pepita tenga pensamiento impuro, ni idea grosera, ni proyecto ruin que esté en discordancia con las limpias manos que deben ejecutarle.

No hay que decir que mi padre se mostró tan embelesado como siempre de Pepita, y ella tan fina y cariñosa con él, si bien con un cariño más filial de lo que mi padre quisiera. Es lo cierto que mi padre, a pesar de la reputación que tiene de ser por lo común poco respetuoso y bastante profano con las mujeres, trata a ésta con un respeto y unos miramientos tales, que ni Amadís los usó mayores con la señora Oriana en el período más humilde de sus pretensiones y galanteos: ni una palabra que disuene, ni un requiebro brusco e importuno, ni un chiste algo amoroso de estos que con tanta frecuencia suelen permitirse los andaluces. Apenas si se atreve a decir a Pepita «buenos ojos tienes», y en verdad que si lo dijese no mentiría, porque los tiene grandes, verdes como los de Circe, hermosos y rasgados; y lo que más mérito y valor les da es que no parece sino que ella no lo sabe, pues no se descubre en ella la menor intención de agradar a nadie ni de atraer a nadie con lo dulce de sus miradas. Se diría que cree que los ojos sirven para ver y nada más que para ver. Lo contrario de lo que yo, según he oído decir, presumo que creen la mayor parte de las mujeres jóvenes y bonitas, que hacen de los ojos un arma de combate y como un aparato eléctrico y fulmíneo para rendir corazones y cautivarlos. No son así, por cierto, los ojos de Pepita, donde hay una serenidad y una paz como del cielo. Ni por eso se puede decir que miren con fría indiferencia. Sus ojos están llenos de caridad y de dulzura. Se posan con afecto en un rayo de luz, en una flor, hasta en cualquier objeto inanimado; pero con más afecto aún, con muestras de sentir más blando, humano y benigno, se posan en el prójimo, sin que el prójimo, por joven, gallardo y presumido que sea, se atreva a suponer nada más que caridad y amor al prójimo, y cuando más, predilección amistosa en aquella serena y tranquila mirada.

Yo me paro a pensar si todo esto será estudiado; si esta Pepita será una gran comedianta; pero sería tan perfecto el fingimiento y tan oculta la comedia, que parece imposible. La misma naturaleza, pues, es la que guía y sirve de norma a esta mirada y a estos ojos. Pepita, sin duda, amó a su madre primero, y luego las circunstancias la llevaron a amar a don Gumersindo por deber, como al compañero de su vida; y luego, sin duda, se extinguió en ella toda pasión que pudiera inspirar ningún objeto terreno, y amó a Dios, y amó las cosas todas por amor de Dios, y se encontró quizás en una situación de espíritu apacible y hasta envidiable, en la cual, si tal vez hubiere algo que censurar, será un egoísmo de que ella misma no se da cuenta. Es muy cómodo amar de este modo suave, sin atormentarse con el amor; no tener pasión que combatir; hacer del amor y del afecto a los demás un aditamento y como un complemento del amor propio.

A veces me pregunto a mí mismo si al censurar en mi interior esta condición de Pepita no soy yo quien me censuro. ¿Qué sé yo lo que pasa en el alma de esa mujer, para censurarla? ¿Acaso al creer que veo su alma, no es la mía la que veo? Yo no he tenido ni tengo pasión alguna por vencer: todas mis inclinaciones bien dirigidas, todos mis instintos buenos y malos, merced a la sabia enseñanza de usted, van sin obstáculos ni tropiezos encaminados al mismo propósito; cumpliéndole se satisfarían no sólo mis nobles y desinteresados deseos, sino también mis deseos egoístas, mi amor a la gloria, mi afán de saber, mi curiosidad de ver tierras distantes, mi anhelo de ganar nombre y fama. Todo esto se cifra en llegar al término de la carrera que he emprendido. Por este lado se me antoja a veces que soy más censurable que Pepita, aun suponiéndola merecedora de censura.

Yo he recibido ya las órdenes menores; he desechado de mi alma las vanidades del mundo; estoy tonsurado; me he consagrado al altar, y, sin embargo, un porvenir de ambición se presenta a mis ojos, y veo con gusto que puedo alcanzarlo y me complazco en dar por ciertas y valederas las condiciones que tengo para ello, por más que a veces llame a la modestia en mi auxilio, a fin de no confiar demasiado. En cambio, esta mujer, ¿a qué aspira ni qué quiere? Yo la censuro de que se cuida las manos; de que mira tal vez con complacencia su belleza; casi la censuro de su pulcritud, del esmero que pone en vestirse, de yo no sé qué coquetería que hay en la misma modestia y sencillez con que se viste. ¡Pues qué! ¿La virtud ha de ser desaliñada? ¿Ha de ser sucia la santidad? Un alma pura y limpia, ¿no puede complacerse en que el cuerpo también lo sea? Es extraña esta malevolencia con que miro el primor y el aseo de Pepita. ¿Será tal vez porque va a ser mi madrastra? ¡Pero si no quiere ser mi madrastra! ¡Si no quiere a mi padre! Verdad es que las mujeres son raras; quién sabe si en el fondo de su alma no se siente inclinada ya a querer a mi padre y a casarse con él, si bien, atendiendo a aquello de lo que mucho vale mucho cuesta, se propone, páseme usted la palabra, molerle antes con sus desdenes, tenerle sujeto a su servidumbre, poner a prueba la constancia de su afecto y acabar por darle el plácido sí. ¡Allá veremos!

Ello es que la fiesta en la huerta fue apaciblemente divertida: se habló de flores, de frutos, de injertos, de plantaciones y de otras mil cosas relativas a la labranza, luciendo Pepita sus conocimientos agrónomos en competencia con mi padre, conmigo y con el señor Vicario, que se queda con la boca abierta cada vez que habla Pepita, y jura que en los setenta y pico años que tiene de edad, y en sus largas peregrinaciones, que le han hecho recorrer casi toda la Andalucía, no ha conocido mujer más discreta ni más atinada en cuanto piensa y dice.

Cuando volvemos a casa de cualquiera de estas expediciones, vuelvo a insistir con mi padre en mi ida con usted, a fin de que llegue el suspirado momento de que yo me vea elevado al sacerdocio; pero mi padre está tan contento de tenerme a su lado y se siente tan a gusto en el lugar, cuidando de sus fincas, ejerciendo mero y mixto imperio como cacique, y adorando a Pepita y consultándoselo todo como a su ninfa Egeria, que halla siempre y hallará aún, tal vez durante algunos meses, fundado pretexto para retenerme aquí. Ya tiene que clarificar el vino de yo no sé cuántas pipas de la candiotera; ya tiene que trasegar otro; ya es menester binar los majuelos; ya es preciso arar los olivares y cavar los pies a los olivos; en suma, me retiene aquí contra mi gusto; aunque no debiera yo decir «contra mi gusto», porque le tengo muy grande en vivir con un padre que es para mí tan bueno.

Lo malo es que con esta vida temo materializarme demasiado: me parece sentir alguna sequedad de espíritu durante la oración; mi fervor religioso disminuye; la vida vulgar va penetrando y se va infiltrando en mi naturaleza. Cuando rezo padezco distracciones; no pongo en lo que digo a mis solas, cuando el alma debe elevarse a Dios, aquella atención profunda que antes ponía. En cambio, la ternura de mi corazón, que no se fija en un objeto condigno, que no se emplea y consume en lo que debiera, brota y como que rebosa en ocasiones por objetos y circunstancias que tienen mucho de pueriles, que me parecen ridículos, y de los cuales me avergüenzo. Si me despierto en el silencio de la alta noche y oigo que algún campesino enamorado canta, al son de su guitarra mal rasgueada, una copla de fandango o de rondeñas, ni muy discreta, ni muy poética ni muy delicada, suelo enternecerme como si oyera la más celestial melodía. Una compasión loca, insana, me aqueja a veces. El otro día cogieron los hijos del aperador de mi padre un nido de gorriones, y al ver yo los pajarillos sin plumas aún y violentamente separados de la madre cariñosa, sentí suma angustia, y, lo confieso, se me saltaron las lágrimas. Pocos días antes trajo del campo un rústico una ternerita que se había perniquebrado; iba a llevarla al matadero y venía a decir a mi padre qué quería de ella para su mesa: mi padre pidió unas cuantas libras de carne, la cabeza y las patas; yo me conmoví al ver la ternerita, y estuve a punto, aunque la vergüenza lo impidió, de comprársela al hombre, a ver si la curaba y conservaba viva. En fin, querido tío, menester es tener la gran confianza que tengo yo con usted para contarle estas muestras de sentimiento extraviado y vago, y hacerle ver con ellas que necesito volver a mi antigua vida, a mis estudios, a mis altas especulaciones, y acabar por ser sacerdote para dar al fuego que devora mi alma el alimento sano y bueno que debe de tener.

14 de abril

Sigo haciendo la misma vida de siempre y detenido aquí a ruegos de mi padre.

El mayor placer de que disfruto, después del de vivir con él, es el trato y conversación con el señor Vicario, con quien suelo dar a solas largos paseos. Imposible parece que un hombre de su edad, que debe tener muy cerca de ochenta años, sea tan fuerte, ágil y andador. Antes me canso yo que él, y no queda vericueto, ni lugar agreste, ni cima de cerro escarpado en estas cercanías adonde no lleguemos.

El señor Vicario me va reconciliando mucho con el clero español, a quien algunas veces he tildado yo, hablando con usted, de poco ilustrado. ¡Cuánto más vale, me digo a menudo, este hombre, lleno de candor y de buen deseo, tan afectuoso e inocente, que cualquiera que haya leído muchos libros y en cuya alma no arda con tal viveza como en la suya el fuego de la caridad unido a la fe más sincera y más pura! No crea usted que es vulgar el entendimiento del señor Vicario: es un espíritu inculto, pero despejado y claro. A veces imagino que pueda provenir la buena opinión que de él tengo de la atención con que me escucha; pero si no es así, me parece que todo lo entiende con notable perspicacia y que sabe unir al amor entrañable de nuestra santa religión el aprecio de todas las cosas buenas que la civilización moderna nos ha traído. Me encantan, sobre todo, la sencillez, la sobriedad en hiperbólicas manifestaciones de sentimentalismo, la naturalidad, en suma, con que el señor Vicario ejerce las más penosas obras de caridad. No hay desgracia que no remedie, ni infortunio que no consuele, ni humillación que no procure restaurar, ni pobreza a que no acuda solícito con un socorro.

Para todo esto, fuerza es confesarlo, tiene un poderoso auxiliar en Pepita Jiménez, cuya devoción y natural compasivo siempre está él poniendo por las nubes.

El carácter de esta especie de culto que el Vicario rinde a Pepita va sellado, casi se confunde con el ejercicio de mil buenas obras: con las limosnas, el rezo, el culto público y el cuidado de los menesterosos. Pepita no da sólo para los pobres, sino también para novenas, sermones y otras fiestas de iglesia. Si los altares de la parroquia brillan a veces adornados de bellísimas flores, estas flores se deben a la munificencia de Pepita, que las ha hecho traer de su huerta. Si en lugar del antiguo manto, viejo y raído, que tenía la Virgen de los Dolores, luce hoy un flamante y magnífico manto de terciopelo negro bordado de plata, Pepita es quien le ha costeado. Estos y otros tales beneficios, el Vicario está siempre decantándolos y ensalzándolos. Así es que cuando no hablo yo de mis miras, de mi vocación, de mis estudios, lo cual embelesa en extremo al señor Vicario, y le trae suspenso de mis labios; cuando es él quien habla y yo quien escucho, la conversación, después de mil vueltas y rodeos, viene a parar siempre en hablar de Pepita Jiménez. Y al cabo ¿de quién me ha de hablar el señor Vicario? Su trato con el médico, con el boticario, con los ricos labradores de aquí, apenas da motivo para tres palabras de conversación. Como el señor Vicario posee la rarísima cualidad en un lugareño de no ser amigo de contar vidas ajenas ni lances escandalosos, de nadie tiene que hablar sino de la mencionada mujer, a quien visita con frecuencia, y con quien, según se desprende de lo que dice, tiene los más íntimos coloquios.

No sé que libros habrá leído Pepita Jiménez, ni qué instrucción tendrá; pero de lo que cuenta el señor Vicario se colige que está dotada de un espíritu inquieto e investigador, donde se ofrecen infinitas cuestiones y problemas que anhela dilucidar y resolver, presentándolos para ello al señor Vicario, a quien deja agradablemente confuso. Este hombre, educado a la rústica, clérigo de misa y olla como vulgarmente suele decirse, tiene el entendimiento abierto a toda luz de verdad, aunque carece de iniciativa, y, por lo visto, los problemas y cuestiones que Pepita la presenta le abren nuevos horizontes y nuevos caminos, aunque nebulosos y mal determinados, que él no presumía siquiera, que no acierta a trazar con exactitud, pero cuya vaguedad, novedad y misterio le encantan.

No desconoce el padre Vicario que esto tiene mucho de peligroso, y que él y Pepita se exponen a dar sin saberlo en alguna herejía; pero se tranquiliza, porque, distando mucho de ser un gran teólogo, sabe su catecismo al dedillo; tiene confianza en Dios, que le iluminará, y espera no extraviarse, y da por cierto que Pepita seguirá sus consejos y no se extraviará nunca.

Así imaginan ambos mil poesías, aunque informes, bellas, sobre todos los misterios de nuestra religión y artículos de nuestra fe. Inmensa es la devoción que tienen a María Santísima, Señora nuestra, y yo me quedo absorto de ver cómo saben enlazar la idea o el concepto popular de la Virgen con algunos de los más remontados pensamientos teológicos.

Por lo que relata el padre Vicario, entreveo que en el alma dé Pepita Jiménez, en medio de la serenidad y calma que aparenta, hay clavado un agudo dardo de dolor; hay un amor de pureza contrariado por su vida pasada. Pepita amó a don Gumersindo como a su compañero, como a su bienhechor, como al hombre a quien todo se lo debe, pero la atormenta, la avergüenza el recuerdo de que don Gumersindo fue su marido.

En su devoción a la Virgen se descubre un sentimiento de humillación dolorosa, un torcedor, una melancolía que influye en su mente el recuerdo de su matrimonio indigno y estéril.

Hasta en su adoración al niño Dios, representado en la preciosa imagen de talla que tiene en su casa, interviene el amor maternal sin objeto, el amor maternal que busca ese objeto en un ser no nacido de pecado y de impureza.

El padre Vicario dice que Pepita adora al niño Jesús como a su Dios, pero que le ama con las entrañas maternales con que amaría a un hijo, si le tuviese, y si en su concepción no hubiera habido cosa de que tuviera ella que avergonzarse. El padre Vicario nota que Pepita sueña con la madre ideal y con el hijo ideal, inmaculados ambos, al rezar a la Virgen Santísima, y al cuidar a su lindo niño Jesús de talla.

Aseguro a usted que no sé qué pensar de todas estas extrañezas. ¡Conozco tan poco lo que son las mujeres! Lo que de Pepita me cuenta el padre Vicario me sorprende, y si bien más a menudo entiendo que Pepita es buena, y no mala, a veces me infunde cierto terror por mi padre. Con los cincuenta y cinco años que tiene, creo que está enamorado, y Pepita, aunque buena por reflexión, puede, sin premeditarlo ni calcularlo, ser un instrumento del espíritu del mal; puede tener una coquetería irreflexiva e instintiva, más invencible, eficaz y funesta aún que la que procede de premeditación, cálculo y discurso.

¿Quién sabe, me digo yo a veces, si a pesar de las buenas obras de Pepita, de sus rezos, de su vida devota y recogida, de sus limosnas y de sus donativos para las iglesias, en todo lo cual se puede fundar el afecto que el padre Vicario le profesa, no hay también un hechizo humano, no hay algo de magia diabólica en este prestigio de que se rodea y con el cual emboba a este cándido padre Vicario, y le lleva y le trae y le hace que no piense ni hable sino de ella a todo momento?

El mismo imperio que ejerce Pepita sobre un hombre tan descreído como mi padre, sobre una naturaleza tan varonil y poco sentimental, tiene en verdad mucho de raro.

No explican tampoco las buenas obras de Pepita el respeto y afecto que infunde por lo general en estos rústicos. Los niños pequeñuelos acuden a verla las pocas veces que sale a la calle y quieren besarle la mano; las mozuelas le sonríen y la saludan con amor; los hombres todos se quitan el sombrero a su paso y se inclinan con la más espontánea reverencia y con la más sencilla y natural simpatía.

Pepita Jiménez, a quien muchos han visto nacer, a quien vieron todos en la miseria, viviendo con su madre, a quien han visto después casada con el decrépito y avaro don Gumersindo, hace olvidar todo esto, y aparece como un ser peregrino, venido de alguna tierra lejana, de alguna esfera superior, pura y radiante, y obliga y mueve al acatamiento afectuoso, a algo como admiración amantísima a todos sus compatriotas.

Veo que distraídamente voy cayendo en el mismo defecto que en el padre Vicario censuro, y que no hablo a usted sino de Pepita Jiménez. Pero esto es natural. Aquí no se habla de otra cosa. Se diría que todo el lugar está lleno del espíritu, del pensamiento, de la imagen de esta singular mujer, que yo no acierto aún a determinar si es un ángel o una refinada coqueta llena de *astucia instintiva,* aunque los términos parezcan contradictorios. Porque lo que es con plena conciencia estoy convencido de que esta mujer no es coqueta ni sueña en ganarse voluntades para satisfacer su vanagloria.

Hay sinceridad y candor en Pepita Jiménez. No hay más que verla para creerlo así. Su andar airoso y reposado, su esbelta estatura, lo terso y despejado de su frente, la suave y pura luz de sus miradas, todo se concierta en un ritmo adecuado, todo se une en perfecta armonía, donde no se descubre nota que disuene.

¡Cuánto me pesa de haber venido por aquí y de permanecer aquí tan largo tiempo! Había pasado la vida en casa de usted y en el Seminario; no había visto ni tratado más que a mis compañeros y maestros; nada conocía del mundo sino por especulación y teoría; y de pronto, aunque sea en un lugar, me veo lanzado en medio del mundo, y distraído de mis estudios, meditaciones y oraciones por mil objetos profanos.

20 de abril

Las últimas cartas de usted, queridísimo tío, han sido de grata consolación para mi alma. Benévolo como siempre, me amonesta usted y me ilumina con advertencias útiles y discretas.

Es verdad: mi vehemencia es digna de vituperio. Quiero alcanzar el fin sin poner los medios; quiero llegar al término de la jornada sin andar antes paso a paso el áspero camino.

Me quejo de sequedad de espíritu en la oración, de distraído, de disipar mi ternura en objetos pueriles; ansío volar al trato íntimo de Dios, a la contemplación esencial, y desdeño la oración imaginaria y la meditación racional y discursiva. ¿Cómo sin obtener la pureza, cómo sin ver la luz he de lograr el goce del amor?

Hay mucha soberbia en mí, y yo he de procurar humillarme a mis propios ojos, a fin de que el espíritu del mal no me humille, permitiéndolo Dios, en castigo de mi presunción y de mi orgullo.

No creo, a pesar de todo, como usted me advierte, que es tan fácil para mí una fea y no pensada caída. No confío en mí: confío en la misericordia de Dios y en su gracia, y espero que no sea.

Con todo, razón tiene usted que le sobra en aconsejarme que no me ligue mucho en amistad con Pepita Jiménez; pero yo disto bastante de estar ligado con ella.

No ignoro que los varones religiosos y los santos, que deben servirnos de ejemplo y dechado, cuando tuvieron gran familiaridad y amor con mujeres fue en la ancianidad, o estando ya muy probados y quebrantados por la penitencia, o existiendo una notable desproporción de edad entre ellos y las piadosas amigas que elegían; como se cuenta de San Jerónimo y Santa Paulina, y de San Juan de la Cruz y Santa Teresa. Y aun así, y aun siendo el amor de todo punto espiritual, sé que puede pecar por demasía. Porque Dios no más debe ocupar nuestra alma, como dueño y esposo, y cualquiera otro ser que en ella more ha de ser sólo a título de amigo o siervo o hechura del esposo, y en quien el esposo se complace.

No crea usted, pues, que yo me jacte de invencible, y desdeñe los peligros y los desafíe y los busque. En ellos perece quien los ama. Y cuando el rey profeta, con ser tan conforme al corazón del Señor y tan su valido, y cuando Salomón, a pesar de su sobrenatural e infusa sabiduría, fueron conturbados y pecaron, porque Dios quitó su faz de ellos, ¿qué no debo temer yo, mísero pecador, tan joven, tan inexperto de las astucias del demonio, y tan poco firme y adiestrado en las peleas de la virtud?

Lleno de un provechoso temor de Dios, y con la debida desconfianza de mi flaqueza, no olvidaré los consejos y prudentes amonestaciones de usted, rezando con fervor mis oraciones y meditando en las cosas divinas para aborrecer las mundanas en lo que tienen de aborrecibles; pero aseguro a usted que hasta ahora, por más que ahondo en mi conciencia y registro con suspicacia sus más escondidos senos, nada descubro que me haga temer lo que usted teme.

Si de mis cartas anteriores resultan encomios para el alma de Pepita Jiménez, culpa es de mi padre y del señor Vicario y no mía, porque al principio, lejos de ser favorable a esta mujer, estaba yo prevenido contra ella con prevención injusta.

En cuanto a la belleza y donaire corporal de Pepita, crea usted que lo he considerado todo con entera limpieza de pensamiento. Y aunque me sea costoso el decirlo, y aunque a usted le duela un poco, le confesaré que si alguna leve mancha ha venido a empañar el sereno y pulido espejo de mi alma en que Pepita se reflejaba, ha sido la ruda sospecha de usted, que casi me ha llevado por un instante a que yo mismo sospeche.

Pero no: ¿qué he pensado yo, qué he mirado, qué he celebrado en Pepita, por donde nadie pueda colegir que propendo a sentir por ella algo que no sea amistad y aquella inocente y limpia admiración que inspira una obra de arte, y más si la obra es del Artífice soberano y nada menos que su templo?

Por otra parte, querido tío, yo tengo que vivir en el mundo, tengo que tratar a las gentes, tengo que verlas, y no he de arrancarme los ojos. Usted me ha dicho mil veces que me quiere en la vida activa, predicando la ley divina, difundiéndola por el mundo, y no entregado a la vida contemplativa en la soledad y el aislamiento. Ahora bien, si esto es así, como lo es, ¿de qué suerte me había yo de gobernar para no reparar en Pepita Jiménez? A no ponerme en ridículo, cerrando en su presencia los ojos, fuerza es que yo vea y note la hermosura de los suyos, lo blanco, sonrosado y limpio de su tez, la igualdad y el nacarado esmalte de los dientes que descubre a menudo cuando sonríe, la fresca púrpura de sus labios, la serenidad y tersura de su frente, y otros mil atractivos que Dios ha puesto en ella. Claro está que para el que lleva en su alma el germen de los pensamientos livianos, la levadura del vicio, cada una de las impresiones que Pepita produce puede ser como el golpe del eslabón que hiere el pedernal y que hace brotar la chispa que todo lo incendia y devora; pero yendo prevenido contra este peligro, y reparándome y cubriéndome bien con el escudo de la prudencia cristiana, no encuentro que tenga yo nada que recelar. Además que, si bien es temerario buscar el peligro, es cobardía no saber arrostrarle y huir de él cuando se presenta.

No lo dude usted: yo veo en Pepita Jiménez una hermosa criatura de Dios, y por Dios la amo como a hermana. Si alguna predilección siento por ella, es por las alabanzas que de ella oigo a mi padre, al señor Vicario y a casi todos los de este lugar.

Por amor a mi padre desearía yo que Pepita desistiese de sus ideas y planes de vida retirada y se casase con él; pero prescindiendo de esto, y si yo viese que mi padre sólo tenía un capricho y no una verdadera pasión, me alegraría de que Pepita permaneciese firme en su casta viudez, y cuando yo estuviese muy lejos de aquí, allá en la India o en el Japón, o en algunas misiones más peligrosas, tendría un consuelo en escribirle algo sobre mis peregrinaciones y trabajos. Cuando, ya viejo, volviese yo por este lugar, también gozaría mucho en intimar con ella, que estaría ya vieja, y en tener con ella coloquios espirituales y pláticas por el estilo de las que tiene ahora el padre Vicario. Hoy, sin embargo, como soy mozo, me acerco poco a Pepita; apenas la hablo. Prefiero pasar por encogido, por tonto, por mal criado y arisco, a dar la menor ocasión, no ya a la realidad de sentir por ella lo que no debo, pero ni a la sospecha ni a la maledicencia.

En cuanto a Pepita, ni remotamente convengo en lo que usted deja entrever como vago recelo. ¿Qué plan ha de formar respecto a un hombre que va a ser clérigo dentro de dos o tres meses? Ella, que ha desairado a tantos, ¿por qué había de prendarse de mí? Harto me conozco y sé que no puedo, por fortuna, inspirar pasiones. Dicen que no soy feo, pero soy desmañado, torpe, corto de genio, poco ameno; tengo trazas de lo que soy: de un estudiante humilde. ¿Qué valgo yo al lado de los gallardos mozos, aunque algo rústicos, que han pretendido a Pepita: ágiles jinetes, discretos y regocijados en la conversación, cazadores como Nembrot, diestros en todos los ejercicios del cuerpo, cantadores finos y celebrados en todas las ferias de Andalucía, y bailarines apuestos, elegantes y primorosos? Si Pepita ha desairado todo esto, ¿cómo ha de fijarse ahora en mí y ha de concebir el diabólico deseo y más diabólico proyecto de turbar la paz de mi alma, de hacerme abandonar mi vocación, tal vez de perderme? No, no es posible. Yo creo buena a Pepita, y a mí, lo digo sin mentida modestia, me creo insignificante. Ya se entiende que me creo insignificante para enamorarla, no para ser su amigo; no para que ella me estime y llegue a tener un día cierta predilección por mí, cuando yo acierte a hacerme digno de esta predilección con una santa y laboriosa vida.

Perdóneme usted si me defiendo con sobrado calor de ciertas reticencias de la carta de usted, que suenan a acusaciones y a fatídicos pronósticos.

Yo no me quejo de esas reticencias; usted me da avisos prudentes, gran parte de los cuales acepto y pienso seguir. Si va usted más allá de lo justo en el recelar, consiste sin duda en el interés que por mí se toma y que yo de todo corazón le agradezco.

4 de mayo

Extraño es que en tantos días yo no haya tenido tiempo para escribir a usted; pero tal es la verdad. Mi padre no me deja parar y las visitas me asedian.

En las grandes ciudades es fácil no recibir, aislarse, crearse una soledad, una Tebaida en medio del bullicio: en un lugar de Andalucía, y sobre todo teniendo la honra de ser hijo del cacique, es menester vivir en público. No ya sólo hasta el cuarto donde escribo, sino hasta mi alcoba penetran, sin que nadie se atreva a oponerse, el señor Vicario, el escribano, mi primo Currito, hijo de doña Casilda, y otros mil, que me despiertan si estoy dormido y me llevan donde quieren.

El casino no es aquí mera diversión nocturna, sino de todas las horas del día. Desde las once de la mañana está lleno de gente que charla, que lee por cima algún periódico para saber las noticias, y que juega al tresillo. Personas hay que se pasan diez o doce horas al día jugando a dicho juego. En fin, hay aquí una holganza tan encantadora, que más no puede ser. Las diversiones son muchas, a fin de entretener dicha holganza. Además del tresillo se arma la timbirimba con frecuencia, y se juega al monte. Las damas, el ajedrez y el dominó no se descuidan. Y, por último, hay una pasión decidida por las riñas de gallos.

Todo esto, con el visiteo, el ir al campo a inspeccionar las labores, el ajustar todas las noches las cuentas con el aperador, el visitar las bodegas y candioteras, y el clarificar, trasegar y perfeccionar los vinos, y al tratar con gitanos y chalanes para compra, venta o cambalache de los caballos, mulas y borricos, o con gente de Jerez que viene a comprar nuestro vino para trocarle en jerezano, ocupa aquí de diario a los hidalgos, señoritos o como quieran llamarse. En ocasiones extraordinarias hay otras faenas y diversiones que dan a todo más animación, como en tiempo de la siega, de la vendimia y de la recolección de la aceituna; o bien cuando hay feria y toros aquí o en otro pueblo cercano, o bien cuando hay romería al santuario de alguna milagrosa imagen de María Santísima, adonde si acuden no pocos por curiosidad y para divertirse y feriar a sus amigas cupidos y escapularios, más son los que acuden por devoción y en cumplimiento de voto o promesa. Hay santuario de éstos que está en la cumbre de una elevadísima sierra, y con todo no faltan aún mujeres delicadas que suben allí con los pies descalzos, hiriéndoselos con abrojos, espinas y piedras, por el pendiente y mal trazado sendero.

La vida de aquí tiene cierto encanto. Para quien no sueña con la gloria, para quien nada ambiciona, comprendo que sea muy descansada y dulce vida. Hasta la soledad puede lograrse aquí haciendo un esfuerzo. Como yo estoy aquí por una temporada, no puedo ni debo hacerlo; pero si yo estuviese de asiento, no hallaría dificultad, sin ofender a nadie, en encerrarme y retraerme durante muchas horas o durante todo el día, a fin de entregarme a mis estudios y meditaciones.

Su nueva y más reciente carta de usted me ha afligido un poco. Veo que insiste usted en sus sospechas, y no sé qué contestar para justificarme sino lo que ya he contestado.

Dice usted que la gran victoria en cierto género de batallas consiste en la fuga: que huir es vencer. ¿Cómo he de negar yo lo que el Apóstol y tantos santos Padres y Doctores han dicho? Con todo, de sobra sabe usted que el huir no depende de mi voluntad. Mi padre no quiere que me vaya; mi padre me retiene a pesar mío; tengo que obedecerle. Necesito, pues, vencer por otros medios, y no por el de la fuga.

Para que usted se tranquilice, repetiré que la lucha apenas está empeñada; que usted ve las cosas más adelantadas que lo que están.

No hay el menor indicio de que Pepita Jiménez me quiera. Y aunque me quisiese, sería de otro modo que como querían las mujeres que usted cita para mi ejemplar escarmiento. Una señora bien educada y honesta, en nuestros días, no es tan inflamable y desaforada como esas matronas de que están llenas las historias antiguas.

El pasaje que aduce usted de San Juan Crisóstomo es digno del mayor respeto, pero no es del todo apropiado a las circunstancias. La gran dama que en Of, Tebas o Dióspolis Magna se enamoró del hijo predilecto de Jacob debió de ser hermosísima; sólo así se concibe que asegure el Santo ser mayor prodigio el que Josef no ardiera que el que los tres mancebos que hizo poner Nabucodonosor en el horno candente no se redujesen a cenizas.

Confieso con ingenuidad que, lo que es en punto a hermosura, no atino a representarme que supere a Pepita Jiménez la mujer de aquel príncipe egipcio, mayordomo mayor o cosa por el estilo del palacio de los Faraones; pero ni yo soy como Josef, agraciado con tantos dones y excelencias, ni Pepita es una mujer sin religión y sin decoro. Y aunque fuera así, aun suponiendo todos estos horrores, no me explico la ponderación de San Juan Crisóstomo sino porque vivía en la capital corrompida, y semigentílica aún, del Bajo Imperio; en aquella corte, cuyos vicios tan crudamente censuró y donde la propia emperatriz Eudoxia daba ejemplo de corrupción y de escándalo. Pero hoy, que la moral evangélica ha penetrado más profundamente en el seno de la sociedad cristiana, me parece exagerado creer más milagroso el casto desdén del hijo de Jacob que la incombustibilidad material de los tres mancebos de Babilonia.

Otro punto toca usted en su carta que me anima y lisonjea en extremo. Condena usted como debe el sentimentalismo exagerado y la propensión a enternecerme y a llorar por motivos pueriles, de que le dije padecía a veces; pero esta afeminada pasión de ánimo, ya que existe en mí, importando desecharla, celebra usted que no se mezcle con la oración y la meditación, y las contamine. Usted reconoce y aplaude en mí la energía verdaderamente varonil que debe haber en el afecto y en la mente que anhelan elevarse a Dios. La inteligencia que pugna por comprenderle ha de ser briosa; la voluntad que se le somete por completo es porque triunfa antes de sí misma, riñendo bravas batallas con todos los apetitos y derrotando y poniendo en todas las tentaciones; el mismo afecto acendrado y ardiente, que, aun en criaturas simples y cuitadas, puede encumbrarse hasta Dios por un rapto de amor, logrando conocerle por iluminación sobrenatural, es hijo, a más de la gracia divina, de un carácter firme y entero. Esa languidez, ese quebranto de la voluntad, esa ternura enfermiza, nada tienen que hacer con la caridad, con la devoción y con el amor divino. Aquello es atributo de menos que mujeres: éstas son pasiones, si pasiones pueden llamarse, de más que hombres, de ángeles. Sí; tiene usted razón de confiar en mí, y de esperar que no he de perderme porque una piedad relajada y muelle abra las puertas de mi corazón a los vicios, transigiendo con ellos. Dios me salvará y yo combatiré por salvarme con su auxilio; pero si me pierdo, los enemigos del alma y los pecados mortales no han de entrar disfrazados ni por capitulación en la fortaleza de mi conciencia, sino con banderas desplegadas, llevándolo todo a sangre y fuego y después de acérrimo combate.

En estos últimos días he tenido ocasión de ejercitar mi paciencia en grande y de mortificar mi amor propio del modo más cruel.

Mi padre quiso pagar a Pepita el obsequio de la huerta, y la convidó a visitar su quinta del Pozo de la Solana. La expedición fue el 22 de abril. No se me olvidará esta fecha.

El Pozo de la Solana dista más de dos leguas de este lugar, y no hay hasta allí sino camino de herradura. Tuvimos todos que ir a caballo. Yo, como jamás he aprendido a montar, he acompañado a mi padre en todas las anteriores excursiones en una mulita de paso, muy mansa, y que, según la expresión de Dientes, el mulero, es más noble que el oro y más serena que un coche. En el viaje al Pozo de la Solana fui en la misma cabalgadura.

Mi padre, el escribano, el boticario y mi primo Currito iban en buenos caballos. Mi tía doña Casilda, que pesa más de diez arrobas, en una enorme y poderosa burra con sus jamugas. El señor Vicario en una mula mansa y serena como la mía.

En cuanto a Pepita Jiménez, que imaginaba yo que vendría también en burra con jamugas, pues ignoraba que montase, me sorprendió, apareciendo en un caballo tordo muy vivo y fogoso, vestida de amazona, y manejando el caballo con destreza y primor notables.

Me alegré de ver a Pepita tan gallarda a caballo; pero desde luego presentí y empezó a mortificarme el desairado papel que me tocaba hacer al lado de la robusta tía doña Casilda, y del padre Vicario, yendo nosotros a retaguardia, pacíficos y *serenos* como en coche, mientras que la lucida cabalgata caracolearía, correría, trotaría y haría mil evoluciones y escarceos.

Al punto se me antojó que Pepita me miraba compasiva, al ver la facha lastimosa que sobre la mula debía yo de tener. Mi primo Currito me miró con sonrisa burlona, y empezó en seguida a embromarme y atormentarme.

Aplauda usted mi resignación y mi valerosa paciencia. A todo me sometí de buen talante, y pronto hasta las bromas de Currito acabaron al notar cuán invulnerable yo era. Pero ¡cuán sufrí por dentro! Ellos corrieron, galoparon, se nos adelantaron a la ida y a la vuelta. El Vicario y yo permanecimos siempre *serenos,* como las mulas, sin salir del paso y llevando a doña Casilda en medio.

Ni siquiera tuve el consuelo de hablar con el padre Vicario, cuya conversación me es tan grata, ni de encerrarme dentro de mí mismo y fantasear y soñar, ni de admirar a mis solas la belleza del terreno que recorríamos. Doña Casilda es de una locuacidad abominable, y tuvimos que oírla. Nos dijo cuanto hay que saber de chismes del pueblo, y nos habló de todas sus habilidades, y nos explicó el modo de hacer salchichas, morcillas de sesos, hojaldres y otros mil guisos y regalos. Nadie la vence en negocios de cocina y de matanza de cerdos, según ella, sino Antoñona, la nodriza de Pepita Jiménez, y hoy su ama de llaves y directora de su casa. Yo conozco ya a la tal Antoñona, pues va y viene a casa con recados, y, en efecto, es muy lista: tan parlanchina como la tía Casilda, pero cien mil veces más discreta.

El camino hasta el Pozo de la Solana es delicioso; pero yo iba tan contrariado que no acerté a gozar de él. Cuando llegamos a la casería y nos apeamos, se me quitó de encima un gran peso, como si fuese yo quien hubiese llevado a la mula y no la mula a mí.

Ya a pie, recorrimos la posesión, que es magnífica, variada y extensa. Hay allí más de ciento veinte fanegas de viña vieja y majuelo, todo bajo una linde: otro tanto o más de olivar, y, por último, un bosque de encinas de las más corpulentas que aún quedan en pie en toda Andalucía. El agua del Pozo de la Solana forma un arroyo claro y abundante, donde vienen a beber todos los pajarillos de las cercanías, y donde se cazan a centenares por medio de espartos con liga, o con red, en cuyo centro se colocan el cimbel y el reclamo. Allí recordé mis diversiones de la niñez y cuántas veces había ido yo a cazar pajarillos de la manera expresada.

Siguiendo el curso del arroyo, y sobre todo en las hondonadas, hay muchos álamos y otros árboles altos que, con las matas y hierbas, crean un intrincado laberinto y una sombría espesura. Mil plantas silvestres y olorosas crecen allí de un modo espontáneo, y por cierto que es difícil imaginar nada más esquivo, agreste y verdaderamente solitario, apacible y silencioso que aquellos lugares. Se concibe allí en el fervor del mediodía, cuando el sol vierte a torrentes la luz desde un cielo sin nubes, en las calurosas y reposadas siestas, el mismo terror misterioso de las horas nocturnas. Se concibe allí la vida de los antiguos patriarcas y de los primitivos héroes y pastores, y las apariciones y visiones que tenían de ninfas, de deidades y de ángeles en medio de la claridad meridiana.

Andando por aquella espesura, hubo un momento en el cual, no acierto a decir cómo, Pepita y yo nos encontramos solos: yo al lado de ella. Los demás se habían quedado atrás.

Entonces sentí por todo mi cuerpo un estremecimiento. Era la primera vez que me veía a solas con aquella mujer y en sitio tan apartado, y cuando yo pensaba en las apariciones meridianas, ya siniestras, ya dulces, y siempre sobrenaturales, de los hombres de las edades remotas.

Pepita había dejado en la casería la larga falda de montar, y caminaba con un vestido corto, que no estorbaba la graciosa ligereza de sus movimientos. Sobre la cabeza llevaba un sombrerillo andaluz, colocado con gracia. En la mano el látigo, que se me antojó como varita de virtudes, con que pudiera hechizarme aquella maga.

No temo repetir aquí los elogios de su belleza. En aquellos sitios agrestes se me apareció más hermosa. La cautela, que recomiendan los ascetas, de pensar en ella, afeada por los años y por las enfermedades, de figurármela muerta, llena de hedor y podredumbre y cubierta de gusanos, vino, a pesar mío, a mi imaginación; y digo *a pesar mío,* porque no entiendo que tan terrible cautela fuese indispensable. Ninguna idea mala en lo material, ninguna sugestión del espíritu maligno turbó entonces mi razón ni logró inficionar mi voluntad y mis sentidos.

Lo que sí me ocurrió fue un argumento para invalidar, al menos en mí, la virtud de esa cautela. La hermosura, obra de un arte soberano y divino, puede ser caduca, efímera, desaparecer en el instante; pero su idea es eterna, y en la mente del hombre vive vida inmortal, una vez percibida. La belleza de esta mujer, tal como hoy se me manifiesta, desaparecerá dentro de breves años: ese cuerpo elegante, esas formas esbeltas, esa noble cabeza, tan gentilmente erguida sobre los hombros, todo será pasto de gusanos inmundos; pero si la materia ha de transformarse, la forma, el pensamiento artístico, la hermosura misma, ¿quién la destruirá? ¿No está en la mente divina?

Percibida y conocida por mí, ¿no vivirá en mi alma, vencedora de la vejez y aun de la muerte?

Así meditaba yo, cuando Pepita y yo nos acercamos. Así serenaba yo mi espíritu y mitigaba los recelos que usted ha sabido infundirme. Yo deseaba y no deseaba a la vez que llegasen los otros. Me complacía y me afligía al mismo tiempo de estar solo con aquella mujer.

La voz argentina de Pepita rompió el silencio, y sacándome de mis meditaciones, dijo:

—¡Qué callado y qué triste está usted, señor don Luis! Me apesadumbra el pensar que tal vez por culpa mía, en parte al menos, da a usted hoy un mal rato su padre, trayéndole a estas soledades, y sacándole de otras más apartadas, donde no tendrá usted nada que le distraiga de sus oraciones y piadosas lecturas.

Yo no sé lo que contesté a esto. Hube de contestar alguna sandez, porque estaba turbado; y ni quería hacer un cumplimiento a Pepita, diciendo galanterías profanas, ni quería tampoco contestar de un modo grosero.

Ella prosiguió:

—Usted me ha de perdonar si soy maliciosa; pero se me figura que, además del disgusto de verse usted separado hoy de sus ocupaciones favoritas, hay algo más que contribuye poderosamente a su mal humor.

—¿Qué es ese algo más? —dije yo—, pues usted lo descubre todo o cree descubrirlo.

—Ese algo más —replicó Pepita— no es sentimiento propio de quien va a ser sacerdote tan pronto, pero sí lo es de un joven de veintidós años.

Al oír esto, sentí que la sangre me subía al rostro y que el rostro me ardía. Imaginé mil extravagancias, me creí presa de una obsesión. Me juzgué provocado por Pepita, que iba a darme a entender que conocía que yo gustaba de ella. Entonces mi timidez se trocó en atrevida soberbia, y la miré de hito en hito. Algo de ridículo hubo de haber en mi mirada, pero, o Pepita no lo advirtió, o lo disimuló con benévola prudencia, exclamado del modo más sencillo:

—No se ofenda usted porque yo le descubra alguna falta. Ésta que he notado me parece leve. Usted está lastimado de las bromas de Currito y de hacer (hablando profanamente) un papel poco airoso, montado en una mula mansa, como el señor Vicario, con sus ochenta años, y no en un brioso caballo, como debiera un joven de su edad y circunstancias. La culpa es del señor Deán, que no ha pensado en que usted aprenda a montar. La equitación no se opone a la vida que usted piensa seguir, y yo creo que su padre de usted, ya que está usted aquí, debiera en pocos días enseñarle. Si usted va a Persia o a China, allí no hay ferrocarriles aún, y hará usted una triste figura cabalgando mal. Tal vez se desacredite el misionero entre aquellos bárbaros, merced a esta torpeza, y luego sea más difícil de lograr el fruto de las predicaciones.

Estos y otros razonamientos más adujo Pepita para que yo aprendiese a montar a caballo, y quedé tan convencido de lo útil que es la equitación para un misionero, que le prometí aprender en seguida, tomando a mi padre por maestro.

—En la primera nueva expedición que hagamos —le dije—, he de ir en el caballo más fogoso de mi padre, y no en la mulita de paso en que voy ahora.

—Mucho me alegraré —replicó Pepita con una sonrisa de indecible suavidad.

En esto llegaron todos al sitio en que estábamos, y yo me alegré en mis adentros, no por otra cosa, sino por temor de no acertar a sostener la conversación, y de salir con doscientas mil simplicidades por mi poca o ninguna práctica de hablar con mujeres.

Después del paseo, sobre la fresca hierba y en el más lindo sitio junto al arroyo, nos sirvieron los criados de mi padre una rústica y abundante merienda. La conversación fue muy animada, y Pepita mostró mucho ingenio y discreción. Mi primo Currito volvió a embromarme sobre mi manera de cabalgar y sobre la mansedumbre de mi mula: me llamó *teólogo* y me dijo que sobre aquella mula parecía que iba yo repartiendo bendiciones. Esta vez, ya con el firme propósito de hacerme jinete, contesté a las bromas con desenfado picante. Me callé, con todo, el compromiso contraído de aprender la equitación. Pepita, aunque en nada habíamos convenido, pensó sin duda, como yo, que importaba el sigilo para sorprender luego, cabalgando bien, y nada dijo de nuestra conversación. De aquí provino, natural y sencillamente, que existiera un secreto entre ambos; lo cual produjo en mi ánimo extraño efecto.

Nada más ocurrió aquel día que merezca contarse.

Por la tarde volvimos al lugar como habíamos venido. Yo, sin embargo, en mi mula mansa y al lado de la tía Casilda, no me aburrí ni entristecí a la vuelta como a la ida. Durante todo el viaje oí a la tía sin cansancio referir sus historias, y por momentos me distraje en vagas imaginaciones.

Nada de lo que en mi alma pasa debe ser un misterio para usted. Declaro que la figura de Pepita era como el centro, o mejor dicho, como el núcleo y el foco de estas imaginaciones vagas.

Su meridiana aparición, en lo más intrincado, umbrío y silencioso de la verde enramada, me trajo a la memoria todas las apariciones, buenas o malas, de seres portentosos y de condición superior a la nuestra, que había yo leído en los autores sagrados y en los clásicos profanos. Pepita, pues, se me mostraba en los ojos y en el teatro interior de mi fantasía, no como iba a caballo delante de nosotros, sino de un modo ideal y etéreo, en el retiro nemoroso, como a Eneas su madre, como a Calímaco Palas, como al pastor bohemio Kroco la sílfide que luego concibió a Libusa, como Diana al hijo de Aristeo, como al Patriarca los ángeles en el valle de Mambré, como a San Antonio el hipocentauro en la soledad del yermo.

Encuentro tan natural como el de Pepita se trastrocaba en mi mente en algo de prodigio. Por un momento, al notar la consistencia de esta imaginación, me creí obseso: me figuré, como era evidente, que en los pocos minutos que había estado a solas con Pepita junto al arroyo de la Solana nada había ocurrido que no fuese natural y vulgar; pero que después, conforme iba yo caminando tranquilo en mi mula, algún demonio se agitaba invisible en torno mío, sugiriéndome mil disparates.

Aquella noche dije a mi padre mi deseo de aprender a montar. No quise ocultarle que Pepita me había excitado a ello. Mi padre tuvo una alegría extraordinaria. Me abrazó, me besó, me dijo que ya no era usted solo mi maestro, que él también iba a tener el gusto de enseñarme algo. Me aseguró, por último, que en dos o tres semanas haría de mí el mejor caballista de toda Andalucía; capaz de ir a Gibraltar por contrabando y de volver de allí, burlando al resguardo, con una coracha de tabaco y con un buen alijo de algodones: apto, en suma, para pasmar a todos los jinetes que se lucen en las ferias de Sevilla y Mairena, y para oprimir los lomos de *Babieca,* y de *Bucéfalo,* y aun de los propios caballos del Sol, si por acaso bajaban a la tierra y podía yo asirlos de la brida.

Ignoro qué pensará usted de este arte de la equitación que estoy aprendiendo; pero presumo que no le tendrá por malo.

¡Si viera usted qué gozoso está mi padre y cómo se deleita enseñándome! Desde el día siguiente al de la expedición que he referido, doy dos lecciones diarias. Día hay durante el cual la lección es perpetua, porque nos le pasamos a caballo. La primera semana fueron las lecciones en el corralón de casa, que está desempedrado y sirvió de picadero.

Ya salimos al campo, pero procurando que nadie nos vea. Mi padre no quiere que me muestre en público hasta que pasme por lo bien plantado, según él dice. Si su vanidad de padre no le engaña, esto será muy pronto, porque tengo una disposición maravillosa para ser buen jinete.

—¡Bien se ve que eres mi hijo! —exclama mi padre con júbilo al contemplar mis adelantos.

Es tan bueno mi padre, que espero que usted le perdonará su lenguaje profano y sus chistes irreverentes. Yo me aflijo en lo interior de mi alma, pero lo sufro todo.

Con las continuadas y largas lecciones estoy que da lástima de agujetas. Mi padre me recomienda que escriba a usted que me abro las carnes a disciplinazos.

Como dentro de poco sostiene que me dará por enseñado, y no desea jubilarse de maestro, me propone otros estudios extravagantes y harto impropios de un futuro sacerdote. Unas veces quiere enseñarme a derribar para llevarme luego a Sevilla, donde dejaré bizcos a los ternes y gente del bronce, con la garrocha en la mano, en los llanos de Tablada. Otras veces se acuerda de sus mocedades y de cuando fue guardia de corps, y dice que va a buscar sus floretes, guantes y caretas y a enseñarme la esgrima. Y, por último, presumiendo también mi padre de manejar como nadie una navaja, ha llegado a ofrecerme que me comunicará esta habilidad.

Ya se hará usted cargo de lo que yo contesto a tamañas locuras. Mi padre replica que en los buenos tiempos antiguos no ya los clérigos, sino hasta los obispos andaban a caballo acuchillando infieles. Yo observo que eso podía suceder en las edades bárbaras, pero que ahora no deben los ministros del Altísimo saber esgrimir más armas que las de la persuasión. — Y cuando la persuasión no basta —añade mi padre—, ¿no viene bien corroborar un poco los argumentos a linternazos? El misionero completo, según entiende mi padre, debe en ocasiones apelar a estos medios heroicos, y como mi padre ha leído muchos romances e historias, cita ejemplos en apoyo de su opinión. Cita en primer lugar a Santiago, quien sin dejar de ser apóstol, más acuchilla a los moros que les predica y persuade en su caballo blanco; cita a un señor de la Vera que fue con una embajada de los Reyes Católicos para Boabdil, y que en el patio de los Leones se enredó con los moros en disputas teológicas, y, apurado ya de razones, sacó la espada y arremetió contra ellos para acabar de convertirlos; y cita, por último, al hidalgo vizcaíno don Íñigo de Loyola, el cual, en una controversia que tuvo con un moro sobre la pureza de María Santísima, harto ya de las impías y horrorosas blasfemias con que el moro le contradecía, se fue sobre él espada en mano, y si el moro no se salva por pies, le infunde el convencimiento en el alma por estilo tremendo. Sobre el lance de San Ignacio contesto yo a mi padre que fue antes de que el santo se hiciera sacerdote, y sobre los otros ejemplos digo que no hay paridad.

En suma, yo me defiendo como puedo de las bromas de mi padre y me limito a ser buen jinete sin estudiar esas otras artes, tan impropias de los clérigos, aunque mi padre asegura que no pocos clérigos españoles las saben y las ejercen a menudo en España, aun en el día de hoy, a fin de que la fe triunfe y se conserve o restaure la unidad católica.

Me pesa en el alma de que mi padre sea así; de que hable con irreverencia y de burla de las cosas más serias; pero no incumbe a un hijo respetuoso el ir más allá de lo que voy en reprimir sus desahogos un tanto volterianos. Los llamo un tanto volterianos porque no acierto a calificarlos bien. En el fondo mi padre es buen católico, y esto me consuela.

Ayer fue día de la Cruz y estuvo el lugar muy animado. En cada calle hubo seis o siete cruces de mayo llenas de flores, si bien ninguna tan bella como la que puso Pepita en la puerta de su casa. Era un mar de flores el que engalanaba la cruz.

Por la noche tuvimos fiesta en casa de Pepita. La cruz que había estado en la calle se colocó en una gran sala baja, donde hay piano, y nos dio Pepita un espectáculo sencillo y poético que yo había visto cuando niño, aunque no le recordaba.

De la cabeza de la cruz pendían siete listones o cintas anchas, dos blancas, dos verdes y tres encarnadas, que son los colores simbólicos de las virtudes teologales. Ocho niños de cinco o seis años, representando los siete Sacramentos, asidos de las siete cintas que pendían de la cruz, bailaron a modo de una contradanza muy bien ensayada. El Bautismo era un niño vestido de catecúmeno con su túnica blanca; el Orden, otro niño de sacerdote; la Confirmación, un obispito; la Extremaunción, un peregrino con bordón y esclavina llena de conchas; el Matrimonio, un novio y una novia, y un Nazareno con cruz y corona de espinas, la Penitencia.

El baile, más que baile, fue una serie de reverencias, pasos, evoluciones y genuflexiones al compás de una música no mala, de algo como marcha, que el organista tocó en el piano con bastante destreza.

Los niños, hijos de criados y familiares de la casa de Pepita, después de hacer su papel, se fueron a dormir muy regalados y agasajados.

La tertulia continuó hasta las doce, y hubo refresco; esto es, tacillas de almíbar, y, por último, chocolate con torta de bizcocho y agua con azucarillos.

El retiro y la soledad de Pepita van olvidándose desde que volvió la primavera, de lo cual mi padre está muy contento. De aquí en adelante Pepita recibirá todas las noches, y mi padre quiere que yo sea de la tertulia.

Pepita ha dejado el luto, y está ahora más galana y vistosa con trajes ligeros y casi de verano, aunque siempre muy modestos.

Tengo la esperanza de que lo más que mi padre me retendrá ya por aquí será todo este mes. En junio nos iremos juntos a esa ciudad, y ya usted verá cómo, libre de Pepita, que no piensa en mí ni se acordará de mí para malo ni para bueno, tendré el gusto de abrazar a usted y de lograr la dicha de ser sacerdote.

7 de mayo

Todas las noches, de nueve a doce, tenemos, como ya indiqué a usted, tertulia en casa de Pepita. Van cuatro o cinco señoras y otras tantas señoritas del lugar, contando con la tía Casilda, y van también seis o siete caballeritos, que suelen jugar a juegos de prendas con las niñas. Como es natural, hay tres o cuatro noviazgos.

La gente formal de la tertulia es la de siempre. Se compone, como si dijéramos, de los altos funcionarios: de mi padre, que es el cacique; del boticario, del médico, del escribano y del señor Vicario.

Pepita juega al tresillo con mi padre, con el señor Vicario y con algún otro.

Yo no sé de qué lado ponerme. Si me voy con la gente joven, estorbo con mi gravedad en sus juegos y enamoramientos. Si me voy con el estado mayor, tengo que hacer el papel de mirón en una cosa que no entiendo. Yo no sé más juego de naipes que el burro ciego, el burro con vista y un poco de tute o brisca cruzada.

Lo mejor sería que yo no fuese a la tertulia; pero mi padre se empeña en que vaya. Con no ir, según él, me pondría en ridículo.

Muchos extremos de admiración hace mi padre al notar mi ignorancia de ciertas cosas. Esto de que yo no sepa jugar al tresillo, siquiera al tresillo, le tiene maravillado.

—Tu tío te ha criado —me dice— debajo de un fanal, haciéndote tragar teología y más teología, y dejándote a obscuras de lo demás que hay que saber. Por lo mismo que vas a ser clérigo y que no podrás bailar ni enamorar en las reuniones, necesitas jugar al tresillo. Si no, ¿qué vas a hacer, desdichado?

A estos y otros discursos por el estilo he tenido que rendirme, y mi padre me está enseñando en casa a jugar al tresillo, para que, no bien lo sepa, lo juegue en la tertulia de Pepita. También, como ya dije a usted, ha querido enseñarme la esgrima, y después, a fumar y a tirar a la pistola y la barra; pero en nada de esto he consentido yo.

—¡Qué diferencia —exclama mi padre— entre tu mocedad y la mía!

Y luego añade riéndose:

—En substancia, todo es lo mismo. Yo también tenía mis horas canónicas en el cuartel de Guardias de Corps; el cigarro era el incensario, la baraja el libro de coro, y nunca me faltaban otras devociones y ejercicios más o menos espirituales.

Aunque usted me tenía prevenido acerca de estas genialidades de mi padre, y de que por ellas había estado yo con usted doce años, desde los diez a los veintidós, todavía me aturden y desazonan los dichos de mi padre, sobrado libres a veces. Pero ¿qué le hemos de hacer? Aunque no puedo censurárselos, tampoco se los aplaudo ni se los río.

Lo singular y plausible es que mi padre es otro hombre cuando está en casa de Pepita. Ni por casualidad se le escapa una sola frase, un solo chiste de estos que prodiga tanto en otros lugares. En casa de Pepita es mi padre el propio comedimiento. Cada día parece, además, más prendado de ella y con mayores esperanzas de triunfo.

Sigue mi padre contentísimo de mí como discípulo de equitación. Dentro de cuatro o cinco días asegura que podré ya montar y montaré en *Lucero,* caballo negro, hijo de un caballo árabe y de una yegua de la casta de Guadalcázar, saltador, corredor, lleno de fuego y adiestrado en todo linaje de corvetas.

—Quien eche a *Lucero* los calzones encima —dice mi padre—, ya puede apostarse a montar con los propios centauros; y tú le echarás los calzones encima dentro de poco.

Aunque me paso todo el día en el campo a caballo, en el casino y en la tertulia, robo algunas horas el sueño, ya voluntariamente, ya porque me desvelo, y medito en mi posición y hago examen de conciencia. La imagen de Pepita está siempre presente en mi alma. ¿Será esto amor?, me pregunto.

Mi compromiso moral, mi promesa de consagrarme a los altares, aunque no confirmada, es para mí valedera y perfecta. Si algo que se oponga al cumplimiento de esa promesa ha penetrado en mi alma, es necesario combatirlo.

Desde luego noto, y no me acuse usted de soberbia porque le digo lo que noto, que el imperio de mi voluntad, que usted me ha enseñado a ejercer, es omnímodo sobre todos mis sentidos. Mientras Moisés en la cumbre del Sinaí conversaba con Dios, la baja plebe en la llanura adoraba rebelde el becerro. A pesar de mis pocos años, no teme mi espíritu rebeldías semejantes. Bien pudiera conversar con Dios con plena seguridad, si el enemigo no viniese a pelear contra mí en el mismo santuario. La imagen de Pepita se me presenta en el alma. Es un espíritu quien hace guerra a mi espíritu; es la idea de su hermosura en toda su inmaterial pureza la que se me ofrece en el camino que guía al abismo profundo del alma donde Dios asiste, y me impide llegar a él.

No me obceco, con todo. Veo claro, distingo, no me alucino. Por cima de esta inclinación espiritual que me arrastra hacia Pepita, está el amor de lo infinito y de lo eterno. Aunque yo me represente a Pepita como una idea, como una poesía, no deja de ser la idea, la poesía de algo finito, limitado, concreto, mientras que el amor de Dios y el concepto de Dios todo lo abarcan. Pero por más esfuerzos que hago, no acierto a revestir de una forma imaginaria ese concepto supremo, objeto de un afecto superiorísimo, para que luche con la imagen, con el recuerdo de la verdad caduca y efímera que de continuo me atosiga. Fervorosamente pido al cielo que se despierte en mí la fuerza imaginativa y cree una semejanza, un símbolo de ese concepto que todo lo comprende, a fin de que absorba y ahogue la imagen, el recuerdo de esta mujer. Es vago, es obscuro, es indescriptible, es como tiniebla profunda el más alto concepto, blanco de mi amor; mientras que ella se me representa con determinados contornos, clara, evidente, luminosa, con la luz velada que resisten los ojos del espíritu, no luminosa con la otra luz intensísima que para los ojos del espíritu es como tinieblas.

Toda otra consideración, toda otra forma, no destruye la imagen de esta mujer. Entre el Crucifijo y yo se interpone, entre la imagen devotísima de la Virgen y yo se interpone, sobre la página del libro espiritual que leo viene también a interponerse.

No creo, sin embargo, que estoy herido de lo que llaman amor en el siglo. Y aunque lo estuviera, yo lucharía y vencería.

La vista diaria de esa mujer, y el oír cantar sus alabanzas de continuo, hasta al padre Vicario, me tienen preocupado; divierten mi espíritu hacia lo profano, y le alejan de su debido recogimiento; pero no, yo no amo a Pepita todavía. Me iré y la olvidaré.

Mientras aquí permanezca, combatiré con valor. Combatiré con Dios, para vencerle por el amor y el rendimiento. Mis clamores llegarán a Él como inflamadas saetas, y derribarán el escudo con que se defiende y oculta a los ojos de mi alma. Yo pelearé como Israel, en el silencio de la noche, y Dios me llagará en el muslo y me quebrantará en ese combate, para que yo sea vencedor siendo vencido.

12 de mayo

Antes de lo que yo pensaba, querido tío, me decidió mi padre a que montase en *Lucero*. Ayer, a las seis de la mañana, cabalgué en esta hermosa fiera, como le llama mi padre, y me fui con mi padre al campo. Mi padre iba caballero en una jaca alazana.

Lo hice tan bien, fui tan seguro y apuesto en aquel soberbio animal, que mi padre no pudo resistir a la tentación de lucir a su discípulo, y después de reposarnos en un cortijo que tiene media legua de aquí, y a eso de las once, me hizo volver al lugar y entrar por lo más concurrido y céntrico, metiendo mucha bulla y desempedrando las calles. No hay que afirmar que pasamos por la de Pepita, quien de algún tiempo a esta parte se va haciendo algo ventanera y estaba a la reja, en una ventana baja, detrás de la verde celosía.

No bien sintió Pepita el ruido y alzó los ojos y nos vio, se levantó, dejó la costura que traía entre manos y se puso a mirarnos. *Lucero,* que, según he sabido después, tiene ya la costumbre de hacer piernas cuando pasa por delante de la casa de Pepita, empezó a retozar y a levantarse un poco de manos. Yo quise calmarle, pero como extrañase las mías, y también extrañase al jinete, despreciándole tal vez, se alborotó más y más y empezó a dar resoplidos, a hacer corvetas y aun a dar algunos botes; pero yo me tuve firme y sereno, mostrándole que era su amo, castigándole con la espuela, tocándole con el látigo en el pecho y reteniéndole por la brida. *Lucero,* que casi se había puesto de pies sobre los cuartos traseros, se humilló entonces hasta doblar mansamente las rodillas haciendo una reverencia.

La turba de curiosos que se había agrupado alrededor rompió en estrepitosos aplausos. Mi padre dijo:

—¡Bien por los mozos crudos y de arrestos!

Y notando después que Currito, que no tiene otro oficio que el de paseante, se hallaba entre el concurso, se dirigió a él con estas palabras:

—Mira, arrastrado; mira al *teólogo ahora,* y, en vez de burlarte, quédate patitieso de asombro.

En efecto, Currito estaba con la boca abierta, inmóvil, verdaderamente asombrado.

Mi triunfo fue grande y solemne, aunque impropio de mi carácter. La inconveniencia de este triunfo me infundió vergüenza. El rubor coloró mis mejillas. Debí de ponerme encendido como la grana, y más aún cuando advertí que Pepita me aplaudía y me saludaba cariñosa, sonriendo y agitando sus lindas manos.

En fin, he ganado la patente de hombre recio y de jinete de primera calidad.

Mi padre no puede estar más satisfecho y orondo; asegura que está completando mi educación; que usted le ha enviado en mí un libro muy sabio, pero en borrador y desencuadernado, y que él está poniéndome en limpio y encuadernándome.

El tresillo, si es parte de la encuadernación y de la limpieza, también está ya aprendido.

Dos noches he jugado con Pepita.

La noche que siguió a mi hazaña ecuestre, Pepita me recibió entusiasmada, e hizo lo que nunca había querido ni se había atrevido a hacer conmigo: me alargó la mano.

No crea usted que no recordé lo que recomiendan tantos y tantos moralistas y ascetas; pero, allá en mi mente, pensé que exageraban el peligro. Aquello del Espíritu Santo de que el que echa mano a una mujer se expone como si cogiera un escorpión, me pareció dicho en otro sentido. Sin duda que en los libros devotos, con la más sana intención, se interpretan harto duramente ciertas frases y sentencias de la Escritura. ¿Cómo entender, si no, que la hermosura de la mujer, obra tan perfecta de Dios, es causa de perdición siempre? ¿Cómo entender tampoco, en sentido general y constante, que la mujer es más amarga que la muerte? ¿Cómo entender que el que toca a una mujer, en toda ocasión y con cualquier pensamiento que sea, no saldrá sin mancha?

En fin, respondí rápidamente dentro de mi alma a estos y a otros avisos, y tomé la mano que Pepita cariñosamente me alargaba y la estreché en la mía. La suavidad de aquella mano me hizo comprender mejor su delicadeza y primor, que hasta entonces no conocía sino por los ojos.

Según los usos del siglo, dada ya la mano una vez, la debe uno dar siempre, cuando llega y cuando se despide. Espero que en esta ceremonia, en esta prueba de amistad, en esta manifestación de afecto, si se procede con pureza y sin el menor átomo de liviandad, no verá usted nada malo ni peligroso.

Como mi padre tiene que estar muchas noches con el aperador y con otra gente del campo, y hasta las diez y media o las once suele no verse libre, yo le sustituyo en la mesa del tresillo al lado de Pepita. El señor Vicario y el escribano son casi siempre los otros tercios. Jugamos a décimo de real, de modo que un duro o dos es lo más que se atraviesa en la partida.

Mediando, como media, tan poco interés en el juego, lo interrumpimos continuamente con agradables conversaciones y hasta con discusiones sobre puntos extraños al mismo juego, en todo lo cual demuestra siempre Pepita una lucidez de entendimento, una viveza de imaginación y una tan extraordinaria gracia en el decir, que no pueden menos de maravillarme.

No hallo motivo suficiente para variar de opinión respecto a lo que ya he dicho a usted contestando a sus recelos de que Pepita puede sentir cierta inclinación hacia mí. Me trata con el afecto natural que debe de tener al hijo de su pretendiente don Pedro de Vargas, y con la timidez y encogimiento que inspira un hombre en mis circunstancias, que no es sacerdote aún, pero que pronto va a serlo.

Quiero y debo, no obstante, decir a usted, ya que le escribo siempre como si estuviese de rodillas delante de usted a los pies del confesonario, una rápida impresión que he sentido dos o tres veces; algo que tal vez sea una alucinación o un delirio, pero que he notado.

Ya he dicho a usted en otras cartas que los ojos de Pepita, verdes como los de Circe, tienen un mirar tranquilo y honestísimo. Se diría que ella ignora el poder de sus ojos, y no sabe que sirven más que para ver. Cuando fija en alguien la vista, es tan clara, franca y pura la dulce luz de su mirada, que, en vez de hacer nacer ninguna mala idea, parece que crea pensamientos limpios; que deja en reposo grato a las almas inocentes y castas, y mata y destruye todo incentivo en las almas que no lo son. Nada de pasión ardiente, nada de fuego hay en los ojos de Pepita. Como la tibia luz de la luna es el rayo de su mirada.

Pues bien, a pesar de esto, yo he creído notar dos o tres veces un resplandor instantáneo, un relámpago, una llama fugaz y devoradora en aquellos ojos que se posaban en mí. ¿Será vanidad ridícula sugerida por el mismo demonio?

Me parece que sí; quiero creer y creo que sí.

Lo rápido, lo fugitivo de la impresión, me induce a conjeturar que no ha tenido nunca realidad extrínseca; que ha sido un ensueño mío.

La calma del cielo, el frío de la indiferencia amorosa, si bien templado por la dulzura de la amistad y de la caridad, es lo que descubro siempre en los ojos de Pepita.

Me atormenta, no obstante, este ensueño, esta alucinación de la mirada extraña y ardiente.

Mi padre dice que no son los hombres, sino las mujeres, las que toman la iniciativa, y que la toman sin responsabilidad, y pudiendo negar y volverse atrás cuando quieren. Según mi padre, la mujer es quien se declara por medio de miradas fugaces, que ella misma niega más tarde a su propia conciencia, si es menester, y de las cuales, más que leer, logra el hombre a quien van dirigidas adivinar el significado. De esta suerte, casi por medio de una conmoción eléctrica, casi por medio de una sutilísima e inexplicable intuición, se percata el que es amado de que es amado, y luego, cuando se resuelve a hablar, va ya sobre seguro y con plena confianza de la correspondencia.

¿Quién sabe si estas teorías de mi padre, oídas por mí, porque no puedo menos de oírlas, son las que me han calentado la cabeza y me han hecho imaginar lo que no hay?

De todos modos, me digo a veces, ¿sería tan absurdo, tan imposible que lo hubiera? Y si lo hubiera, si yo agradase a Pepita de otro modo que como amigo, si la mujer a quien mi padre pretende se prendase de mí, ¿no sería espantosa mi situación?

Desechemos estos temores, fraguados, sin duda, por la vanidad. No hagamos de Pepita una Fedra y de mí un Hipólito.

Lo que sí empieza a sorprenderme es el descuido y plena seguridad de mi padre. Perdone usted, pídale a Dios que perdone mi orgullo; de vez en cuando me pica y enoja la tal seguridad. Pues qué, me digo, ¿soy tan adefesio para que mi padre no tema que, a pesar de mi supuesta santidad, o por mi misma supuesta santidad, no pueda yo enamorar, sin querer, a Pepita?

Hay un curioso raciocinio que yo me hago, y por donde me explico, sin lastimar mi amor propio, el descuido paterno en este asunto importante. Mi padre, aunque sin fundamento, se va considerando ya como marido de Pepita, y empieza a participar de aquella ceguedad funesta que Asmodeo u otro demonio más torpe infunde a los maridos. Las historias profanas y eclesiásticas están llenas de esta ceguedad, que Dios permite, sin duda para fines providenciales. El ejemplo más egregio quizá es el del emperador Marco Aurelio, que tuvo mujer tan liviana y viciosa como Faustina, y, siendo varón tan sabio y tan agudo filósofo, nunca advirtió lo que de todas las gentes que formaban el imperio romano era sabido; por donde, en las meditaciones o memorias que sobre sí mismo compuso, da infinitas gracias a los dioses inmortales porque le habían concedido mujer tan fiel y tan buena, y provoca la risa de sus contemporáneos y de las futuras generaciones. Desde entonces no se ve otra cosa todos los días sino magnates y hombres principales que hacen sus secretarios y dan todo su valimiento a los que lo tienen con su mujer. De esta suerte me explico que mi padre se descuide, y no recele que, hasta a pesar mío, pudiera tener un rival en mí.

Sería una falta de respeto, pecaría yo de presumido e insolente si advirtiese a mi padre del peligro que no ve. No hay medio de que yo le diga nada. Además, ¿qué había yo de decirle? ¿Que se me figura que una o dos veces Pepita me ha mirado de otra manera que como suele mirar? ¿No puede ser esto ilusión mía? No, no tengo la menor prueba de que Pepita desee siquiera coquetear conmigo.

¿Qué es, pues, lo que entonces podría yo decir a mi padre? ¿Había de decirle que yo soy quien está enamorado de Pepita, que yo codicio el tesoro que ya él tiene por suyo? Esto no es verdad; y sobre todo, ¿cómo declarar esto a mi padre, aunque fuera verdad, por mi desgracia y por mi culpa?

Lo mejor es callarme; combatir en silencio, si la tentación llega a asaltarme de veras, y tratar de abandonar cuanto antes este pueblo y de volverme con usted.

19 de mayo

Gracias a Dios y a usted por las nuevas cartas y nuevos consejos que me envía. Hoy los necesito más que nunca.

Razón tiene la mística doctora Santa Teresa cuando pondera los grandes trabajos de las almas tímidas que se dejan turbar por la tentación; pero es mil veces más trabajoso el desengaño para quienes han sido, como yo, confiados y soberbios.

Templos del Espíritu Santo son nuestros cuerpos, mas si se arrima fuego a sus paredes, aunque no ardan, se tiznan.

La primera sugestión es la cabeza de la serpiente. Si no la hollamos con planta valerosa y segura, el ponzoñoso reptil sube a esconderse en nuestro seno.

El licor de los deleites mundanos, por inocentes que sean, suele ser dulce al paladar, y luego se trueca en hiel de dragones y veneno de áspides.

Es cierto; ya no puedo negárselo a usted. Yo no debí poner los ojos con tanta complacencia en esta mujer peligrosísima.

No me juzgo perdido; pero me siento conturbado.

Como el corzo sediento desea y busca el manantial de las aguas, así mi alma busca a Dios todavía. A Dios se vuelve para que le dé reposo, y anhela beber en el torrente de sus delicias, cuyo ímpetu alegra el Paraíso, y cuyas ondas claras ponen más blanco que la nieve; pero un abismo llama a otro abismo, y mis pies se han clavado en el cieno que está en el fondo.

Sin embargo, aún me quedan voz y aliento para clamar con el Salmista: ¡Levántate, gloria mía! Si te pones de mi lado, ¿quién prevalecerá contra mí?

Yo digo a mi alma pecadora, llena de quiméricas imaginaciones y de vagos deseos, que son sus hijos bastardos: ¡Oh hija miserable de Babilonia, bienaventurado el que te dará tu galardón; bienaventurado el que deshará contra las piedras a tus pequeñuelos!

Las mortificaciones, el ayuno, la oración, la penitencia serán las armas de que me revista para combatir y vencer con el auxilio divino.

No era sueño, no era locura; era realidad. Ella me mira a veces con la ardiente mirada de que ya he hablado a usted. Sus ojos están dotados de una atracción magnética inexplicable. Me atrae, me seduce, y se fijan en ella los míos. Mis ojos deben arder entonces, como los suyos, con una llama funesta; como los de Amón cuando se fijaban en Tamar; como los del príncipe de Siquén cuando se fijaban en Dina.

Al mirarlos así, hasta de Dios me olvido. La imagen de ella se levanta en el fondo de mi espíritu, vencedora de todo. Su hermosura resplandece sobre toda hermosura; los deleites del cielo me parecen inferiores a su cariño; una eternidad de penas creo que no paga la bienaventuranza infinita que vierte sobre mí en un momento con una de estas miradas que pasan cual relámpago.

Cuando vuelvo a casa, cuando me quedo solo en mi cuarto, en el silencio de la noche, reconozco todo el horror de mi situación y formo buenos propósitos, que luego se quebrantan.

Me prometo a mí mismo fingirme enfermo, buscar cualquier otro pretexto para no ir a la noche siguiente a casa de Pepita, y sin embargo voy.

Mi padre, confiado hasta lo sumo, sin sospechar lo que pasa en mi alma, me dice cuando llega la hora:

—Vete a la tertulia. Yo iré más tarde, luego que despache al aperador.

Yo no atino con la excusa, no hallo el pretexto, y en vez de contestar: «No puedo ir», tomo el sombrero y voy a la tertulia.

Al entrar, Pepita y yo nos damos la mano, y al dárnosla me hechiza. Todo mi ser se muda. Penetra hasta mi corazón un fuego devorante, y ya no pienso más que en ella. Tal vez soy yo mismo quien provoca las miradas si tardan en llegar. La miro con insano ahínco, por un estímulo irresistible, y a cada instante creo descubrir en ella nuevas perfecciones. Ya los hoyuelos de sus mejillas cuando sonríe, ya la blancura sonrosada de la tez, ya la forma recta de la nariz, ya la pequeñez de la oreja, ya la suavidad de contornos y admirable modelado de la garganta.

Entro en su casa, a pesar mío, como evocado por un conjuro; y, no bien entro en su casa, caigo bajo el poder de su encanto; veo claramente que estoy dominado por una maga cuya fascinación es ineluctable.

No es ella grata a mis ojos solamente, sino que sus palabras suenan en mis oídos como la música de las esferas, revelándome toda la armonía del universo, y hasta imagino percibir una sutilísima fragancia que su limpio cuerpo despide, y que supera al olor de los mastranzos que crecen a orillas de los arroyos y al aroma silvestre del tomillo que en los montes se cría.

Excitado de esta suerte, no sé cómo juego al tresillo, ni hablo, ni discurro con juicio, porque estoy todo en ella.

Cada vez que se encuentran nuestras miradas se lanzan en ellas nuestras almas, y en los rayos que se cruzan se me figura que se unen y compenetran. Allí se descubren mil inefables misterios de amor, allí se comunican sentimientos que por otro medio no llegarían a saberse, y se citan poesías que no caben en lengua humana, y se cantan canciones que no hay voz que exprese ni acordada cítara que module.

Desde el día en que vi a Pepita en el Pozo de la Solana, no he vuelto a verla a solas. Nada le he dicho ni me ha dicho, y, sin embargo, nos lo hemos dicho todo.

Cuando me sustraigo a la fascinación, cuando estoy solo por la noche en mi aposento, quiero mirar con frialdad el estado en que me hallo, y veo abierto a mis pies el precipicio en que voy a sumirme, y siento que me resbalo y que me hundo.

Me recomienda usted que piense en la muerte; no en la de esta mujer, sino en la mía. Me recomienda usted que piense en lo inestable, en lo inseguro de nuestra existencia y en lo que hay más allá. Pero esta consideración y esta meditación ni me atemorizan ni me arredran. ¿Cómo he de temer la muerte cuando deseo morir? El amor y la muerte son hermanos. Un sentimiento de abnegación se alza de las profundidades de mi ser, y me llama a sí, y me dice que todo mi ser debe darse y perderse por el objeto amado. Ansío confundirme en una de sus miradas; diluir y evaporar toda mi esencia en el rayo de luz que sale de sus ojos, quedarme muerto mirándola, aunque me condene.

Lo que es aún eficaz en mí contra el amor no es el temor, sino el amor mismo. Sobre este amor determinado, que ya veo con evidencia que Pepita me inspira, se levanta en mi espíritu el amor divino en consurrección poderosa. Entonces todo se cambia en mí, y aun me prometo la victoria. El objeto de mi amor superior se ofrece a los ojos de mi mente como el sol que todo lo enciende y alumbra, llenando de luz los espacios; y el objeto de mi amor más bajo, como átomo de polvo que vaga en el ambiente y que el sol dora. Toda su beldad, todo su resplandor, todo su atractivo no es más que el reflejo de ese sol increado, no es más que la chispa brillante, transitoria, inconsciente de aquella infinita y perenne hoguera.

Mi alma, abrasada de amor, pugna por criar alas, y tender el vuelo, y subir a esa hoguera, y consumir allí cuanto hay en ella de impuro.

Mi vida, desde hace algunos días, es una lucha constante. No sé cómo el mal que padezco no me sale a la cara. Apenas me alimento; apenas duermo. Si el sueño cierra mis párpados, suelo despertar azorado, como si me hallase peleando en una batalla de ángeles rebeldes y de ángeles buenos. En esta batalla de la luz contra las tinieblas, yo combato por la luz; pero tal vez imagino que me paso al enemigo, que soy un desertor infame; y oigo la voz del águila de Patmos que dice: «Y los hombres prefirieron las tinieblas a la luz»; y entonces me lleno de terror y me juzgo perdido.

No me queda más recurso que huir. Si en lo que falta para terminar el mes mi padre no me da su venia y no viene conmigo, me escapo como un ladrón; me fugo sin decir nada.

23 de mayo

Soy un vil gusano, y no un hombre; soy el oprobio y la abyección de la Humanidad; soy un hipócrita.

Me han circundado dolores de muerte, y torrentes de iniquidad me han conturbado.

Vergüenza tengo de escribir a usted, y no obstante le escribo. Quiero confesárselo todo.

No logro enmendarme. Lejos de dejar de ir a casa de Pepita, voy más temprano todas las noches. Se diría que los demonios me agarran de los pies y me llevan allá sin que yo quiera.

Por dicha, no hallo sola nunca a Pepita. No quisiera hallarla sola. Casi siempre se me adelanta el excelente padre Vicario, que atribuye nuestra amistad a la semejanza de gustos piadosos, y la funda en la devoción, como la amistad inocentísima que él le profesa.

El proceso de mi mal es rápido. Como piedra que se desprende de lo alto del templo y va aumentando su velocidad en la caída, así mi espíritu ahora.

Cuando Pepita y yo nos damos la mano, no es ya como al principio. Ambos hacemos un esfuerzo de voluntad y nos transmitimos, por nuestras diestras enlazadas, todas las palpitaciones del corazón. Se diría que, por arte diabólico, obramos una transfusión y mezcla de lo más sutil de nuestra sangre. Ella debe de sentir circular mi vida por sus venas, como yo siento en las mías la suya.

Si estoy cerca de ella, la amo; si estoy lejos, la odio. A su vista, en su presencia, me enamora, me atrae, me rinde con suavidad, me pone un yugo dulcísimo.

Su recuerdo me mata. Soñando con ella, sueño que me divide la garganta, como Judit al capitán de los asirios, que me atraviesa las sienes con un clavo, como Jael a Sisara; pero a su lado, me parece la esposa del *Cantar de los Cantares,* y la llamo con voz interior, y la bendigo, y la juzgo fuente sellada, huerto cerrado, flor del valle, lirio de los campos, paloma mía y hermana.

Quiero libertarme de esta mujer y no puedo. La aborrezco y casi la adoro. Su espíritu se infunde en mí al punto que la veo, y me posee, y me domina y me humilla.

Todas las noches salgo de su casa diciendo: «Ésta será la última noche que vuelvo aquí», y vuelvo a la noche siguiente.

Cuando habla, y estoy a su lado, mi alma queda como colgada de su boca; cuando sonríe, se me antoja que un rayo de luz inmaterial se me entra en el corazón y le alegra.

A veces, jugando al tresillo, se han tocado por acaso nuestras rodillas, y he sentido un indescriptible sacudimiento.

Sáqueme usted de aquí. Escriba usted a mi padre que me dé licencia para irme. Si es menester, dígaselo todo. ¡Socórrame usted! ¡Sea usted mi amparo!

30 de mayo

Dios me ha dado fuerzas para resistir y he resistido.

Hace días que no pongo los pies en casa de Pepita, que no la veo.

Casi no tengo que pretextar una enfermedad, porque realmente estoy enfermo. Estoy pálido y ojeroso; y mi padre, lleno de afectuoso cuidado, me pregunta qué padezco y me muestra el interés más vivo.

El reino de los cielos cede a la violencia, y yo quiero conquistarlo. Con violencia llamo a sus puertas para que se me abran.

Con ajenjo me alimenta Dios para probarme, y en balde le pido que aparte de mí ese cáliz de amargura; pero he pasado y paso en vela muchas noches entregado a la oración, y ha venido a endulzar lo amargo del cáliz una inspiración amorosa del espíritu consolador y soberano.

He visto con los ojos del alma la nueva patria y en lo más íntimo de mi corazón ha resonado el cántico nuevo de la Jerusalén celeste.

Si al cabo logro vencer, será gloriosa la victoria; pero se la deberé a la Reina de los Ángeles, a quien me encomiendo. Ella es mi refugio y mi defensa; torre y alcázar de David, de que penden mil escudos y armaduras de valerosos campeones; cedro del Líbano, que pone en fuga a las serpientes.

En cambio, a la mujer que me enamora de un modo mundanal procuro menospreciarla y abatirla en mi pensamiento, recordando las palabras del Sabio y aplicándoselas.

Eres lazo de cazadores, la digo; tu corazón es red engañosa, y tus manos redes que atan; quien ama a Dios huirá de ti, y el pecador será por ti aprisionado.

Meditando sobre el amor, hallo mil motivos para amar a Dios y no amarla.

Siento en el fondo de mi corazón una inefable energía que me convence de que yo lo despreciaría todo por el amor de Dios: la fama, la honra, el poder y el imperio. Me hallo capaz de imitar a Cristo; y si el enemigo tentador me llevase a la cumbre de la montaña y me ofreciese todos los reinos de la tierra porque doblase ante él la rodilla, yo no la doblaría; pero cuando me ofrece a esta mujer, vacilo aún y no la rechazo. ¿Vale más esta mujer a mis ojos que todos los reinos de la tierra; más que la fama, la honra, el poder y el imperio?

¿La virtud del amor, me pregunto a veces, es la misma siempre, aunque aplicada a diversos objetos, o bien hay dos linajes y condiciones de amores? Amar a Dios me parece la negación del egoísmo y del exclusivismo. Amándole, puedo y quiero amarlo todo por Él, y no me enojo ni tengo celos de que Él lo ame todo. No soy celoso ni envidioso de los santos, de los mártires, de los bienaventurados y de los mismos serafines. Mientras mayor me represento el amor de Dios a las criaturas y los favores y regalos que les hace, menos celoso estoy y más le amo, y más cercano a mí le juzgo, y más amoroso y fino me parece que está conmigo. Mi hermandad, mi más que hermandad con todos los seres, resalta entonces de un modo dulcísimo. Me parece que soy uno con todo, y que todo está enlazado con lazada de amor por Dios y en Dios.

Muy al contrario cuando pienso en esta mujer y en el amor que me inspira. Es un amor de odio, que me aparta de todo menos de mí. La quiero para mí, toda para mí y yo todo para ella. Hasta la devoción y el sacrificio por ella son egoístas. Morir por ella sería por desesperación de no lograrla de otra suerte, o por esperanza de no gozar de su amor por completo, sino muriendo y confundiéndome con ella en un eterno abrazo.

Con todas estas consideraciones procuro hacer aborrecible el amor de esta mujer; pongo en este amor mucho de infernal y de horriblemente ominoso; pero como si tuviese yo dos almas, dos entendimientos, dos voluntades y dos imaginaciones, pronto surge dentro de mí la idea contraria; pronto me niego lo que acabo de afirmar, y procuro conciliar locamente los dos amores. ¿Por qué no huir de ella y seguir amándola sin dejar de consagrarme fervorosamente al servicio de Dios? Así como el amor de Dios no excluye el amor de la patria, el amor de la humanidad, el amor de la ciencia, el amor de la hermosura en la naturaleza y en el arte, tampoco debe excluir este amor, si es espiritual e inmaculado. Yo haré de ella, me digo, un símbolo, una alegoría, una imagen de todo lo bueno y hermoso. Será para mí, como Beatriz para Dante, figura y representación de mi patria, del saber y de la belleza.

Esto me hace caer en una horrible imaginación, en un monstruoso pensamiento. Para hacer de Pepita ese símbolo, esa vaporosa y etérea imagen, esa cifra y resumen de cuanto puedo amar por bajo de Dios, en Dios y subordinándolo a Dios, me la finjo muerta, como Beatriz estaba muerta cuando Dante la cantaba.

Si la dejo entre los vivos, no acierto a convertirla en idea pura, y para convertirla en idea pura, la asesino en mi mente.

Luego la lloro, luego me horrorizo de mi crimen, y me acerco a ella en espíritu, y con el calor de mi corazón le vuelvo la vida, y la veo, no vagarosa, diáfana, casi esfumada entre nubes de color de rosa y flores celestiales, como vio el feroz Gibelino a su amada en la cima del Purgatorio, sino consistente, sólida, bien delineada en el ambiente sereno y claro, como las obras más perfectas del cincel helénico, como Galatea, animada ya por el afecto de Pigmalión, y bajando llena de vida, respirando amor, lozana de juventud y de hermosura, de su pedestal de mármol.

Entonces exclamo desde el fondo de mi conturbado corazón: «Mi virtud desfallece; Dios mío, no me abandones. Apresúrate a venir en mi auxilio. Muéstrame tu cara y seré salvo».

Así recobro las fuerzas para resistir a la tentación. Así renace en mí la esperanza de que volveré al antiguo reposo no bien me aparte de estos sitios.

El demonio anhela con furia tragarse las aguas puras del Jordán, que son las personas consagradas a Dios. Contra ellas se conjura el infierno y desencadena todos sus monstruos. San Buenaventura lo ha dicho: «No debemos admirarnos de que estas personas pecaron, sino de que no pecaron». Yo, con todo, sabré resistir y no pecar. Dios me protege.

6 de junio

La nodriza de Pepita, hoy su ama de llaves, es, como dice mi padre, una buena pieza de arrugadillo; picotera, alegre y hábil como pocas. Se casó con el hijo del maestro Cencias, y ha heredado del padre lo que el hijo no heredó: una portentosa facilidad para las artes y los oficios. La diferencia está en que el maestro Cencias componía un husillo de lagar, arreglaba las ruedas de una carreta o hacía un arado, y esta nuera suya hace dulces, arropes y otras golosinas. El suegro ejercía deleite inocente, o lícito al menos.

Antoñona, que así se llama, tiene o se toma la mayor confianza con todo el señorío. En todas las casas entra y sale como en la suya. A todos los señoritos y señoritas de la edad de Pepita, o de cuatro o cinco años más, los tutea, los llama niños y niñas, y los trata como si los hubiera criado a sus pechos.

A mí me habla de mira, como a los otros. Viene a verme, entra en mi cuarto, y ya me ha dicho varias veces que soy un ingrato, y que hago mal en no ir a ver a su señora.

Mi padre, sin advertir nada, me acusa de extravagante, me llama búho, y se empeña también en que vuelva a la tertulia. Anoche no pude ya resistirme a sus repetidas instancias, y fui muy temprano, cuando mi padre iba a hacer las cuentas con el aperador.

¡Ojalá no hubiera ido!

Pepita estaba sola. Al vernos, al saludarnos, nos pusimos los dos colorados. Nos dimos la mano con timidez, sin decirnos palabras.

Yo no estreché la suya; ella no estrechó la mía, pero las conservamos unidas un breve rato.

En la mirada que Pepita me dirigió nada había de amor, sino de amistad, de simpatía, de honda tristeza.

Había adivinado toda mi lucha interior; presumía que el amor divino había triunfado en mi alma; que mi resolución de no amarla era firme e invencible.

No se atrevía a quejarse de mí; conocía que la razón estaba de mi parte. Un suspiro, apenas perceptible, que se escapó de sus frescos labios entreabiertos, manifestó cuánto lo deploraba.

Nuestras manos seguían unidas aún. Ambos, mudos. ¿Cómo decirle yo que no era para ella ni ella para mí; que importaba separarnos para siempre?

Sin embargo, aunque no se lo dije con palabras, se lo dije con los ojos. Mi severa mirada confirmó sus temores; la persuadió de la irrevocable sentencia.

De pronto se nublaron sus ojos; todo su rostro hermoso, pálido ya de una palidez traslúcida, se contrajo con una bellísima expresión de melancolía. Parecía la madre de los dolores. Dos lágrimas brotaron lentamente de sus ojos y empezaron a deslizarse por sus mejillas.

No sé lo que pasó en mí. ¿Ni cómo describirlo aunque lo supiera?

Acerqué mis labios a su cara para enjugar el llanto, y se unieron nuestras bocas en un beso.

Inefable embriaguez, desmayo fecundo en peligros invadió todo mi ser y el ser de ella. Su cuerpo desfallecía y la sostuve entre mis brazos.

Quiso el cielo que oyésemos los pasos y la tos del padre Vicario, que llegaba, y nos separamos al punto.

Volviendo en mí, y reconcentrando todas las fuerzas de mi voluntad, pude entonces llenar con estas palabras, que pronuncié en voz baja e intensa, aquella terrible escena silenciosa:

—¡El primero y el último!

Yo aludía al beso profano; mas, como si hubieran sido mis palabras una evocación, se ofreció en mi mente la visión apocalíptica en toda su terrible majestad. Vi al que es por cierto el primero y el último, y con la espada de dos filos que salía de su boca me hería en el alma, llena de maldades, de vicios y de pecados.

Toda aquella noche la pasé en un frenesí, en un delirio interior, que no sé cómo disimulaba.

Me retiré de casa de Pepita muy temprano.

En la soledad fue mayor mi amargura.

Al recordarme de aquel beso y de aquellas palabras de despedida, me comparaba yo con el traidor Judas, que vendía besando, y con el sanguinario y alevoso asesino Joab, cuando, al besar a Amasá, le hundió el hierro agudo en las entrañas.

Había incurrido en dos traiciones y en dos falsías.

Había faltado a Dios y a ella.

Soy un ser abominable.

11 de junio

Aún es tiempo de remediarlo todo. Pepita sanará de su amor y olvidará la flaqueza que ambos tuvimos.

Desde aquella noche no he vuelto a su casa.

Antoñona no parece por la mía.

A fuerza de súplicas he logrado de mi padre la promesa formal de que partiremos de aquí el 25, pasado el día de San Juan, que aquí se celebra con fiestas lucidas, y en cuya víspera hay una famosa velada.

Lejos de Pepita me voy serenando y creyendo que tal vez ha sido una prueba este comienzo de amores.

En todas estas noches he rezado, he velado, me he mortificado mucho.

La persistencia de mis plegarias, la honda contrición de mi pecho han hallado gracia delante del Señor, quien ha mostrado su gran misericordia.

El Señor, como dice el Profeta, ha enviado fuego a lo más robusto de mi espíritu, ha alumbrado mi inteligencia, ha encendido lo más alto de mi voluntad y me ha enseñado.

La actividad del amor divino, que está en la voluntad suprema, ha podido en ocasiones, sin yo merecerlo, llevarme hasta la oración de quietud afectiva. He desnudado las potencias inferiores de mi alma de toda imagen, hasta de la imagen de esa mujer; y he creído, si el orgullo no me alucina, que he conocido y gozado en paz, con la inteligencia y con el afecto, del bien supremo que está en el centro y abismo del alma.

Ante este bien todo es miseria; ante esta hermosura es fealdad todo; ante esta felicidad todo es infortunio; ante esta altura todo es bajeza. ¿Quién no olvidará y despreciará por el amor de Dios todos los demás amores?

Sí, la imagen profana de esa mujer saldrá definitivamente y para siempre de mi alma. Yo haré un azote durísimo de mis oraciones y penitencias, y con él la arrojaré de allí, como Cristo arrojó del templo a los condenados mercaderes.

18 de junio

Ésta será la última carta que yo escriba a usted.

El 25 saldré de aquí sin falta. Pronto tendré el gusto de dar a usted un abrazo.

Cerca de usted estaré mejor. Usted me infundirá ánimo y me prestará la energía de que carezco.

Una tempestad de encontradas afecciones combate ahora en mi corazón.

El desorden de mis ideas se conocerá en el desorden de lo que estoy escribiendo.

Dos veces he vuelto a casa de Pepita. He estado frío, severo, como debía estar; pero ¡cuánto me ha costado!

Ayer me dijo mi padre que Pepita está indispuesta y que no recibe.

En seguida me asaltó el pensamiento de que su amor mal pagado podría ser la causa de la enfermedad.

¿Por qué la he mirado con las miradas de fuego con que ella me miraba? ¿Por qué la he engañado vilmente? ¿Por qué la he hecho creer que la quería? ¿Por qué mi boca infame buscó la suya y se abrasó y la abrasó con las llamas del infierno?

Pero no: mi pecado no ha de traer como indefectible consecuencia otro pecado.

Lo que ya fue no puede dejar de haber sido, pero puede y debe remediarse.

El 25, repito, partiré sin falta.

La desenvuelta Antoñona acaba de entrar a verme.

Escondí esta carta, como si fuera una maldad escribir a usted.

Sólo un minuto ha estado aquí Antoñona.

Yo me levanté de la silla para hablar con ella de pie y que la visita fuera corta.

En tan corta visita, me ha dicho mil locuras que me afligen profundamente.

Por último, ha exclamado al despedirse, en su jerga medio gitana:

—¡Anda, fullero de amor, *indinote,* maldecido seas; *malos chuqueles te tagelen el drupo,* que has puesto enferma a la niña y con tus retrecherías la estás matando!

Dicho esto, la endiablada mujer me aplicó, de una manera indecorosa y plebeya, por bajo de las espaldas, seis o siete feroces pellizcos, como si quisiera sacarme a túrdigas el pellejo. Después se largó echando chispas.

No me quejo, merezco esta broma brutal, dado que sea broma. Merezco que me atenacen los demonios con tenazas hechas ascua.

¡Dios mío, haz que Pepita me olvide; haz, si es menester, que ame a otro y sea con él dichosa!

¿Puedo pedirte más, Dios mío?

Mi padre no sabe nada, no sospecha nada. Más vale así.

Adiós. Hasta dentro de pocos días, que nos veremos y abrazaremos.

¡Qué mudado va usted a encontrarme! ¡Qué lleno de amargura mi corazón! ¡Cuán perdida la inocencia! ¡Qué herida y qué lastimada mi alma!

II

PARALIPÓMENOS

No hay más cartas de don Luis de Vargas que las que hemos transcrito. Nos quedaríamos, pues, sin averiguar el término que tuvieron estos amores, y esta sencilla y apasionada historia no acabaría si un sujeto, perfectamente enterado de todo, no hubiese compuesto la relación que sigue.

*

Nadie extrañó en el lugar la indisposición de Pepita, ni menos pensó en buscarle una causa que sólo nosotros, ella, don Luis, el señor Deán y la discreta Antoñona sabemos hasta lo presente.

Más bien hubieran podido extrañarse la vida alegre, las tertulias diarias y hasta los paseos campestres de Pepita durante algún tiempo. El que volviese Pepita a su retiro habitual era naturalísimo.

Su amor por don Luis, tan silencioso y tan reconcentrado, se ocultó a las miradas investigadoras de doña Casilda, de Currito y de todos los personajes del lugar que en las cartas de don Luis se nombran. Menos podía saberlo el vulgo. A nadie le cabía en la cabeza, a nadie le pasaba por la imaginación, que *el teólogo, el santo,* como llamaban a don Luis, rivalizase con su padre, y hubiera conseguido lo que no había conseguido el terrible y poderoso don Pedro de Vargas: enamorar a la linda, elegante, esquiva y zahareña viudita.

A pesar de la familiaridad que las señoras del lugar tienen con sus criadas, Pepita nada había dejado traslucir a ninguna de las suyas. Sólo Antoñona, que era un lince para todo, y más aún para las cosas de su niña, había penetrado el misterio.

Antoñona no calló a Pepita su descubrimiento y Pepita no acertó a negar la verdad a aquella mujer que la había criado, que la idolatraba y que, si bien se complacía en descubrir y referir cuanto pasaba en el pueblo, siendo modelo de maldicientes, era sigilosa y leal como pocas para lo que importaba a su dueño.

De esta suerte se hizo Antoñona la confidenta de Pepita, la cual hallaba gran consuelo en desahogar su corazón con quien, si era vulgar y grosera en la expresión o en el lenguaje, no lo era en los sentimientos y en las ideas que expresaba y formulaba.

Por lo dicho se explican las visitas de Antoñona a don Luis, sus palabras y hasta los feroces, poco respetuosos y mal colocados pellizcos, con que maceró sus carnes y atormentó su dignidad la última vez que estuvo a verle.

Pepita no sólo no había excitado a Antoñona a que fuese a don Luis con embajadas, pero ni sabía siquiera que hubiese ido.

Antoñona había tomado la iniciativa, y había hecho papel en este asunto, porque así lo quiso.

Como ya se dijo, se había enterado de todo con perspicacia maravillosa.

Cuando la misma Pepita apenas se había dado cuenta de que amaba a don Luis, ya Antoñona lo sabía. Apenas empezó Pepita a lanzar sobre él aquellas ardientes, furtivas e involuntarias miradas que tanto destrozo hicieron, miradas que nadie sorprendió de los que estaban presentes, Antoñona, que no lo estaba, habló a Pepita de las miradas. Y no bien las miradas recibieron dulce pago, también lo supo Antoñona.

Poco tuvo, pues, la señora que confiar a una criada tan penetrante y tan zahorí de cuanto pasaba en lo más escondido de su pecho.

*

A los cinco días de la fecha de la última carta que hemos leído, empieza nuestra narración.

Eran las once de la mañana. Pepita estaba en una sala alta al lado de su alcoba y de su tocador, donde nadie, salvo Antoñona, entraba jamás sin que llamase ella.

Los muebles de aquella sala eran de poco valor, pero cómodos y aseados. Las cortinas y el forro de los sillones, sofás y butacas eran de tela de algodón pintada de flores; sobre una mesita de caoba había recado de escribir y papeles; y en un armario, de caoba también, bastantes libros de devoción y de historia. Las paredes se veían adornadas con cuadros, que eran estampas de asuntos religiosos; pero con el buen gusto, inaudito, raro, casi inverosímil en un lugar de Andalucía, de que dichas estampas no fuesen malas litografías francesas, sino grabados de nuestra Calcografía, como el Pasmo de Sicilia, de Rafael; el San Ildefonso y la Virgen, la Concepción, el San Bernardo y los dos medios puntos, de Murillo.

Sobre una antigua mesa de roble, sostenida por columnas salomónicas, se veía un contadorcillo o papelera con embutidos de concha, nácar, marfil y bronce, y muchos cajoncitos donde guardaba Pepita cuentas y otros documentos. Sobre la misma mesa había dos vasos de porcelana con muchas flores. Colgadas en la pared había, por último, algunas macetas de loza de la Cartuja sevillana, con geranio-hiedra y otras plantas, y tres jaulas doradas con canarios y jilgueros.

Aquella sala era el retiro de Pepita, donde no entraban de día sino el médico y el padre Vicario, y donde a prima noche entraba sólo el aperador a dar sus cuentas. Aquella sala era y se llamaba el despacho.

Pepita estaba sentada, casi recostada en un sofá, delante del cual había un velador pequeño con varios libros.

Se acababa de levantar, y vestía una ligera bata de verano. Su cabello rubio, mal peinado aún, parecía más hermoso en su mismo desorden. Su cara, algo pálida y con ojeras, si bien llena de juventud, lozanía y frescura, parecía más bella con el mal que le robaba colores.

Pepita mostraba impaciencia; aguardaba a alguien.

Al fin llegó, y entró sin anunciarse la persona que aguardaba, que era el padre Vicario.

Después de los saludos de costumbre, y arrellanado el padre Vicario en una butaca al lado de Pepita, se entabló la conversación.

*

—Me alegro, hija mía, de que me hayas llamado; pero sin que te hubieras molestado en llamarme, ya iba yo a venir a verte. ¡Qué pálida estás! ¿Qué padeces? ¿Tienes algo importante que decirme?

A esta serie de preguntas cariñosas empezó a contestar Pepita con un hondo suspiro. Después dijo:

—¿No adivina usted mi enfermedad? ¿No descubre usted la causa de mi padecimiento?

El Vicario se encogió de hombros y miró a Pepita con cierto susto, porque nada sabía, y le llamaba la atención la vehemencia con que ella se expresaba.

Pepita prosiguió:

—Padre mío, yo no debí llamar a usted, sino ir a la iglesia y hablar con usted en el confesonario, y allí confesar mis pecados. Por desgracia, no estoy arrepentida; mi corazón se ha endurecido en la maldad, y no he tenido valor ni me he hallado dispuesta para hablar con el confesor, sino con el amigo.

—¿Qué dices de pecados ni de dureza de corazón? ¿Estás loca? ¿Qué pecados han de ser los tuyos, si eres tan buena?

—No, padre, yo soy mala. He estado engañando a usted, engañándome a mí misma, queriendo engañar a Dios.

—Vamos, cálmate, serénate; habla con orden y con juicio para no decir disparates.

—¿Y cómo no decirlos cuando el espíritu del mal me posee?

—¡Ave María Purísima! Muchacha, no desatines. Mira, hija mía: tres son los demonios más temibles que se apoderan de las almas, y ninguno de ellos, estoy seguro, se puede haber atrevido a llegar hasta la tuya. El uno es Leviatán, o el espíritu de la soberbia; el otro Mamon, o el espíritu de la avaricia; el otro Asmodeo, o el espíritu de los amores impuros.

—Pues de los tres soy víctima; los tres me dominan.

—¡Qué horror!... Repito que te calmes. De lo que tú eres víctima es de un delirio.

—¡Pluguiese a Dios que así fuera! Es, por mi culpa, lo contrario. Soy avarienta, porque poseo cuantiosos bienes y no hago las obras de caridad que debiera hacer; soy soberbia, porque he despreciado a muchos hombres, no por virtud, no por honestidad, sino porque no los hallaba acreedores a mi cariño. Dios me ha castigado; Dios ha permitido que ese tercer enemigo, de que usted habla, se apodere de mí.

—¿Cómo es eso, muchacha? ¿Qué diablura se te ocurre? ¿Estás enamorada quizás? Y si lo estás, ¿qué mal hay en ello? ¿No eres libre? Cásate, pues, y déjate de tonterías. Seguro estoy de que mi amigo don Pedro de Vargas ha hecho el milagro. ¡El demonio es el tal don Pedro! Te declaro que me asombra. No juzgaba yo el asunto tan mollar y tan maduro como estaba.

—Pero si no es don Pedro de Vargas de quien estoy enamorada.

—¿Pues de quién entonces?

Pepita se levantó de su asiento; fue hacia la puerta; la abrió; miró para ver si alguien escuchaba desde fuera; la volvió a cerrar; se acercó luego al padre Vicario, y toda acongojada, con voz trémula, con lágrimas en los ojos, dijo casi al oído del buen anciano:

—Estoy perdidamente enamorada de su hijo.

—¿De qué hijo? —interrumpió el padre Vicario, que aún no quería creerlo.

—¿De qué hijo ha de ser? Estoy perdida, frenéticamente enamorada de don Luis.

La consternación, la sorpresa más dolorosa se pintó en el rostro del cándido y afectuoso sacerdote.

Hubo un momento de pausa. Después dijo el Vicario:

—Pero ése es un amor sin esperanza, un amor imposible. Don Luis no te querrá.

Por entre las lágrimas que nublaban los hermosos ojos de Pepita brilló un alegre rayo de luz; su linda y fresca boca, contraída por la tristeza, se abrió con suavidad, dejando ver las perlas de sus dientes y formando una sonrisa.

—Me quiere —dijo Pepita con un ligero y mal disimulado acento de satisfacción y de triunfo, que se alzaba por cima de su dolor y de sus escrúpulos.

Aquí subieron de punto la consternación y el asombro del padre Vicario. Si el santo de su mayor devoción hubiera sido arrojado del altar y hubiera caído a sus pies, y se hubiera hecho cien mil pedazos, no se hubiera el Vicario consternado tanto. Todavía miró a Pepita con incredulidad, como dudando de que aquello fuese cierto y no una alucinación de la vanidad mujeril. Tan de firme creía en la santidad de don Luis y en su misticismo.

—¡Me quiere! —dijo otra vez Pepita, contestando a aquella incrédula mirada.

—¡Las mujeres son peores que pateta! —dijo el Vicario—. Echáis la zancadilla al mismísimo mengue.

—¿No se lo decía yo a usted? ¡Yo soy muy mala!

—¡Sea todo por Dios! Vamos, sosiégate. La misericordia de Dios es infinita. Cuéntame lo que ha pasado.

—¿Qué ha de haber pasado? Que le quiero, que le amo, que le adoro; que él me quiere también, aunque lucha por sofocar su amor y tal vez lo consiga; y que usted, sin saberlo, tiene mucha culpa de todo.

—¡Pues no faltaba más! ¿Cómo es eso de que tengo yo mucha culpa?

—Con la extremada bondad que le es propia, no ha hecho usted más que alabarme a don Luis, y tengo por cierto que a don Luis le habrá usted hecho de mí mayores elogios aún, si bien harto menos merecidos. ¿Qué había de suceder? ¿Soy yo de bronce? ¿Tengo yo más de veinte años?

—Tienes razón que te sobra. Soy un mentecato. He contribuido poderosamente a esta obra de Lucifer.

El padre Vicario era tan bueno y tan humilde, que al decir las anteriores frases estaba confuso y contrito, como si él fuese el reo y Pepita el juez.

Conoció Pepita el egoísmo rudo con que había hecho cómplice y punto menos que autor principal de su falta al padre Vicario, y le habló de esta suerte:

—¡No se aflija usted, padre mío; no se aflija usted, por amor de Dios! ¡Mire usted si soy perversa! ¡Cometo pecados gravísimos y quiero hacer responsable de ellos al mejor y más virtuoso de los hombres! No han sido las alabanzas que usted me ha hecho de don Luis, sino mis ojos y mi poco recato los que me han perdido. Aunque usted no me hubiera hablado jamás de las prendas de don Luis, de su saber, de su talento y de su entusiasta corazón, yo lo hubiera descubierto todo oyéndole hablar, pues al cabo no soy tan tonta ni tan rústica. Me he fijado además en la gallardía de su persona, en la natural distinción y no aprendida elegancia de sus modales, en sus ojos llenos de fuego y de inteligencia, en todo él, en suma, que me parece amable y deseable. Los elogios de usted han venido sólo a lisonjear mi gusto, pero no a despertarlo. Me han encantado porque coincidían con mi parecer y eran como el eco adulador, harto amortiguado y debilísimo, de lo que yo pensaba. El más elocuente encomio que me ha hecho usted de don Luis no ha llegado, ni con mucho, al encomio que sin palabras me hacía yo de él a cada minuto, a cada segundo, dentro del alma.

—¡No te exaltes, hija mía! — interrumpió el padre Vicario.

Pepita continuó con mayor exaltación:

—Pero ¡qué diferencia entre los encomios de usted y mis pensamientos! Usted veía y trazaba en don Luis el modelo ejemplar del sacerdote, del misionero, del varón apostólico; ya predicando el Evangelio en apartadas regiones y convirtiendo infieles, ya trabajando en España para realzar la cristiandad, tan perdida hoy por la impiedad de los unos y la carencia de virtud, de caridad y de ciencia de los otros. Yo, en cambio, me le representaba galán, enamorado, olvidando a

Dios por mí, consagrándome su vida, dándome su alma, siendo mi apoyo, mi sostén, mi dulce compañero. Yo anhelaba cometer un robo sacrílego. Soñaba con robársele a Dios y a su templo, como el ladrón, enemigo del cielo, que roba la joya más rica de la venerada Custodia. Para cometer este robo he desechado los lutos de la viudez y de la orfandad y me he vestido galas profanas; he abandonado mi retiro y he buscado y llamado a mí a las gentes; he procurado estar hermosa; he cuidado con infernal esmero de todo este cuerpo miserable, que ha de hundirse en la sepultura y ha de convertirse en polvo vil, y he mirado, por último, a don Luis con miradas provocantes, y, al estrechar su mano, he querido transmitir de mis venas a las suyas este fuego inextinguible en que me abraso.

—¡Ay, niña, niña! ¡Qué pena me da lo que te oigo! ¡Quién lo hubiera podido imaginar siquiera!

—Pues hay más todavía —añadió Pepita—. Logré que don Luis me amase. Me lo declaraba con los ojos. Sí; su amor era tan profundo, tan ardiente como el mío. Su virtud, su aspiración a los bienes eternos, su esfuerzo varonil trataban de vencer esta pasión insana. Yo he procurado impedirlo. Una vez, después de muchos días que faltaba de esta casa, vino a verme y me halló sola. Al darle la mano lloré; sin hablar me inspiró el infierno una maldita elocuencia muda, le di a entender mi dolor porque me desdeñaba, porque no me quería, porque prefería a mi amor otro amor sin mancilla. Entonces no supo él resistir a la tentación y acercó su boca a mi rostro para secar mis lágrimas. Nuestras bocas se unieron. Si Dios no hubiera dispuesto que llegase usted en aquel instante, ¿qué hubiera sido de mí?

—¡Qué vergüenza, hija mía! ¡Qué vergüenza! —dijo el padre Vicario.

Pepita se cubrió el rostro con entrambas manos y empezó a sollozar como una Magdalena. Las manos eran, en efecto, tan bellas, más bellas que lo que don Luis había dicho en sus cartas. Su blancura, su transparencia nítida, lo afilado de los dedos, lo sonrosado, pulido y brillante de las uñas de nácar, todo era para volver loco a cualquier hombre.

El virtuoso Vicario comprendió, a pesar de sus ochenta años, la caída o tropiezo de don Luis.

—¡Muchacha —exclamó—, no seas extremosa! ¡No me partas el corazón! Tranquilízate. Don Luis se ha arrepentido, sin duda, de su pecado. Arrepiéntete tú también, y se acabó. Dios os perdonará y os hará unos santos. Cuando don Luis se va pasado mañana, clara señal es de que la virtud ha triunfado de él, y huye de ti, como debe, para hacer penitencia de su pecado, cumplir su promesa y acudir a su vocación.

—Bueno está eso —replicó Pepita—; cumplir su promesa..., acudir a su vocación... ¡y matarme a mí antes! ¿Por qué me ha querido, por qué me ha engreído, por qué me ha engañado? Su beso fue marca, fue hierro candente con que me señaló y selló como a su esclava. Ahora, que estoy marcada y esclavizada, me abandona, y me vende, y me asesina. ¡Feliz principio quiere dar a sus misiones, predicaciones y triunfos evangélicos! ¡No será! ¡Vive Dios que no será!

Este arranque de ira y de amoroso despecho aturdió al padre Vicario.

Pepita se había puesto de pie. Su ademán, su gesto tenían una animación trágica. Fulguraban sus ojos como dos puñales; relucían como dos soles. El Vicario callaba y la miraba casi con terror. Ella recorrió la sala a grandes pasos. No parecía ya tímida gacela, sino iracunda leona.

—Pues qué —dijo, encarándose de nuevo con el padre Vicario—, ¿no hay más que burlarse de mí, destrozarme el corazón, humillármelo, pisoteármelo después de habérmelo robado con engaño? ¡Se acordará de mí! ¡Me la pagará! Si es tan santo, si es tan virtuoso, ¿por qué me miró prometiéndomelo todo con su mirada? Si ama tanto a Dios, ¿por qué hace mal a una pobre criatura de Dios? ¿Es esto caridad? ¿Es religión esto? No; es egoísmo sin entrañas.

La cólera de Pepita no podía durar mucho. Dichas las últimas palabras, se trocó en desfallecimientos. Pepita se dejó caer en una butaca, llorando más que antes, con una verdadera congoja.

El Vicario sintió la más tierna compasión; pero recobró su brío al ver que el enemigo se rendía.

—Pepita, niña —dijo—, vuelve en ti; no te atormentes de ese modo. Considera que él habrá luchado mucho para vencerse; que no te ha engañado; que te quiere con toda el alma, pero que Dios y su obligación están antes. Esta vida es muy breve y pronto se pasa. En el cielo os reuniréis y os amaréis como se aman los ángeles. Dios aceptará vuestro sacrificio y os premiará y recompensará con usura. Hasta tu amor propio debe estar satisfecho. ¡Qué no valdrás tú cuando has hecho vacilar y aun pecar a un hombre como don Luis! ¡Cuán honda herida no habrás logrado hacer en su corazón! Bástete con esto. ¡Sé generosa, sé valiente! Compite con él en firmeza. Déjale partir; lanza de tu pecho el fuego del amor impuro; ámale como a tu prójimo, por el amor de Dios. Guarda su imagen en tu mente, pero como la de criatura predilecta, reservando al Creador la más noble parte del alma. No sé lo que te digo, hija mía, porque estoy muy turbado; pero tú tienes mucho talento y mucha discreción, y me comprendes por medias palabras. Hay además motivos mundanos poderosos que se opondrían a estos absurdos amores, aunque la vocación y promesa de don Luis no se opusieran. Su padre te pretende: aspira a tu mano, por más que tú no le ames. ¿Estará bien visto que salgamos ahora con que el hijo es rival del padre? ¿No se enojará el padre contra el hijo por amor tuyo? Mira cuán horrible es todo esto, y domínate por Jesús Crucificado y por su bendita Madre María Santísima.

—¡Qué fácil es dar consejos! —contestó Pepita sosegándose un poco—. ¡Qué difícil me es seguirlos, cuando hay como una fiera y desencadenada tempestad en mi cabeza! ¡Si me da miedo de volverme loca!

—Los consejos que te doy son por tu bien. Deja que don Luis se vaya. La ausencia es gran remedio para el mal de amores. Él sanará de su pasión entregándose a sus estudios y consagrándose al altar. Tú, así que esté lejos don Luis, irás poco a poco serenándote, y conservarás de él un grato y melancólico recuerdo, que no te hará daño. Será como una hermosa poesía que dorará con su luz tu existencia.

Si todos tus deseos pudieran cumplirse..., ¿quién sabe...? Los amores terrenales son poco consistentes. El deleite que la fantasía entrevé, con gozarlos y apurarlos hasta las heces, nada vale comparado con los amargos dejos. ¡Cuánto mejor es que «vuestro amor, apenas contaminado y apenas impurificado, se pierda y se evapore ahora, subiendo al cielo como nube de incienso, que no el que muera, una vez satisfecho, a manos del hastío! Ten valor para apartar la copa de tus labios, cuando apenas has gustado el licor que contiene. Haz con ese licor una libación y una ofrenda al Redentor divino. En cambio, te dará Él de aquella bebida que ofreció a la Samaritana; bebida que no cansa, que satisface la sed y que produce vida eterna.

—¡Padre mío! ¡Padre mío! ¡Qué bueno es usted! Sus santas palabras me prestan valor. Yo me dominaré; yo me venceré. Sería bochornoso; ¿no es verdad que sería bochornoso que don Luis supiera dominarse y vencerse, y yo fuera liviana y no me venciera? Que se vaya. Se va pasado mañana. Vaya bendito de Dios. Mire usted su tarjeta. Ayer estuvo a despedirse con su padre y no le he recibido. Ya no le veré más. No quiero conservar ni el recuerdo poético de que usted habla. Estos amores han sido una pesadilla. Yo la arrojaré lejos de mí.

—¡Bien, muy bien! Así te quiero yo, enérgica, valiente.

—¡Ay, padre mío! Dios ha derribado mi soberbia con este golpe; mi engreimiento era insolentísimo, y han sido indispensables los desdenes de ese hombre para que sea yo todo lo humilde que debo. ¿Puedo estar más postrada ni más resignada? Tiene razón don Luis: yo no le merezco. ¿Cómo, por más esfuerzos que hiciera, habría yo de elevarme hasta él, y comprenderle, y poner en perfecta comunicación mi espíritu con el suyo? Yo soy zafia aldeana, inculta, necia; él no hay ciencia que no comprenda, ni arcano que ignore, ni esfera encumbrada del mundo intelectual adonde no suba. Allá se remonta en alas de su genio, y a mí, pobre y vulgar mujer, me deja por acá, en

este bajo suelo, incapaz de seguirle ni siquiera con una leví-
sima esperanza y con mis desconsolados suspiros.

—Pero, Pepita, por los clavos de Cristo, no digas eso ni lo
pienses. ¡Si don Luis no te desdeña por zafia, ni porque es muy
sabio y tú no le entiendes, ni por esas majaderías que ahí estás
ensartando! Él se va porque tiene que cumplir con Dios; y tú
debes alegrarte de que se vaya, porque sanarás del amor, y
Dios te dará el premio de tan grande sacrificio.

Pepita, que ya no lloraba y que se había enjugado las lágrimas con el pañuelo, contestó tranquila:

—Está bien, padre; yo me alegraré; casi me alegro ya de
que se vaya. Deseando estoy que pase el día de mañana, y que
pasado, venga Antoñona a decirme cuando yo despierte: «Ya
se fue don Luis». Usted verá cómo renacen entonces la calma
y la serenidad antigua en mi corazón.

—Así sea —dijo el padre Vicario; y convencido de que había hecho un prodigio y de que había curado casi el mal de Pepita, se despidió de ella y se fue a su casa, sin poder resistir
ciertos estímulos de vanidad al considerar la influencia que
ejercía sobre el noble espíritu de aquella preciosa muchacha.

Pepita, que se había levantado para despedir al padre Vicario, no bien volvió a cerrar la puerta y quedó sola, de pie, en
medio de la estancia, permaneció un rato inmóvil, con la mirada fija, aunque sin fijarla en ningún objeto, y con los ojos
sin lágrimas. Hubiera recordado a un poeta o a un artista la
figura de Ariadna, como la describe Catulo, cuando Teseo
la abandonó en la isla de Naxos. De repente, como si lograse
desatar un nudo que le apretaba la garganta, como si que-
brase un cordel que la ahogaba, rompió Pepita en lastimeros
gemidos, vertió un raudal de llanto, y dio con su cuerpo, tan
lindo y delicado, sobre las losas frías del pavimento. Allí,
cubierta la cara con las manos, desatada la trenza de sus cabellos y en desorden la vestidura, continuó en sus sollozos y
en sus gemidos.

Así hubiera seguido largo tiempo, si no llega Antoñona. Antoñona la oyó gemir, antes de entrar y verla, y se precipitó en

la sala. Cuando la vio tendida en el suelo, hizo Antoñona mil
extremos de furor.

—¡Vea usted —dijo—, ese zángano, pelgar, vejete, tonto,
qué maña se da para consolar a sus amigas! Habrá largado alguna barbaridad, algún buen par de coces a esta criaturita de
mi alma, y me la ha dejado aquí medio muerta, y él se ha vuelto
a la iglesia, a preparar lo conveniente para cantarle el gorigori,
y rociarla con el hisopo y enterrármela sin más ni más.

Antoñona tendría cuarenta años, y era dura en el trabajo,
briosa y más forzuda que muchos cavadores. Con frecuencia
levantaba poco menos que a pulso una corambre con tres
arrobas y media de aceite o de vino y la plantaba sobre el lomo
de un mulo, o bien cargaba con un costal de trigo y lo subía
al alto del desván, donde estaba el granero. Aunque Pepita
no fuese una paja, Antoñona la alzó del suelo en sus brazos
como si lo fuera, y la puso con mucho tiento sobre el sofá, como
quien coloca la alhaja más frágil y primorosa para que no se
quiebre.

—¿Qué soponcio es éste? —preguntó Antoñona—. Apuesto
cualquier cosa a que ese zanguango de Vicario te ha echado un
sermón de acíbar y te ha destrozado el alma a pesadumbres.

Pepita seguía llorando y sollozando, sin contestar.

—¡Ea! Déjate de llanto y dime lo que tienes. ¿Qué te ha dicho el Vicario?

—Nada me ha dicho que pueda ofenderme —contestó al fin
Pepita.

Viendo luego que Antoñona aguardaba con interés a que
ella hablase, y deseando desahogarse con quien simpatizaba
mejor con ella y más *humanamente* la comprendía, Pepita habló de esta manera:

—El padre Vicario me amonesta con dulzura para que me
arrepienta de mis pecados; para que deje partir en paz a don
Luis; para que me alegre de su partida; para que le olvide. Yo
he dicho que sí a todo. He prometido alegrarme de que don
Luis se vaya. He querido olvidarle y hasta aborrecerle. Pero
mira, Antoñona, no puedo; es un empeño superior a mis fuer-

zas. Cuando el Vicario estaba aquí, juzgué que tenía yo bríos para todo, y no bien se fue como si Dios me dejara de su mano, perdí los bríos y me caí en el suelo desolada. Yo había soñado una vida venturosa al lado de este hombre que me enamora; yo me veía ya elevada hasta él por obra milagrosa del amor; mi pobre inteligencia en comunión perfectísima con su inteligencia sublime; mi voluntad siendo una con la suya; con el mismo pensamiento ambos; latiendo nuestros corazones acordes. ¡Dios me le quita y se le lleva, y yo me quedo sola, sin esperanza ni consuelo! ¿No es verdad que es espantoso? Las razones del padre Vicario son justas, discretas... Al pronto me convencieron. Pero se fue, y todo el valor de aquellas razones me parece nulo; vano juego de palabras; mentiras, enredos y argucias. Yo amo a don Luis, y esta razón es más poderosa que todas las razones. Y si él me ama, ¿por qué no lo deja todo y me busca, y se viene a mí y quebranta promesas y anula compromisos? No sabía yo lo que era amor. Ahora lo sé: no hay nada más fuerte en la tierra y en el cielo. ¿Qué no haría yo por don Luis? Y él por mí nada hace. Acaso no me ama. No, don Luis no me ama. Yo me engañé; la vanidad me cegó. Si don Luis me amase, me sacrificaría sus propósitos, sus votos, su fama, sus aspiraciones a ser un santo y a ser una lumbrera de la Iglesia; todo me lo sacrificaría. Dios me lo perdone..., es horrible lo que voy a decir, pero lo siento aquí, en el centro del pecho; me arde aquí, en la frente calenturienta: yo por él daría hasta la salvación de mi alma.

—¡Jesús, María y José! —interrumpió Antoñona.

—¡Es cierto; Virgen Santa de los Dolores, perdonadme, perdonadme..., estoy loca..., no sé lo que digo y blasfemo!

—¡Sí, hija mía, ¡estás algo empecatada! ¡Válgame Dios y cómo te ha trastornado el juicio ese teólogo pisaverde! Pues si yo fuera que tú, no la tomaría contra el cielo, que no tiene la culpa, sino contra el mequetrefe del colegial, y me las pagaría o me borraría el nombre que tengo. Ganas me dan de ir a buscarle y traértele aquí de una oreja, y obligarle a que te pida perdón y a que te bese los pies de rodillas.

—No, Antoñona. Veo que mi locura es contagiosa y que tú deliras también. En resolución, no hay más recurso que hacer lo que me aconseja el padre Vicario. Lo haré aunque me cueste la vida. Si muero por él, él me amará, él guardará mi imagen en su memoria, mi amor en su corazón; y Dios, que es tan bueno, hará que yo vuelva a verle en el cielo, con los ojos del alma, y que allí nuestros espíritus se amen y se confundan.

Antoñona, aunque era recia de veras y nada sentimental, sintió, al oír esto, que se le saltaban las lágrimas.

—Caramba, niña —dijo Antoñona—, vas a conseguir que suelte yo el trapo a llorar y que berree como una vaca. Cálmate, y no pienses en morirte, ni de chanza. Veo que tienes muy excitados los nervios. ¿Quieres que traiga una taza de tila?

—No, gracias. Déjame..., ya ves cómo estoy sosegada.

—Te cerraré las ventanas, a ver si duermes. Si no duermes hace días, ¿cómo has de estar? ¡Mal haya el tal don Luis y su manía de meterse cura! ¡Buenos supiripandos te cuesta!

Pepita había cerrado los ojos; estaba en calma y en silencio, harta ya del coloquio con Antoñona.

Ésta, creyéndola dormida, o deseando que durmiera, se inclinó hacia Pepita, puso con lentitud y suavidad un beso sobre su blanca frente, le arregló y plegó el vestido sobre el cuerpo, entornó las ventanas para dejar el cuarto a media luz, y se salió de puntillas, cerrando la puerta sin hacer el menor ruido.

*

Mientras que ocurrían estas cosas en casa de Pepita, no estaba más alegre y sosegado en la suya el señor don Luis de Vargas.

Su padre, que no dejaba casi ningún día de salir al campo a caballo, había querido llevarle en su compañía; pero don Luis se había excusado con que le dolía la cabeza, y don Pedro se fue sin él. Don Luis había pasado solo toda la mañana, entregado a sus melancólicos pensamientos, y más firme que roca en su resolución de borrar de su alma la imagen de Pepita y de consagrarse a Dios por completo.

No se crea, con todo, que no amaba a la joven viuda. Ya hemos visto por las cartas la vehemencia de su pasión; pero él seguía enfrenándola con los mismos afectos piadosos y consideraciones elevadas de que en las cartas da larga muestra, y que podemos omitir aquí para no pecar de prolijos.

Tal vez, si profundizamos con severidad en este negocio, notaremos que contra el amor de Pepita no luchaban sólo en el alma de don Luis el voto hecho ya en su interior, aunque no confirmado; el amor de Dios, el respeto a su padre, de quien no quería ser rival, y la vocación, en suma, que sentía por el sacerdocio. Había otros motivos de menos depurados quilates y de más baja ley.

Don Luis era pertinaz, era terco: tenía aquella condición que bien dirigida constituye lo que se llama firmeza de carácter, y nada había que le rebajase más a sus propios ojos que el variar de opinión y de conducta. El propósito de toda su vida, lo que había sostenido y declarado ante cuantas personas le trataban, su figura moral, en una palabra, que era ya la de un aspirante a santo, la de un hombre consagrado a Dios, la de un sujeto imbuido en las más sublimes filosofías religiosas, todo esto no podía caer por tierra sin gran mengua de don Luis, como caería, si se dejase llevar del amor de Pepita Jiménez. Aunque el precio era sin comparación mucho más subido, a don Luis se le figuraba que si cedía iba a remedar a Esaú, y a vender su primogenitura y a deslustrar su gloria.

Por lo general, los hombres solemos ser juguete de las circunstancias; nos dejamos llevar de la corriente, y no nos dirigimos sin vacilar a un punto. No elegimos papel, sino tomamos y hacemos el que nos toca; el que la ciega fortuna nos depara. La profesión, el partido político, la vida entera de muchos hombres pende de casos fortuitos, de lo eventual, de lo caprichoso y no esperado de la suerte.

Contra esto se rebelaba el orgullo de don Luis con titánica pujanza. ¿Qué se diría de él, y sobre todo, qué pensaría él de sí mismo, si el ideal de su vida, el hombre nuevo que había creado en su alma, si todos sus planes de virtud, de honra y hasta de santa ambición se desvaneciesen en un instante, se derritiesen al calor de una mirada, por la llama fugitiva de unos lindos ojos, como la escarcha se derrite con el rayo débil aún del sol matutino?

Estas y otras razones de un orden egoísta militaban también contra la viuda, a par de las razones legítimas y de sustancia; pero todas las razones se revestían del mismo hábito religioso, de manera que el propio don Luis no acertaba a reconocerlas y distinguirlas, creyendo amor de Dios no sólo lo que era amor de Dios, sino asimismo el amor propio. Recordaba, por ejemplo, las vidas de muchos santos, que habían resistido tentaciones mayores que las suyas, y no quería ser menos que ellos. Y recordaba, sobre todo, aquella entereza de San Juan Crisóstomo, que supo desestimar los halagos de una madre amorosa y buena, y su llanto y sus quejas dulcísimas y todas las elocuentes y sentidas palabras que le dijo para que no la abandonase y se hiciese sacerdote, llevándole para ello a su propia alcoba, haciéndole sentar junto a la cama en que le había parido. Y después de fijar en esto la consideración, don Luis no se sufría a sí propio el no menospreciar las súplicas de una mujer extraña, a quien hacía tan poco tiempo que conocía, y el vacilar aún entre su deber y el atractivo de una joven, tal vez más que enamorada, coqueta.

Pensaba luego don Luis en la alteza soberana de la dignidad del sacerdocio a que estaba llamado, y la veía por cima de todas las instituciones y de las míseras coronas de la tierra: porque no ha sido hombre mortal, ni capricho del voluble y servil populacho, ni irrupción o avenida de gente bárbara, ni violencia de amotinadas huestes movidas de la codicia, ni ángel, ni arcángel, ni potestad criada, sino el mismo Paráclito quien la ha fundado. ¿Cómo por el liviano incentivo de una mozuela, por una lagrimilla quizá mentida, despreciar esa dignidad augusta, esa potestad que Dios no concedió ni a los arcángeles que están más cerca de su trono? ¿Cómo bajar a confundirse entre la oscura plebe, y ser uno del rebaño, cuando ya soñaba ser pastor, atando y desatando en la tierra para que Dios ate y desate en el cielo, perdonando los pecados, regenerando a las gentes por el agua y por el espíritu, adoctrinándolas en nombre de una autoridad infalible, dictando sentencias que el Señor de las alturas ratifica luego y confirma, siendo iniciador y agente de tremendos misterios, inasequibles a la razón humana, y haciendo descender del cielo, no como Elías, la llama que consume la víctima, sino al Espíritu Santo, al Verbo hecho carne y el torrente de la gracia, que purifica los corazones y los deja limpios como el oro?

Cuando don Luis reflexionaba sobre todo esto, se elevaba su espíritu, se encumbraba por cima de las nubes en la región empírea, y la pobre Pepita Jiménez quedaba allá muy lejos, y apenas él la veía.

Pero pronto se abatía el vuelo de su imaginación, y el alma de don Luis tocaba a la tierra y volvía a ver a Pepita, tan graciosa, tan joven, tan candorosa y tan enamorada, y Pepita combatía dentro de su corazón contra sus más fuertes y arraigados propósitos, y don Luis temía que diese al traste con ellos.

*

Así se atormentaba don Luis con encontrados pensamientos, que se daban guerra, cuando entró Currito en su cuarto sin decir oxte ni moxte.

Currito, que no estimaba gran cosa a su primo mientras no fue más que teólogo, le veneraba, le admiraba y formaba de él un concepto sobrehumano desde que le había visto montar tan bien en *Lucero*.

Saber teología y no saber montar desacreditaba a don Luis a los ojos de Currito; pero cuando Currito advirtió que sobre la ciencia y sobre todo aquello que él no entendía, si bien presumía difícil y enmarañado, era don Luis capaz de sostenerse tan bizarramente en las espaldas de una fiera, ya su veneración y su cariño a don Luis no tuvieron límites. Currito era un holgazán, un perdido, un verdadero mueble, pero tenía un corazón afectuoso y leal. A don Luis, que era el ídolo de Currito, le sucedía como a todas las naturalezas superiores con los seres inferiores que se les aficionan. Don Luis se dejaba querer; esto es, era dominado despóticamente por Currito en los negocios de poca importancia. Y como para hombre como don Luis casi no hay negocios que la tengan en la vida vulgar y diaria, resultaba que Currito llevaba y traía a don Luis como un zarandillo.

—Vengo a buscarte —le dijo— para que me acompañes al casino, que está animadísimo hoy y lleno de gente. ¿Qué haces aquí solo, tonteando y hecho un papamoscas?

Don Luis, casi sin replicar, y como si fuera mandato, tomó su sombrero y su bastón, y diciendo: «Vámonos donde quieras», siguió a Currito, que se adelantaba, tan satisfecho de aquel dominio que ejercía.

El casino, en efecto, estaba de bote en bote, gracias a la solemnidad del día siguiente, que era el día de San Juan. A más de los señores del lugar, había muchos forasteros, que habían venido de los lugares inmediatos para concurrir a la feria y velada de aquella noche.

El centro de la concurrencia era el patio, enlosado de mármol, con fuente y surtidor en medio y muchas macetas de donpedros, gala-de-Francia, rosas, claveles y albahaca. Un toldo de lona doble cubría el patio, preservándole del sol. Un corredor o galería, sostenida por columnas de mármol, le circundaba; y así en la galería, como en varias salas a que la galería daba paso, había mesas de tresillo, otras con periódicos, otras para tomar café o refrescos, y, por último, sillas, banquillos y algunas butacas. Las paredes estaban blancas como la nieve del frecuente enjalbiego, y no faltaban cuadros que las adornasen. Eran litografías francesas iluminadas, con circunstanciada explicación bilingüe escrita por bajo. Unas representaban la vida de Napoleón I, desde Toulon a Santa Elena; otras, las aventuras de Matilde y Malek-Adel; otras, los lances de amor y de guerra del Templario, Rebeca, Lady Rowena e Ivanhoe; y otras, los galanteos, travesuras, caídas y arrepentimientos de Luis XIV y la señorita de la Valliére.

Currito llevó a don Luis, y don Luis se dejó llevar, a la sala donde estaba la flor y nata de los elegantes, *dandies* y *cocodés* del lugar y de toda la comarca. Entre ellos descollaba el conde de Genazahar, de la vecina ciudad de... Era un personaje ilustre y respetado. Había pasado en Madrid y en Sevilla largas temporadas, y se vestía con los mejores sastres, así de majo como de señorito. Había sido diputado dos veces, y había hecho una interpelación al Gobierno sobre un atropello de un alcalde-corregidor.

Tendría el conde de Genazahar treinta y tantos años; era buen mozo y lo sabía, y se jactaba además de tremendo en paz y en lides, en desafíos y en amores. El Conde, no obstante, y a pesar de haber sido uno de los más obstinados pretendientes de Pepita, había recibido las confitadas calabazas que ella solía propinar a quienes la requebraban y aspiraban a su mano.

La herida que aquel duro y amargo confite había abierto en su endiosado corazón no estaba cicatrizada todavía. El amor se había vuelto odio, y el Conde se desahogaba a menudo, poniendo a Pepita como chupa de dómine.

En este ameno ejercicio se hallaba el Conde cuando quiso la mala ventura que don Luis y Currito llegasen y se metiesen en el corro, que se abrió para recibirlos, de los que oían el extraño sermón de honras. Don Luis, como si el mismo diablo lo hubiera dispuesto, se encontró cara a cara con el Conde, que decía de este modo:

—No es mala pécora la tal Pepita Jiménez. Con más fantasía y más humos que la infanta Micomicona, quiere hacernos olvidar que nació y vivió en la miseria hasta que se casó con aquel pelele, con aquel vejestorio, con aquel maldito usurero, y le cogió los ochavos. La única cosa buena que ha hecho en su vida la tal viuda es concertarse con Satanás para enviar pronto al infierno a su galopín de marido, y librar la tierra de tanta infección y tanta peste. Ahora le ha dado a Pepita por la virtud y por la castidad. ¡Bueno estará todo ello! Sabe Dios si estará enredada de ocultis con algún gañán, y burlándose del mundo como si fuese la reina Artemisa.

A las personas recogidas, que no asisten a reuniones de hombres solos, escandalizará sin duda este lenguaje, les parecerá desbocado y brutal hasta la inverosimilitud; pero los que conocen el mundo confesarán que este lenguaje es muy usado en él, y que las damas más bonitas, las más agradables mujeres, las más honradas matronas suelen ser blanco de tiros no menos infames y soeces, si tienen un enemigo, y aun sin tenerlo, porque a menudo se murmura, o mejor dicho, se injuria y se deshonra a voces para mostrar chiste y desenfado.

Don Luis, que desde niño había estado acostumbrado a que nadie se descompusiese en su presencia ni le dijese cosa que pudiera enojarle, porque durante su niñez le rodeaban criados, familiares y gente de la clientela de su padre, que atendían sólo a su gusto, y después en el Seminario, así por sobrino del Deán, como por lo mucho que él merecía, jamás había sido contrariado, sino considerado y adulado, sintió un aturdimiento singular, se quedó como herido por un rayo, cuando vio al insolente Conde arrastrar por el suelo, mancillar y cubrir de inmundo lodo la honra de la mujer que amaba.

¿Cómo defenderla, no obstante? No se le ocultaba que si bien no era marido, ni hermano, ni pariente de Pepita, podía sacar la cara por ella como caballero; pero veía el escándalo que esto causaría cuando no había allí ningún profano que defendiese a Pepita, antes bien, todos reían al Conde la gracia. Él, casi ministro ya de un Dios de paz, no podía dar un mentís y exponerse a una riña con aquel desvergonzado.

Don Luis estuvo por enmudecer e irse; pero no lo consintió su corazón, y pugnando por revestirse de una autoridad que ni sus años juveniles, ni su rostro, donde había más bozo que barbas, ni su presencia en aquel lugar consentían, se puso a hablar con verdadera elocuencia contra los maldicientes y a echar en rostro al Conde, con libertad cristiana y con acento severo, la fealdad de su ruin acción.

Fue predicar en desierto, o peor que predicar en desierto. El Conde contestó con pullas y burletas a la homilía; la gente, entre la que había no pocos forasteros, se puso del lado del burlón, a pesar de ser don Luis el hijo del cacique; el propio Currito, que no valía para nada y era un blandengue, aunque no se rió, no defendió a su amigo, y éste tuvo que retirarse, vejado y humillado bajo el peso de la chacota.

*

—¡Esta flor le faltaba al ramo! —murmuró entre dientes el pobre don Luis cuando llegó a su casa, y volvió a meterse en su cuarto, mohíno y maltratado por la rechifla, que él se exageraba y se figuraba insufrible. Se echó de golpe en un sillón, abatido y descorazonado, y mil ideas contrarias asaltaron su mente.

La sangre de su padre, que hervía en sus venas, le despertaba la cólera y le excitaba a ahorcar los hábitos, como al principio le aconsejaban en el lugar, y dar luego su merecido al señor Conde; pero todo el porvenir que se había creado se deshacía al punto, y veía al Deán que renegaba de él; y hasta el Papa, que había enviado ya la dispensa pontificia para que se ordenase antes de la edad, y el prelado diocesano, que había apoyado la solicitud de la dispensa en su probada virtud, ciencia sólida y firmeza de vocación, se le aparecían para reconvenirle.

Pensaba luego en la teoría chistosa de su padre sobre el complemento de la persuasión de que se valían el apóstol Santiago, los obispos de la Edad Media, don Íñigo de Loyola y otros personajes, y no le parecía tan descabellada la teoría, arrepintiéndose casi de no haberla practicado.

Recordaba entonces la costumbre de un doctor ortodoxo, insigne filósofo persa contemporáneo, mencionada en un libro reciente escrito sobre aquel país; costumbre que consistía en castigar con duras palabras a los discípulos y oyentes cuando se reían de las lecciones o no las entendían, y, si esto no bastaba, descender de la cátedra sable en mano y dar a todos una paliza. Este método era eficaz, principalmente en la controversia, si bien dicho filósofo había encontrado una vez a otro contrincante del mismo orden, que le había hecho un chirlo descomunal en la cara.

Don Luis, en medio de su mortificación y mal humor, se reía de lo cómico del recuerdo; hallaba que no faltarían en España filósofos que adoptarían de buena gana el método persiano; y si él no le adoptaba también, no era a la verdad por miedo del chirlo, sino por consideraciones de mayor valor y nobleza.

Acudían, por último, mejores pensamientos a su alma y le consolaban un poco.

—Yo he hecho muy mal —se decía— en predicar allí; debí haberme callado. Nuestro Señor Jesucristo lo ha dicho: «No deis a los perros las cosas santas, ni arrojéis vuestras margaritas a los cerdos, porque los cerdos se revolverán contra vosotros y os hollarán con sus asquerosas pezuñas». Pero no, ¿por qué me he de quejar? ¿Por qué he de volver injuria por injuria? ¿Por qué me he de dejar vencer de la ira? Muchos santos Padres lo han dicho: «La ira es peor aún que la lascivia en los sacerdotes». La ira de los sacerdotes ha hecho verter muchas lágrimas y ha causado males horribles. Esta ira, consejera tremenda, tal vez los ha persuadido de que era menester que los pueblos sudaran sangre bajo la presión divina, y ha traído a sus encarnizados ojos la visión de Isaías, y han visto y han hecho ver a sus secuaces fanáticos al manso Cordero convertido en vengador inexorable, descendiendo de la cumbre de Edón, soberbio con la muchedumbre de su fuerza, pisoteando a las naciones como el pisador pisa las uvas en el lagar, y con la vestimenta levantada y cubierto de sangre hasta los muslos. ¡Ah, no, Dios mío! Voy a ser tu ministro; Tú eres un Dios de paz, y mi primera virtud debe ser la mansedumbre. Lo que enseñó tu Hijo en el sermón de la Montaña tiene que ser mi norma. No ojo por ojo, ni diente por diente, sino amar a nuestros enemigos. Tú amaneces sobre justos y pecadores, derramas sobre todos la lluvia fecunda de tus inexhaustas bondades. Tú eres nuestro Padre, que estás en el cielo, y debemos ser perfectos como Tú, perdonando a quienes nos ofendan, y pidiéndote que los perdones porque no saben lo que se hacen. Yo debo recordar las bienaventuranzas. Bienaventurados cuando os ultrajaren y persiguieren y dijeren todo mal de vosotros. El sacerdote, el que va a ser sacerdote, debe ser humilde, pacífico, manso de corazón. No como la encina, que se levanta orgullosa hasta que el rayo la hiere, sino como las hierbecillas fragantes de las selvas y las modestas flores de los prados, que dan más suave y grato aroma cuando el villano las pisa.

En estas y otras meditaciones por el estilo transcurrieron las horas hasta que dieron las tres, y don Pedro, que acababa de volver del campo, entró en el cuarto de su hijo para llamarle a comer. La alegre cordialidad del padre, sus chistes, sus muestras de afecto, no pudieron sacar a don Luis de la melancolía ni abrirle el apetito. Apenas comió; apenas habló en la mesa.

Si bien disgustadísimo con la silenciosa tristeza de su hijo, cuya salud, aunque robusta, pudiera resentirse, como don Pedro era hombre que se levantaba al amanecer y bregaba mucho durante el día, luego que acabó de fumar un buen cigarro habano de sobremesa, acompañándole con su taza de café y su copita de aguardiente de anís doble, se sintió fatigado, y según costumbre, se fue a dormir sus dos o tres horas de siesta.

Don Luis tuvo muy buen cuidado de no poner en noticia de su padre la ofensa que le había hecho el conde de Genahazar. Su padre, que no iba a cantar misa y que tenía una índole poco sufrida, se hubiera lanzado al instante a tomar la venganza que él no tomó.

Solo ya don Luis, dejó el comedor para no ver a nadie, y volvió al retiro de su estancia para abismarse más profundamente en sus ideas.

*

Abismado en ellas estaba hacía largo rato, sentado junto al bufete, los codos sobre él y en la derecha mano apoyada la mejilla, cuando sintió cerca ruido. Alzó los ojos y vio a su lado a la entremetida Antoñona, que había penetrado como una sombra, aunque tan maciza, y que le miraba con atención y con cierta mezcla de piedad y de rabia.

Antoñona se había deslizado hasta allí sin que nadie lo advirtiese, aprovechando la hora en que comían los criados y don Pedro dormía, y había abierto la puerta del cuarto y la había vuelto a cerrar tras sí con tal suavidad, que don Luis, aunque no hubiera estado tan absorto, no hubiera podido sentirla.

Antoñona venía resuelta a tener una conferencia muy seria con don Luis; pero no sabía a punto fijo lo que iba a decirle. Sin embargo, había pedido, no se sabe si al cielo o al infierno, que desatase su lengua y que le diese habla, y habla no chabacana y grotesca, como la que usaba por lo común, sino culta, elegante e idónea para las nobles reflexiones y bellas cosas que ella imaginaba que le convenía expresar.

Cuando don Luis vio a Antoñona arrugó el entrecejo, mostró bien en el gesto lo que le contrariaba aquella visita, y dijo con tono brusco:

—¿A qué vienes aquí? Vete.

—Vengo a pedirte cuenta de mi niña —contestó Antoñona sin turbarse—, y no me he de ir hasta que me la des.

En seguida acercó una silla a la mesa, y se sentó enfrente de don Luis con aplomo y descaro.

Viendo don Luis que no había remedio, mitigó el enojo, se armó de paciencia, y, ya con acento menos cruel, exclamó:

—Di lo que tengas que decir.

—Tengo que decir —prosiguió Antoñona— que lo que estás maquinando contra mi niña es una maldad. Te estás portando como un tuno. La has hechizado; la has dado un bebedizo maligno. Aquel angelito se va a morir. No come, ni duerme, ni sosiega por culpa tuya. Hoy ha tenido dos o tres soponcios sólo de pensar en que te vas. Buena hacienda dejas hecha antes de ser clérigo. Dime, condenado, ¿por qué viniste por aquí y no te quedaste por allá con tu tío? Ella, tan libre, tan señora de su voluntad, avasallando la de todos y no dejándose cautivar de ninguno, ha venido a caer en tus traidoras redes. Esta santidad mentida fue, sin duda, el señuelo de que te valiste. Con tus teologías y tiquismiquis celestiales, has sido como el pícaro y desalmado cazador, que atrae con el silbato a los zorzales bobalicones para que se ahorquen en la percha.

—Antoñona —contestó don Luis—, déjame en paz. Por Dios, no me atormentes. Yo soy un malvado, lo confieso. No debí mirar a tu ama. No debí darle a entender que la amaba; pero yo la amaba y la amo aún con todo mi corazón, y no le he dado bebedizo, ni filtro, sino el mismo amor que la tengo. Es menester, sin embargo, desechar, olvidar este amor. Dios me lo manda. ¿Te imaginas que no es, que no está siendo, que no será inmenso el sacrificio que hago? Pepita debe revestirse de fortaleza y hacer el mismo sacrificio.

—Ni siquiera das ese consuelo a la infeliz — replicó Antoñona—. Tú sacrificas voluntariamente en el altar a esa mujer que te ama, que es ya tuya, a tu víctima; pero ella, ¿dónde te tiene a ti para sacrificarte? ¿Qué joya tira por la ventana, qué lindo primor echa en la hoguera, sino un amor mal pagado? ¿Cómo ha de dar a Dios lo que no tiene? ¿Va a engañar a Dios y a decirle: «Dios mío, puesto que él no me quiere, ahí te le sacrifico; no le querré yo tampoco»? Dios no se ríe; si Dios se riera, se reiría de tal presente.

Don Luis, aturdido, no sabía qué objetar a estos raciocinios de Antoñona, más atroces que sus pellizcos pasados. Además, le repugnaba entrar en metafísicas de amor con aquella sirvienta.

—Dejemos a un lado —dijo— esos vanos discursos. Yo no puedo remediar el mal de tu dueña. ¿Qué he de hacer?

—¿Qué has de hacer? —interrumpió Antoñona, ya más blanda y afectuosa y con voz insinuante—. Yo te diré lo que has de hacer. Si no remediares el mal de mi niña, le aliviarás al menos. ¿No eres tan santo? Pues los santos son compasivos y además valerosos. No huyas como un cobardón grosero, sin despedirte. Ven a ver a mi niña, que está enferma. Haz esta obra de misericordia.

—¿Y qué conseguiré con esa visita? Agravar el mal en vez de sanarlo.

—No será así; no estás en el busilis. Tú irás allí, y con esa cháchara que gastas y esa labia que Dios te ha dado, le infundirás en los cascos la resignación y la dejarás consolada; y si le dices que la quieres y que por Dios sólo la dejas, al menos su vanidad de mujer no quedará ajada.

—Lo que me propones es tentar a Dios; es peligroso para mí y para ella.

—¿Y por qué ha de ser tentar a Dios? Pues si Dios ve la rectitud y la pureza de tus intenciones, ¿no te dará su favor y su gracia para que no te pierdas en esta ocasión en que te pongo con sobrado motivo? ¿No debes volar a librar a mi niña de la desesperación y a traerla al buen camino? Si se muriera de pena por verse así desdeñada, o si rabiosa agarrase un cordel y se colgase de una viga, créeme, tus remordimientos serían peores que las llamas de pez y azufre de las calderas de Lucifer.

—¡Qué horror! No quiero que se desespere. Me revestiré de todo mi valor; iré a verla.

—¡Bendito seas! ¡Si me lo decía el corazón! ¡Si eres bueno!

—¿Cuándo quieres que vaya?

—Esta noche, a las diez en punto. Yo estaré en la puerta de la calle aguardándote y te llevaré donde está.

—¿Sabe ella que has venido a verme?

—No lo sabe. Ha sido todo ocurrencia mía; pero yo la prepararé con buen arte, a fin de que tu visita, la sorpresa, el inesperado gozo, no la hagan caer en un desmayo. ¿Me prometes que irás?

—Iré.

—Adiós. No faltes. A las diez de la noche en punto. Estaré a la puerta.

Y Antoñona echó a correr, bajó la escalera de dos en dos escalones y se plantó en la calle.

*

No se puede negar que Antoñona estuvo discretísima en esta ocasión, y hasta su lenguaje fue tan digno y urbano, que no faltaría quien le calificase de apócrifo, si no se supiese con la mayor evidencia todo esto que aquí se refiere, y si no constasen, además, los prodigios de que es capaz el ingénito despejo de una mujer, cuando le sirve de estímulo un interés o una pasión grande.

Grande era, sin duda, el afecto de Antoñona por su niña, y viéndola tan enamorada y tan desesperada, no pudo menos de buscar remedio a sus males. La cita a que acababa de comprometer a don Luis fue un triunfo inesperado. Así es que Antoñona, a fin de sacar provecho del triunfo, tuvo que disponerlo todo de improviso, con profunda ciencia mundana.

Señaló Antoñona para la cita la hora de las diez de la noche porque ésta era la hora de la antigua y ya suprimida o suspendida tertulia en que don Luis y Pepita solían verse. La señaló, además, para evitar murmuraciones y escándalo, porque ella había oído decir a un predicador que, según el Evangelio, no hay nada tan malo como el escándalo, y que a los escandalosos es menester arrojarlos al mar con una piedra de molino atada al pescuezo.

Volvió, pues, Antoñona a casa de su dueño, muy satisfecha de sí misma y muy resuelta a disponer las cosas con tino para que el remedio que había buscado no fuese inútil o no agravase el mal de Pepita en vez de sanarlo.

A Pepita no pensó ni determinó prevenirla sino a lo último, diciéndole que don Luis espontáneamente le había pedido hora para hacerle una visita de despedida, y que ella había señalado las diez.

A fin de que no se originasen habladurías si en la casa veían entrar a don Luis, pensó en que no le viesen entrar, y para ello era también muy propicia la hora y la disposición de la casa. A las diez estaría llena de gente la calle con la velada, y por lo mismo repararían menos en don Luis cuando pasase por ella. Penetrar en el zaguán sería obra de un segundo; y ella, que estaría allí aguardando, llevaría a don Luis hasta el despacho sin que nadie le viese.

Todas o la mayor parte de las casas de los ricachos lugareños de Andalucía son como dos casas en vez de una, y así era la casa de Pepita. Cada casa tiene su puerta. Por la principal se pasa al patio enlosado y con columnas, a las salas y demás habitaciones señoriles; por la otra, a los corrales, caballeriza y cochera, cocinas, molino, lagar, graneros, trojes donde se conserva la aceituna hasta que se muele; bodegas donde se guarda el aceite, el mosto, el vino de quema, el aguardiente y el vinagre en grandes tinajas; candioteras o bodegas donde está en pipas y toneles el vino bueno y ya hecho o rancio. Esta segunda casa o parte de casa, aunque esté en el centro de una población de veinte o veinticinco mil almas, se llama casa de campo. El aperador, los capataces, el mulero, los trabajadores principales y más constantes en el servicio del amo, se juntan allí por la noche; en invierno, en torno de una enorme chimenea de una gran cocina, y en verano, al aire libre o en algún cuarto muy ventilado y fresco, y están holgando y de tertulia hasta que los señores se recogen.

Antoñona imaginó que el coloquio y la explicación que ella deseaba que tuviesen su niña y don Luis requerían sosiego y que no viniesen a interrumpirlos, y así determinó que aquella noche, por ser la velada de San Juan, las chicas que servían a Pepita vacasen en todos sus quehaceres y oficios, y se fuesen a solazar a la casa de campo, armando con los rústicos trabajadores un *jaleo probé,* de fandango, lindas coplas, repiqueteo de castañuelas, brincos y mudanzas.

De esta suerte, la casa señoril quedaría casi desierta y silenciosa, sin más habitantes que ella y Pepita, y muy a propósito para la solemnidad, trascendencia y no turbado sosiego que eran necesarios en la entrevista que ella tenía preparada, y de la que dependía quizá, o de seguro, el destino de dos personas de tanto valer.

*

Mientras Antoñona iba rumiando y concordando en su mente todas estas cosas, don Luis, no bien se quedó solo, se arrepintió de haber procedido tan de ligero y de haber sido tan débil en conceder la cita que Antoñona le había pedido.

Don Luis se paró a considerar la condición de Antoñona, y le pareció más aviesa que la de Enone y la de Celestina. Vio delante de sí todo el peligro a que voluntariamente se aventuraba, y no vio ventaja alguna en hacer recatadamente y a hurto de todos una visita a la linda viuda.

Ir a verla para ceder y caer en sus redes, burlándose de sus votos, dejando mal al Obispo, que había recomendado su solicitud de dispensa, y hasta al Sumo Pontífice, que la había concedido, y desistiendo de ser clérigo, le parecía un desdoro muy enorme. Era además una traición contra su padre, que amaba a Pepita y deseaba casarse con ella. Ir a verla para desengañarla más aún, se le antojaba mayor refinamiento de crueldad que partir sin decirle nada.

Impulsado por tales razones, lo primero que pensó don Luis fue faltar a la cita sin dar excusa ni aviso, y que Antoñona le aguardase en balde en el zaguán; pero Antoñona anunciaría a su señora la visita, y él faltaría no sólo a Antoñona, sino a Pepita, dejando de ir, con una grosería incalificable.

Discurrió entonces escribir a Pepita una carta muy afectuosa y discreta, excusándose de ir, justificando su conducta, consolándola, manifestando sus tiernos sentimientos por ella, si bien haciendo ver que la obligación y el cielo eran antes que todo, y procurando dar ánimo a Pepita para que hiciese el mismo sacrificio que él hacía.

Cuatro o cinco veces se puso a escribir esta carta. Emborronó mucho papel; lo rasgó en seguida, y la carta no salía jamás a su gusto. Ya era seca, fría, pedantesca, como un mal sermón o como la plática de un dómine; ya se deducía de su contenido un miedo pueril y ridículo, como si Pepita fuese un monstruo pronto a devorarle; ya tenía el escrito otros defectos y lunares no menos lastimosos. En suma, la carta no se escribió, después de haberse consumido en las tentativas unos cuantos pliegos.

—No hay más recurso —dijo para sí don Luis—, la suerte está echada. Valor y vamos allá.

Don Luis confortó su espíritu con la esperanza de que iba a tener mucha serenidad y de que Dios iba a poner en sus labios un raudal de elocuencia, por donde persuadiría a Pepita, que era tan buena, de que ella misma le impulsase a cumplir con su vocación, sacrificando el amor mundanal y haciéndose semejante a las santas mujeres que ha habido, las cuales no ya han desistido de unirse con un novio o con un amante, sino hasta de unirse con el esposo, viviendo con él como con un hermano, según se refiere, por ejemplo, en la vida de San Eduardo, rey de Inglaterra. Y después de pensar en esto, se sentía don Luis más consolado y animado, y ya se figuraba que él iba a ser como San Eduardo, y que Pepita era como la reina Edita, su mujer; y bajo la forma y condición de la tal reina, virgen a par de esposa, le parecía Pepita, si cabe, mucho más gentil, elegante y poética.

No estaba, sin embargo, don Luis todo lo seguro y tranquilo que debiera estar después de haberse resuelto a imitar a San Eduardo. Hallaba aún cierto no sé qué de criminal en aquella visita que iba a hacer sin que su padre lo supiese, y estaba por ir a despertarle de su siesta y descubrírselo todo. Dos o tres veces se levantó de su silla y empezó a andar en busca de su padre; pero luego se detenía y creía aquella revelación indigna, la creía una vergonzosa chiquillada. Él podía revelar sus secretos; pero revelar los de Pepita para ponerse bien con su padre, era bastante feo. La fealdad y lo cómico y miserable de la acción se aumentaban, notando que el temor de no ser bastante fuerte para resistir era lo que a hacerla le movía. Don Luis se calló, pues, y no reveló nada a su padre.

Es más: ni siquiera se sentía con la desenvoltura y la seguridad convenientes para presentarse a su padre, habiendo de por medio aquella cita misteriosa. Estaba asimismo tan alborotado y fuera de sí por culpa de las encontradas pasiones que se disputaban el dominio de su alma, que no cabía en el cuarto, y como si brincase o volase, lo andaba y recorría todo en tres o cuatro pasos, aunque era grande, por lo cual temía darse de calabazadas contra las paredes. Por último, si bien tenía abierto el balcón por ser verano, le parecía que iba a ahogarse allí por falta de aire, y que el techo le pesaba sobre la cabeza, y que para respirar necesitaba de toda la atmósfera, y para andar de todo el espacio sin límites, y para alzar la frente y exhalar sus suspiros y encumbrar sus pensamientos, de no tener sobre sí sino la inmensa bóveda del cielo.

Aguijoneado de esta necesidad, tomó su sombrero y su bastón y se fue a la calle. Ya en la calle, huyendo de toda persona conocida y buscando la soledad, se salió al campo y se internó por lo más frondoso y esquivo de las alamedas, huertas y sendas que rodean la población y hacen un paraíso de sus alrededores en un radio de más de media legua.

*

Poco hemos dicho hasta ahora de la figura de don Luis. Sépase, pues, que era un buen mozo en toda la extensión de la palabra: alto, ligero, bien formado, cabello negro, ojos negros también y llenos de fuego y de dulzura. La color trigueña, la dentadura blanca, los labios finos, aunque relevados, lo cual le daba un aspecto desdeñoso; y algo de atrevido y varonil en todo el ademán, a pesar del recogimiento y de la mansedumbre clericales. Había, por último, en el porte y continente de don Luis aquel indescriptible sello de distinción y de hidalguía que parece, aunque no lo sea siempre, privativa calidad y exclusivo privilegio de las familias aristocráticas.

Al ver a don Luis, era menester confesar que Pepita Jiménez sabía de estética por instinto.

Corría, que no andaba, don Luis por aquellas sendas, saltando arroyos y fijándose apenas en los objetos, casi como toro picado del tábano. Los rústicos con quienes se encontró, los hortelanos que le vieron pasar, tal vez le tuvieron por loco.

Cansado ya de caminar sin propósito, se sentó al pie de una cruz de piedra, junto a las ruinas de un antiguo convento de

San Francisco de Paula, que dista más de tres kilómetros del lugar, y allí se hundió en nuevas meditaciones, pero tan confusas, que ni él mismo se daba cuenta de lo que pensaba.

El tañido de las campanas que, atravesando el aire, llegó a aquellas soledades, llamando a la oración a los fieles, y recordándoles la salutación del Arcángel a la Sacratísima Virgen, hizo que don Luis volviera de su éxtasis y se hallase de nuevo en el mundo real.

El sol acababa de ocultarse detrás de los picos gigantescos de las sierras cercanas, haciendo que las pirámides, agujas y rotos obeliscos de la cumbre se destacasen sobre un fondo de púrpura y topacio, que tal parecía el cielo, dorado por el sol poniente. Las sombras empezaban a extenderse sobre la vega, y en los montes opuestos a los montes por donde el sol se ocultaba, relucían las peñas más erguidas, como si fueran de oro o de cristal hecho ascua.

Los vidrios de las ventanas y los blancos muros del remoto santuario de la Virgen, patrona del lugar, que está en lo más alto de un cerro, así como otro pequeño templo o ermita que hay en otro cerro más cercano, que llaman el Calvario, resplandecían aún como dos faros salvadores, heridos por los postreros rayos oblicuos del sol moribundo.

Una poesía melancólica inspiraba a la naturaleza, y con la música callada que sólo el espíritu acierta a oír, se diría que todo entonaba un himno al Creador. El lento son de las campanas, amortiguado y semiperdido por la distancia, apenas turbaba el reposo de la tierra, y convidaba a la oración sin distraer los sentidos con rumores. Don Luis se quitó su sombrero, se hincó de rodillas al pie de la cruz, cuyo pedestal le había servido de asiento, y rezó con profunda devoción el *Angelus Domini*.

Las sombras nocturnas fueron pronto ganando terreno; pero la noche, al desplegar su manto y cobijar con él aquellas regiones, se complace en adornarlo de más luminosas estrellas y de una luna más clara. La bóveda azul no trocó en negro su color azulado; conservó su azul, aunque lo hizo más obscuro.

El aire era tan diáfano y tan sutil, que se veían millares y millares de estrellas fulgurando en el éter sin términos. La luna plateaba las copas de los árboles y se reflejaba en la corriente de los arroyos, que parecían de un líquido luminoso y transparente, donde se formaban iris y cambiantes como en el ópalo. Entre la espesura de la arboleda cantaban los ruiseñores. Las hierbas y flores vertían más generoso perfume. Por las orillas de las acequias, entre la hierba menuda y las flores silvestres, relucían como diamantes o carbunclos los gusanillos de luz en multitud innumerable. No hay por allí luciérnagas aladas ni cocuyos, pero estos gusanillos de luz abundan y dan un resplandor bellísimo. Muchos árboles frutales, en flor todavía; muchas acacias y rosales sin cuento embalsamaban el ambiente, impregnándole de suave fragancia.

Don Luis se sintió dominado, seducido, vencido por aquella voluptuosa naturaleza, y dudó de sí. Era menester, no obstante, cumplir la palabra dada y acudir a la cita.

Aunque dando un largo rodeo, aunque recorriendo otras sendas, aunque vacilando a veces en irse a la fuente del río, donde al pie de la sierra brota de una peña viva todo el caudal cristalino que riega las huertas, y es sitio delicioso, don Luis, a paso lento y pausado, se dirigió hacia la población.

Conforme se iba acercando, se aumentaba el terror que le infundía lo que se determinaba a hacer. Penetraba por lo más sombrío de las enramadas, anhelando ver algún prodigio espantable, algún signo, algún aviso que le retrajese. Se acordaba a menudo del estudiante Lisardo, y ansiaba ver su propio entierro. Pero el cielo sonreía con sus mil luces y excitaba a amar; las estrellas se miraban con amor unas a otras; los ruiseñores cantaban enamorados; hasta los grillos agitaban amorosamente sus elictras sonoras, como trovadores el plectro cuando dan una serenata; la tierra toda parecía entregada al amor en aquella tranquila y hermosa noche. Nada de aviso, nada de signo, nada de pompa fúnebre: todo vida, paz y deleite. ¿Dónde estaba el Ángel de la Guarda? ¿Había dejado a don Luis como cosa perdida, o, calculando que no corría peligro alguno, no se cuidaba de apartarle de su propósito? ¿Quién sabe? Tal vez de aquel peligro resultaría un triunfo. San Eduardo y la reina Edita se ofrecían de nuevo a la imaginación de don Luis y corroboraban su voluntad.

Embelesado en estos discursos, retardaba don Luis su vuelta, y aún se hallaba a alguna distancia del pueblo cuando sonaron las diez, hora de la cita, en el reloj de la parroquia. Las diez campanadas fueron como diez golpes que le hirieron el corazón. Allí le dolieron materialmente, si bien con un dolor y un sobresalto mixtos de traidora inquietud y de regalada dulzura.

Don Luis apresuró el paso a fin de no llegar muy tarde, y pronto se encontró en la población.

El lugar estaba animadísimo. Las mozas solteras venían a la fuente del ejido a lavarse la cara, para que fuese fiel el novio a la que le tenía, y para que a la que no le tenía le saltase novio. Mujeres y chiquillos, por acá y por allá, volvían de coger verbena, ramos de romero u otras plantas, para hacer sahumerios mágicos. Las guitarras sonaban por varias partes. Los coloquios de amor y las parejas dichosas y apasionadas se oían y se veían a cada momento. La noche y la mañanita de San Juan, aunque fiesta católica, conservan no sé qué resabios del paganismo y naturalismo antiguos. Tal vez sea por la coincidencia aproximada de esta fiesta con el solsticio de verano. Ello es que todo era profano, y no religioso. Todo era amor y galanteo. En nuestros viejos romances y leyendas siempre roba el moro a la linda infantita cristiana y siempre el caballero cristiano logra su anhelo con la princesa mora, en la noche o en la mañanita de San Juan, y en el pueblo se diría que conservaban la tradición de los viejos romances.

Las calles estaban llenas de gente. Todo el pueblo estaba en las calles, y además los forasteros. Hacían asimismo muy difícil el tránsito la multitud de mesillas de turrón, arropía y tostones, los puestos de fruta, las tiendas de muñecos y juguetes, y las buñolerías, donde gitanas jóvenes y viejas ya freían la masa, infestando el aire con el olor del aceite, ya pesaban y servían los buñuelos, ya respondían con donaire a los piropos de los galanes que pasaban, ya decían la buena ventura.

Don Luis procuraba no encontrar a los amigos, y si los veía de lejos, echaba por otro lado. Así fue llegando poco a poco, sin que le hablasen ni detuviesen, hasta cerca del zaguán de casa de Pepita. El corazón empezó a latirle con violencia, y se paró un instante para serenarse. Miró el reloj: eran cerca de las diez y media.

—¡Válgame Dios! —dijo—, hará cerca de media hora que me estará aguardando.

Entonces se precipitó y penetró en el zaguán. El farol que lo alumbraba de diario daba poquísima luz aquella noche.

No bien entró don Luis en el zaguán, una mano, mejor diremos una garra, le asió por el brazo derecho. Era Antoñona, que dijo en voz baja:

—¡Diantre de colegial, ingrato, desaborido, mostrenco! Ya imaginaba yo que no venías. ¿Dónde has estado, *peal*? ¿Cómo te atreves a tardar, haciéndote de pencas, cuando toda la sal de la tierra se está derritiendo por ti, y el sol de la hermosura te aguarda?

Mientras Antoñona expresaba estas quejas, no estaba parada, sino que iba andando y llevando en pos de sí, asido siempre del brazo, al colegial atortolado y silencioso. Salvaron la cancela, y Antoñona la cerró con tiento y sin ruido; atravesaron el patio, subieron por la escalera, pasaron luego por unos corredores y por dos salas, y llegaron a la puerta del despacho, que estaba cerrada.

En toda la casa reinaba maravilloso silencio. El despacho estaba en lo interior y no llegaban a él los rumores de la calle. Sólo llegaban, aunque confusos y vagos, el resonar de las castañuelas y el son de la guitarra y un leve murmullo, causado todo por los criados de Pepita, que tenían su *jaleo probe* en la casa de campo.

Antoñona abrió la puerta del despacho, empujó a don Luis para que entrase, y al mismo tiempo le anunció diciendo:

—Niña, aquí tienes al señor don Luis, que viene a despedirse de ti.

Hecho el anuncio con la formalidad debida, la discreta Antoñona se retiró de la sala, dejando a sus anchas al visitante y a la niña, y volviendo a cerrar la puerta.

*

Al llegar a este punto, no podemos menos de hacer notar el carácter de autenticidad que tiene la presente historia, admirándonos de la escrupulosa exactitud de la persona que la compuso. Porque si algo de fingido, como en una novela, hubiera en estos *paralipómenos,* no cabe duda en que una entrevista tan importante y trascendente como la de Pepita y don Luis se hubiera dispuesto por medios menos vulgares que los aquí empleados. Tal vez nuestros héroes, yendo a una nueva expedición campestre, hubieran sido sorprendidos por desecha y pavorosa tempestad, teniendo que refugiarse en las ruinas de algún antiguo castillo o torre moruna, donde por fuerza había de ser fama que se aparecían espectros o cosas por el estilo. Tal vez nuestros héroes hubieran caído en poder de alguna partida de bandoleros, de la cual hubieran escapado merced a la serenidad y valentía de don Luis, albergándose luego, durante la noche, sin que se pudiese evitar, y solitos los dos, en una caverna o gruta. Y tal vez, por último, el autor hubiera arreglado el negocio de manera que Pepita y su vacilante admirador hubieran tenido que hacer un viaje por mar, y aunque ahora no hay piratas o corsarios argelinos, no es difícil inventar un buen naufragio, en el cual don Luis hubiera salvado a Pepita, arribando a una isla desierta o a otro lugar poético y apartado. Cualquiera de estos recursos hubiera preparado con más arte el coloquio apasionado de los dos jóvenes y hubiera justificado mejor a don Luis. Creemos, sin embargo, que en vez de censurar al autor porque no apela a tales enredos, conviene darle gracias por la mucha conciencia que tiene, sacrificando a la fidelidad del relato el portentoso efecto que haría si se atreviese a exornarle y bordarle con lances y episodios sacados de su fantasía.

Si no hubo más que la oficiosidad y destreza de Antoñona y la debilidad con que don Luis se comprometió a acudir a la cita, ¿para qué forjar embustes y traer a los dos amantes como arrastrados por la fatalidad a que se vean y hablen a solas con gravísimo peligro de la virtud y entereza de ambos? Nada de eso. Si don Luis se conduce bien o mal en venir a la cita, y si Pepita Jiménez, a quien Antoñona había ya dicho que don Luis espontáneamente venía a verla, hace mal o bien en alegrarse de aquella visita algo misteriosa y fuera de tiempo, no echemos la culpa al acaso, sino a los mismos personajes que en esta historia figuran y a las pasiones que sienten.

Mucho queremos nosotros a Pepita; pero la verdad es antes que todo, y la hemos de decir, aunque perjudique a nuestra heroína. A las ocho le dijo Antoñona que don Luis iba a venir, y Pepita, que hablaba de morirse, que tenía los ojos encendidos y los párpados un poquito inflamados de llorar, y que estaba bastante despeinada, no pensó desde entonces sino en componerse y arreglarse para recibir a don Luis. Se lavó la cara con agua tibia para que el estrago del llanto desapareciese hasta el punto preciso de no afear, mas no para que no quedasen huellas de que había llorado; se compuso el pelo de suerte que no denunciaba estudio cuidadoso, sino que demostraba cierto artístico y gentil descuido, sin rayar en desorden, lo cual hubiera sido poco decoroso; se pulió las uñas, y como no era propio recibir de bata a don Luis, se vistió un traje sencillo de casa. En suma, miró instintivamente a que todos los pormenores de tocador concurriesen a hacerla aparecer más bonita y aseada, sin que se trasluciera el menor indicio del arte, del trabajo y del tiempo gastado en aquellos perfiles, sino que todo ello resplandeciera como obra natural y don gratuito; como algo que persistía en ella, a pesar del olvido de sí misma causado por la vehemencia de los afectos.

Según hemos llegado a averiguar, Pepita empleó más de una hora en estas faenas de tocador, que habían de sentirse sólo por los efectos. Después se dio el postrer retoque y vistazo al espejo con satisfacción mal disimulada. Y por último, a eso de las nueve y media, tomando una palmatoria, bajó a la sala donde estaba el Niño Jesús. Encendió primero las velas del altarito, que estaban apagadas; vio con cierta pena que las flores yacían marchitas; pidió perdón a la devota imagen por haberla tenido desatendida mucho tiempo; y, postrándose de hinojos, y a solas, oró con todo su corazón y con aquella confianza y franqueza que inspira quien está de huésped en casa desde hace muchos años. A un Jesús Nazareno, con la cruz a cuestas y la corona de espinas; a un Ecce-Homo, ultrajado y azotado, con la caña por irrisorio cetro y la áspera soga por ligadura de las manos; o a un Cristo crucificado, sangriento y moribundo, Pepita no se hubiera atrevido a pedir lo que pedía a Jesús, pequeñuelo todavía, risueño, lindo, sano y con buenos colores. Pepita le pidió que le dejase a don Luis; que no se le llevase; porque él, tan rico y tan abastado de todo, podía sin gran sacrificio desprenderse de aquel servidor y cedérselo a ella.

Terminados estos preparativos, que nos será lícito clasificar y dividir en cosméticos, indumentarios y religiosos, Pepita se instaló en el despacho, aguardando la venida de don Luis con febril impaciencia.

Atinada anduvo Antoñona en no decir que iba a venir sino hasta poco antes de la hora. Aun así, gracias a la tardanza del galán, la pobre Pepita estuvo deshaciéndose, llena de ansiedad y de angustia, desde que terminó sus oraciones y súplicas con el Niño Jesús hasta que vio dentro del despacho al otro niño.

*

La visita empezó del modo más grave y ceremonioso. Los saludos de fórmula se pronunciaron maquinalmente de una parte y de otra; y don Luis, invitado a ello, tomó asiento en una butaca, sin dejar el sombrero ni el bastón, y a no corta distancia de Pepita. Pepita estaba sentada en el sofá. El velador se veía al lado de ella con libros y con la palmatoria, cuya luz iluminaba su rostro. Una lámpara ardía además sobre el bufete. Ambas luces, con todo, siendo grande el cuarto, como lo era, dejaban la mayor parte de él en la penumbra. Una gran ventana, que daba a un jardincillo interior, estaba abierta por el calor, y si bien sus hierros eran como la trama de un tejido de rosas-enredaderas y jazmines, todavía por entre la verdura y las flores se abrían camino los claros rayos de la luna, penetraban en la estancia y querían luchar con la luz de la lámpara y de la palmatoria. Penetraban además por la ventana-verjel el lejano y confuso rumor del jaleo de la casa de campo, que estaba al otro extremo; el murmullo monótono de una fuente que había en el jardincillo, y el aroma de los jazmines y de las rosas que tapizaban la ventana, mezclado con el de los don-pedros, albahacas y otras plantas que adornaban los arriates al pie de ella.

Hubo una larga pausa, un silencio tan difícil de sostener como de romper. Ninguno de los dos interlocutores se atrevía a hablar. Era, en verdad, la situación muy embarazosa. Tanto para ellos el expresarse entonces, como para nosotros el reproducir ahora lo que expresaron, es empresa ardua; pero no hay más remedio que acometerla. Dejemos que ellos mismos se expliquen, y copiemos al pie de la letra sus palabras.

*

—Al fin se dignó usted venir a despedirse de mí antes de su partida —dijo Pepita—. Yo había perdido ya la esperanza.

El papel que hacía don Luis era de mucho empeño, y, por otra parte, los hombres, no ya novicios, sino hasta experimentados y curtidos en estos diálogos, suelen incurrir en tonterías al empezar. No se condene, pues, a don Luis porque empezase contestando tonterías.

—Su queja de usted es injusta —dijo—. He estado aquí a despedirme de usted con mi padre, y como no tuvimos el gusto de que usted nos recibiese, dejamos tarjetas. Nos dijeron que estaba usted algo delicada de salud, y todos los días hemos enviado recado para saber de usted. Grande ha sido nuestra satisfacción al saber que estaba usted aliviada. ¿Y ahora, se encuentra usted mejor?

—Casi estoy por decir a usted que no me encuentro mejor —replicó Pepita—; pero como veo que viene usted de embajador de su padre, y no quiero afligir a un amigo tan excelente, justo será que diga a usted, y que usted repita a su padre, que siento bastante alivio. Singular es que haya venido usted solo. Mucho tendrá que hacer don Pedro cuando no le ha acompañado.

—Mi padre no me ha acompañado, señora, porque no sabe que he venido a ver a usted. Yo he venido solo, porque mi despedida ha de ser solemne, grave, para siempre quizá, y la suya es de índole harto diversa. Mi padre volverá por aquí dentro de unas semanas; yo es posible que no vuelva nunca, y si vuelvo, volveré muy otro del que soy ahora.

Pepita no pudo contenerse. El porvenir de felicidad con que había soñado se desvanecía como una sombra. Su resolución inquebrantable de vencer a toda costa a aquel hombre, único que había amado en la vida, único que se sentía capaz de amar, era una resolución inútil. Don Luis se iba. La juventud, la gracia, la belleza, el amor de Pepita no valían para nada. Estaba condenada, con veinte años de edad y tanta hermosura, a la viudez perpetua, a la soledad, a amar a quien no la amaba. Todo otro amor era imposible para ella. El carácter de Pepita, en quien los obstáculos recrudecían y avivaban más los anhelos; en quien una determinación, una vez tomada, lo arrollaba todo hasta verse cumplida, se mostró entonces con notable violencia y rompiendo todo freno. Era menester morir o vencer en la demanda. Los respetos sociales, la inveterada costumbre de disimular y de velar los sentimientos, que se adquiere en el gran mundo, y que pone dique a los arrebatos de la pasión y envuelve en gasas y cendales y disuelve en perífrasis y frases ambiguas la más enérgica explosión de los mal reprimidos afectos, nada podían con Pepita, que tenía poco trato de gentes y no conocía término medio; que no había sabido sino obedecer a ciegas a su madre y a su primer marido, y mandar después despóticamente a todos los demás seres humanos. Así es que Pepita habló en aquella ocasión y se mostró tal como era. Su alma, con cuanto había en ella de apasionado, tomó forma sensible en sus palabras, y sus palabras no sirvieron para envolver su pensar y su sentir, sino para darle cuerpo. No habló como hubiera hablado una dama de nuestros salones, con ciertas pleguerías y atenuaciones en la expresión, sino con la desnudez idílica con que Cloe hablaba a Dafnis y con la humildad y el abandono completo con que se ofreció a Booz la nuera de Noemi.

Pepita dijo:

—¿Persiste usted, pues, en su propósito? ¿Está usted seguro de su vocación? ¿No teme usted ser un mal clérigo? Señor don Luis, voy a hacer un esfuerzo; voy a olvidar por un instante que soy una ruda muchacha; voy a prescindir de todo sentimiento, y voy a discurrir con frialdad, como si se tratase del asunto que me fuese más extraño. Aquí hay hechos que se pueden comentar de dos modos. Con ambos comentarios queda usted mal. Expondré mi pensamiento. Si la mujer que con sus coqueterías, no por cierto muy desenvueltas, casi sin hablar a usted palabra, a los pocos días de verle y tratarle, ha conseguido provocar a usted, moverle a que la mire con miradas que auguraban amor profano, y hasta ha logrado que le dé usted una muestra de cariño, que es una falta, un pecado en cualquiera, y más en un sacerdote; si esta mujer es, como lo es en realidad, una lugareña ordinaria, sin instrucción, sin talento y sin elegancia, ¿qué no se debe temer de usted cuando trate y vea y visite en las grandes ciudades a otras mujeres mil veces más peligrosas? Usted se volverá loco cuando vea y trate a las grandes damas que habitan palacios, que huellan mullidas alfombras, que deslumbran con diamantes y perlas, que visten sedas y encajes y no percal y muselina, que desnudan la cándida y bien formada garganta, y no la cubren con un plebeyo y modesto pañolito; que son más diestras en mirar y herir; que por el mismo boato, séquito y pompa de que se rodean son más deseables por ser en apariencia inasequibles; que disertan de política, de filosofía, de religión y de literatura; que cantan como canarios, y que están como envueltas en nubes de aroma, adoraciones y rendimientos, sobre un pedestal de triunfos y victorias, endiosadas por el prestigio de un nombre ilustre, encumbradas en áureos salones o retiradas en voluptuosos gabinetes, donde entran sólo los felices de la tierra; tituladas acaso, y llamándose únicamente para los íntimos Pepita, Antoñita o Angelita, y para los demás la excelentísima señora Duquesa o la excelentísima señora Marquesa. Si usted ha cedido a una zafia aldeana, hallándose en vísperas de la ordenación, con todo el entusiasmo que debe suponerse, y si ha cedido impulsado por capricho fugaz, ¿no tengo razón en prever que va usted a ser un clérigo detestable, impuro, mundanal y funesto, y que cederá a cada paso? En esta suposición, créame usted, señor don Luis, y no se me ofenda, ni siquiera vale usted para marido de una mujer honrada. Si usted ha estrechado las manos con el ahínco y la ternura del más frenético amante; si usted ha mirado con miradas que prometían un cielo, una eternidad de amor, y si usted ha... besado a una mujer que nada le inspiraba sino algo que para mí no tiene nombre, vaya usted con Dios, y no se case usted con esa mujer. Si ella es buena, no le querrá a usted para marido, ni siquiera para amante; pero, por amor de Dios, no sea usted clérigo tampoco. La Iglesia ha menester de otros hombres más serios y más capaces de virtud para ministros del Altísimo. Por el contrario, si usted ha sentido una gran pasión por esa mujer de que hablamos, aunque ella sea poco digna, ¿por qué abandonarla y engañarla con tanta crueldad? Por indigna que sea, si es que ha inspirado esa gran pasión, ¿no cree usted que la compartirá y que será víctima de ella? Pues qué, cuando el amor es grande, elevado y violento, ¿deja nunca de imponerse? ¿No tiraniza y subyuga al objeto amado de un modo irresistible? Por los grados y quilates de su amor debe usted medir el de su amada. ¿Y cómo no temer por ella si usted la abandona? ¿Tiene ella la energía varonil, la constancia que infunde la sabiduría que los libros encierran, el aliciente de la gloria, la multitud de grandiosos pro-

yectos, y todo aquello que hay en su cultivado y sublime espíritu de usted para distraerle y apartarle, sin desgarradora violencia, de todo otro terrenal afecto? ¿No comprende usted que
ella morirá de dolor, y que usted, destinado a hacer incruentos
sacrificios, empezará por sacrificar despiadadamente a quien
más le ama?

—Señora —contestó don Luis, haciendo un esfuerzo para
disimular su emoción y para que no se conociese lo turbado
que estaba en lo trémulo y balbuciente de la voz—: Señora, yo
también tengo que dominarme mucho para contestar a usted
con la frialdad de quien opone argumentos a argumentos como
en una controversia; pero la acusación de usted viene tan razo-
nada (y usted perdone que se lo diga), es tan hábilmente sofís-
tica, que me fuerza a desvanecerla con razones. No pensaba
yo tener que disertar aquí y que aguzar mi corto ingenio; pero
usted me condena a ello, si no quiero pasar por un monstruo.
Voy a contestar a los extremos del cruel dilema que ha forjado
usted en mi daño. Aunque me he criado al lado de mi tío y en
el Seminario, donde no he visto mujeres, no me crea usted tan
ignorante ni tan pobre de imaginación que no acertase a repre-
sentármelas en la mente todo lo bellas, todo lo seductoras que
pueden ser. Mi imaginación, por el contrario, sobrepujaba a la
realidad en todo eso. Excitada por la lectura de los cantores bí-
blicos y de los poetas profanos, se fingía mujeres más elegantes, más graciosas, más discretas que las que por lo común se
hallan en el mundo real. Yo conocía, pues, el precio del sacrificio que hacía, y hasta lo exageraba, cuando renuncié al amor
de esas mujeres, pensando elevarme a la dignidad del sacerdocio. Harto conocía yo lo que puede y debe añadir el encanto a
una mujer hermosa el vestirla de ricas telas y joyas esplenden-
tes, y el circundarla de todos los primores de la más refinada
cultura, y de todas las riquezas que crean la mano y el ingenio
infatigables del hombre. Harto conocía yo también lo que
acrecientan el natural despejo, lo que pulen, realzan y abri-
llantan la inteligencia de una mujer el trato de los hombres
más notables por la ciencia, la lectura de buenos libros, el as-

pecto mismo de las florecientes ciudades con los monumentos y grandezas que contienen. Todo esto me lo figuraba yo con tal viveza y lo veía con tal hermosura, que, no lo dude usted, si yo llego a ver y a tratar a esas mujeres de que usted me habla, lejos de caer en la adoración y en la locura que usted predice, tal vez sea un desengaño lo que reciba, al ver cuánta distancia media de lo soñado a lo real y de lo vivo a lo pintado.

—¡Estos de usted sí que son sofismas! —interrumpió Pepita—. ¿Cómo negar a usted que lo que usted se pinta en la imaginación es más hermoso que lo que existe realmente? Pero ¿cómo negar tampoco que lo real tiene más eficacia seductora que lo imaginado y soñado? Lo vago y aéreo de un fantasma, por bello que sea, no compite con lo que mueve materialmente los sentidos. Contra los ensueños mundanos comprendo que venciesen en su alma de usted las imágenes devotas; pero temo que las imágenes devotas no habían de vencer a las mundanas realidades.

—Pues no lo tema usted, señora —replicó don Luis—. Mi fantasía es más eficaz en lo que crea que todo el universo, menos usted, en lo que por los sentidos me transmite.

—¿Y por qué *menos yo?* Esto me hace caer en otro recelo. ¿Será quizá la idea que usted tiene de mí, la idea que ama, creación de esa fantasía tan eficaz, ilusión en nada conforme conmigo?

—No, no lo es; tengo fe de que esta idea es en todo conforme con usted; pero tal vez es ingénita en mi alma; tal vez está en ella desde que fue creada por Dios; tal vez es parte de su esencia; tal vez es lo más puro y rico de su ser, como el perfume en las flores.

—¡Bien me lo temía yo! Usted me lo confiesa ahora. Usted no me ama. Eso que ama usted es la esencia, el aroma, lo más puro de su alma, que ha tomado una forma parecida a la mía.

—No, Pepita; no se divierta usted en atormentarme. Esto que yo amo es usted, y usted tal cual es; pero es tan bello, tan limpio, tan delicado esto que yo amo, que no me explico que pase todo por los sentidos de un modo grosero y llegue así hasta mi mente. Supongo, pues, y creo, y tengo por cierto, que estaba antes en mí. Es como la idea de Dios, que estaba en mí, que ha venido a magnificarse y desenvolverse en mí, y que, sin embargo, tiene su objeto real, superior, infinitamente superior a la idea. Como creo que Dios existe, creo que existe usted y que vale usted mil veces más que la idea que de usted tengo formada.

—Aún me queda una duda. ¿No pudiera ser la mujer en general, y no yo singular y exclusivamente, quien ha despertado esa idea?

—No, Pepita; la magia, el hechizo de una mujer, bella de alma y de gentil presencia, habían, antes de ver a usted, penetrado en mi fantasía. No hay duquesa ni marquesa en Madrid, ni emperatriz en el mundo, ni reina ni princesa en todo el orbe, que valgan lo que valen las ideales y fantásticas criaturas con quienes yo he vivido, porque se aparecían en los alcázares y camarines, estupendos de lujo, buen gusto y exquisito ornato, que yo edificaba en mis espacios imaginarios, desde que llegué a la adolescencia, y que daba luego por morada a mis Lauras, Beatrices, Julietas, Margaritas y Eleonoras, o a mis Cintias, Glíceras y Lesbias. Yo las coronaba en mi mente con diademas y mitras orientales, y las envolvía en mantos de púrpura y de oro, y las rodeaba de pompa regia, como a Ester y a Vasti; yo les prestaba la sencillez bucólica de la edad patriarcal, como a Rebeca y a la Sulamita; yo les daba la dulce humildad y la devoción de Ruth; yo las oía discurrir como Aspasia o Hipatia, maestras de elocuencia; yo las encumbraba en estrados riquísimos, y ponía en ellas reflejos gloriosos de clara sangre y de ilustre prosapia, como si fuesen las matronas patricias más orgullosas y nobles de la antigua Roma; yo las veía ligeras, coquetas, alegres, llenas de aristocrática desenvoltura, como las damas del tiempo de Luis XIV en Versalles, y yo las adornaba, ya con púdicas estolas, que infundían veneración y respeto, ya con túnicas y peplos sutiles, por entre cuyos pliegues airosos se dibujaba toda la perfección plástica de las gallardas formas; ya con la *coa* transparente de las bellas cortesanas de Atenas y Corinto, para que reluciese, bajo la nebulosa velatura, lo blanco y sonrosado del bien torneado cuerpo. Pero ¿qué valen los deleites del sentido, ni qué valen las glorias todas y las magnificencias del mundo, cuando un alma arde y se consume en el amor divino, como yo entendía, tal vez con sobrada soberbia, que la mía estaba ardiendo y consumiéndose? Ingentes peñascos, montañas enteras, si sirven de obstáculo a que se dilate el fuego que de repente arde en el seno de la tierra, vuelan deshechos por el aire, dando lugar y abriendo paso a la amontonada pólvora de la mina o a las inflamadas materias del volcán en erupción atronadora. Así, o con mayor fuerza, lanzaba de sí mi espíritu todo el peso del universo y de la hermosura creada, que se le ponía encima y le aprisionaba, impidiéndole volar a Dios, como a su centro. No, no he dejado yo por ignorancia ningún regalo, ninguna dulzura, ninguna gloria; todo lo conocía y lo estimaba en más de lo que vale cuando lo desprecié por otro regalo, por otra gloria, por otras dulzuras mayores. El amor profano de la mujer, no sólo ha venido a mi fantasía con cuantos halagos tiene en sí, sino con aquellos hechizos soberanos y casi irresistibles de la más peligrosa de las tentaciones: de la que llaman los moralistas tentación virgínea, cuando la mente, aún no desengañada por la experiencia y el pecado, se finge en el abrazo amoroso un subidísimo deleite, inmensamente superior, sin duda, a toda realidad y a toda verdad. Desde que vivo, desde que soy hombre, y ya hace años, pues no es tan grande mi mocedad, he despreciado todas esas sombras y reflejos de deleites y de hermosuras, enamorado de una hermosura arquetipo y ansioso de un deleite supremo. He procurado morir en mí para vivir en el objeto amado; desnudar no ya sólo los sentidos, sino hasta las potencias de mi alma, de afectos del mundo y de figuras y de imágenes, para poder decir con razón que no soy yo el que vivo, sino que Cristo vive en mí. Tal vez, de seguro, he pecado de arrogante y de confiado, y Dios ha querido castigarme. Usted entonces se ha interpuesto en mi camino y me ha sacado de él y me ha extraviado. Ahora me zahiere, me burla, me acusa

de liviano y de fácil; y al zaherirme y burlarme se ofende a sí
propia, suponiendo que mi falta me la hubiera hecho cometer
otra mujer cualquiera. No quiero, cuando debo ser humilde,
pecar de orgulloso defendiéndome. Si Dios, en castigo de mi
soberbia, me ha dejado de su gracia, harto posible es que el
más ruin motivo me haya hecho vacilar y caer. Con todo, diré
a usted que mi mente, quizá alucinada, lo entiende de muy diversa manera. Será efecto de mi no domada soberbia; pero repito que lo entiendo de otra manera. No acierto a persuadirme
de que haya ruindad ni bajeza en el motivo de mi caída. Sobre
todos los ensueños de mi juvenil imaginación ha venido a so-
breponerse y entronizarse la realidad que en usted he visto;
sobre todas mis ninfas, reinas y diosas, usted ha descollado;
por cima de mis ideales creaciones, derribadas, rotas, deshe-
chas por el amor divino, se levantó en mi alma la imagen fiel,
la copia exactísima de la viva hermosura que adorna, que es la
esencia de ese cuerpo y de esa alma. Hasta algo de misterioso,
de sobrenatural, puede haber intervenido en esto, porque amé
a usted desde que la vi, casi antes de que la viera. Mucho antes
de tener conciencia de que la amaba a usted, ya la amaba. Se
diría que hubo en esto algo de fatídico; que estaba escrito; que
era una predestinación.

—Y si es una predestinación, si estaba escrito —interrumpió Pepita—, ¿por qué no someterse, por qué resistirse todavía? Sacrifique usted sus propósitos a nuestro amor. ¿Acaso
no he sacrificado yo mucho? Ahora mismo, al rogar, al esfor-
zarme por vencer los desdenes de usted, ¿no sacrifico mi orgullo, mi decoro y mi recato? Yo también creo que amaba a
usted antes de verle. Ahora amo a usted con todo mi corazón,
y sin usted no hay felicidad para mí. Cierto es que en mi humilde inteligencia no puede usted hallar rivales tan poderosos
como yo tengo en la de usted. Ni con la mente, ni con la voluntad, ni con el afecto atino a elevarme a Dios inmediatamente. Ni por naturaleza, ni por gracia subo ni me atrevo a
querer subir tan encumbradas esferas. Llena está mi alma, sin
embargo, de piedad religiosa, y conozco y amo y adoro a Dios;

pero sólo veo su omnipotencia y admiro su bondad en las obras que han salido de sus manos. Ni con la imaginación acierto tampoco a forjarme esos ensueños que usted me refiere. Con alguien, no obstante, más bello, entendido, poético y amoroso que los hombres que me han pretendido hasta ahora; con un amante más distinguido y cabal que todos mis adoradores de este lugar y de los lugares vecinos, soñaba yo para que me amara y para que yo le amase y le rindiese mi albedrío. Ese alguien era usted. Lo presentí cuando me dijeron que usted había llegado al lugar; lo reconocí cuando vi a usted por vez primera. Pero como mi imaginación es tan estéril, el retrato que yo de usted me había trazado no valía, ni con mucho, lo que usted vale. Yo también he leído algunas historias y poesías, pero de todos los elementos que de ellas guardaba mi memoria, no logré nunca componer una pintura que no fuese muy inferior en mérito a lo que veo en usted y comprendo en usted desde que le conozco. Así es que estoy rendida y vencida y aniquilada desde el primer día. Si amor es lo que usted dice, si es morir en sí para vivir en el amado, verdadero y legítimo amor es el mío, porque he muerto en mí y sólo vivo en usted y para usted. He deseado desechar de mí este amor, creyéndole mal pagado, y no me ha sido posible. He pedido a Dios con mucho fervor que me quite el amor o me mate, y Dios no ha querido oírme. He rezado a María Santísima para que borre del alma la imagen de usted, y el rezo ha sido inútil. He hecho promesas al santo de mi nombre para no pensar en usted sino como él pensaba en su bendita Esposa, y el santo no me ha socorrido. Viendo esto, he tenido la audacia de pedir al cielo que usted se deje vencer, que usted deje de ser clérigo, que nazca en su corazón de usted un amor tan profundo como el que hay en mi corazón. Don Luis, dígamelo usted con franqueza: ¿ha sido también sordo el cielo a esta última súplica? ¿O es acaso que para avasallar y rendir un alma pequeña, cuitada y débil como la mía, basta un pequeño amor, y para avasallar la de usted, cuando tan altos y fuertes pensamientos la velan y custodian, se necesita amor más poderoso, que yo no soy digna de inspirar, ni capaz de compartir, ni hábil para comprender siquiera?

—Pepita —contestó don Luis—, no es que su alma de usted sea más pequeña que la mía, sino que está libre de compromisos, y la mía no lo está. El amor que usted me ha inspirado es inmenso; pero luchan contra él mi obligación, mis votos, los propósitos de toda mi vida, próximos a realizarse. ¿Por qué no he de decirlo, sin temor de ofender a usted? Si usted logra en mí su amor, usted no se humilla. Si yo cedo a su amor de usted, me humillo y me rebajo. Dejo al creador por la criatura, destruyo la obra de mi constante voluntad, rompo la imagen de Cristo, que estaba en mi pecho, y el hombre nuevo, que a tanta costa había yo formado en mí, desaparece para que el hombre antiguo renazca. ¿Por qué, en vez de bajar yo hasta el suelo, hasta el siglo, hasta la impureza del mundo, que antes he menospreciado, no se eleva usted hasta mí por virtud de ese mismo amor que me tiene, limpiándole de toda escoria? ¿Por qué no nos amamos entonces sin vergüenza y sin pecado y sin mancha? Dios, con el fuego purísimo y refulgente de su amor, penetra las almas santas y las llena por tal arte, que así como un metal que sale de la fragua, sin dejar de ser metal, reluce y deslumbra, y es todo fuego, así las almas se hinchen de Dios, y en todo son Dios, penetradas por dondequiera de Dios, en gracia del amor divino. Estas almas se aman y se gozan entonces, como si amaran y gozaran a Dios, amándole y gozándole, porque Dios son ellas. Subamos, juntos en espíritu, esta mística y difícil escala; asciendan a la par nuestras almas a esta bienaventuranza, que aun en la vida mortal es posible; mas para ello es fuerza que nuestros cuerpos se separen; que yo vaya adonde me llama mi deber, mi promesa y la voz del Altísimo, que dispone de su siervo y lo destina al culto de sus altares.

—¡Ay, señor don Luis! —replicó Pepita toda desolada y compungida—. Ahora conozco cuán vil es el metal de que estoy forjada y cuán indigno de que le penetre y mude el fuego divino. Lo declararé todo, desechando hasta la vergüenza. Soy una pecadora infernal. Mi espíritu grosero e inculto no alcanza esas sutilezas, esas distinciones, esos refinamientos de amor. Mi voluntad rebelde se niega a lo que usted propone. Yo ni siquiera concibo a usted sin usted. Para mí es usted su boca, sus ojos, sus negros cabellos, que deseo acariciar con mis manos; su dulce voz y el regalado acento de sus palabras, que hieren y encantan materialmente mis oídos; toda su forma corporal, en suma, que me enamora y seduce, y al través de la cual, y sólo al través de la cual se me muestra el espíritu invisible, vago y lleno de misterios. Mi alma, reacia e incapaz de esos raptos maravillosos, no acertará a seguir a usted nunca a las regiones donde quiere llevarla. Si usted se eleva hasta ellas, yo me quedaré sola, abandonada, sumida en la mayor aflicción. Prefiero morirme. Merezco la muerte; la deseo. Tal vez al morir, desatando o rompiendo mi alma estas infames cadenas que la detienen, se haga hábil para ese amor con que usted desea que nos amemos. Máteme usted antes para que nos amemos así; máteme usted antes, y ya libre mi espíritu, le seguirá por todas las regiones y peregrinará invisible al lado de usted, velando su sueño, contemplándole con arrobo, penetrando sus pensamientos más ocultos, viendo en realidad su alma, sin el intermedio de los sentidos. Pero viva no puede ser. Yo amo en usted no ya sólo el alma, sino el cuerpo, y la sombra del cuerpo, y el reflejo del cuerpo en los espejos y en el agua, y el nombre y el apellido, y la sangre, y todo aquello que le determina como tal don Luis de Vargas; el metal de la voz, el gesto, el modo de andar y no sé qué más diga. Repito que es menester matarme. Máteme usted sin compasión. No; yo no soy cristiana, sino idólatra materialista.

Aquí hizo Pepita una larga pausa. Don Luis no sabía qué decir y callaba. El llanto bañaba las mejillas de Pepita, la cual prosiguió, sollozando:

—Lo conozco: usted me desprecia y hace bien en despreciarme. Con ese justo desprecio me matará usted mejor que con un puñal, sin que se manche de sangre ni su mano ni su conciencia. Adiós. Voy a libertar a usted de mi presencia odiosa. Adiós para siempre.

Dicho esto, Pepita se levantó de su asiento, y sin volver la cara inundada de lágrimas, fuera de sí, con precipitados pasos se lanzó hacia la puerta que daba a las habitaciones interiores. Don Luis sintió una invencible ternura, una piedad funesta. Tuvo miedo de que Pepita muriese. La siguió para detenerla, pero no llegó a tiempo. Pepita pasó la puerta. Su figura se perdió en la obscuridad. Arrastrado don Luis como por un poder sobrehumano, impulsado como por una mano invisible, penetró en pos de Pepita en la estancia sombría.

*

El despacho quedó solo.

El baile de los criados debía de haber concluido, pues no se oía el más leve rumor. Sólo sonaba el agua de la fuente del jardincillo.

Ni un leve soplo de viento interrumpía el sosiego de la noche y la serenidad del ambiente. Penetraban por la ventana el perfume de las flores y el resplandor de la luna.

Al cabo de un largo rato, don Luis apareció de nuevo, saliendo de la obscuridad. En su rostro se veía pintado el terror; algo de la desesperación de Judas.

Se dejó caer en una silla; puso ambos puños cerrados en su cara y en sus rodillas ambos codos, y así permaneció más de media hora, sumido sin duda en un mar de reflexiones amargas.

Cualquiera, si le hubiera visto, hubiera sospechado que acababa de asesinar a Pepita.

Pepita, sin embargo, apareció después. Con paso lento, con actitud de profunda melancolía, con el rostro y la mirada inclinados al suelo, llegó hasta cerca de donde estaba don Luis, y dijo de este modo:

—Ahora, aunque tarde, conozco toda la vileza de mi corazón y toda la iniquidad de mi conducta. Nada tengo que decir en mi abono; mas no quiero que me creas más perversa de lo que soy. Mira, no pienses que ha habido en mí artificio, ni cálculo, ni plan para perderte. Sí, ha sido una maldad atroz, pero instintiva; una maldad inspirada quizá por el espíritu del infierno, que me posee. No te desesperes ni te aflijas, por amor de Dios. De nada eres responsable. Ha sido un delirio: la enajenación mental se apoderó de tu noble alma. No es en ti el pecado sino muy leve. En mí es grave, horrible, vergonzoso. Ahora te merezco menos que nunca. Vete: yo soy ahora quien te pide que te vayas. Vete: haz penitencia. Dios te perdonará. Vete: que un sacerdote te absuelva. Limpio de nuevo de culpa, cumple tu voluntad y sé ministro del Altísimo. Con tu vida trabajosa y santa no sólo borrarás hasta las últimas señales de esta caída, sino que, después de perdonarme el mal que te he hecho, conseguirás del cielo mi perdón. No hay lazo alguno que conmigo te ligue; y si lo hay, yo le desato o le rompo. Eres libre. Básteme el haber hecho caer por sorpresa al lucero de la mañana; no quiero, ni debo, ni puedo retenerle cautivo. Lo adivino, lo infiero de tu ademán, lo veo con evidencia; ahora me desprecias más que antes, y tienes razón en despreciarme. No hay honra, ni virtud, ni vergüenza en mí.

Al decir esto, Pepita hincó en tierra ambas rodillas, y se inclinó luego hasta tocar con la frente el suelo del despacho. Don Luis siguió en la misma postura que antes tenía. Así estuvieron los dos algunos minutos en desesperado silencio.

Con voz ahogada, sin levantar la faz de la tierra, prosiguió al cabo Pepita:

—Vete ya, don Luis, y no por una piedad afrentosa permanezcas más tiempo al lado de esta mujer miserable. Yo tendré valor para sufrir tu desvío, tu olvido y hasta tu desprecio, que tengo tan merecido. Seré siempre tu esclava, pero lejos de ti, muy lejos de ti, para no traerte a la memoria la infamia de esta noche.

Los gemidos sofocaron la voz de Pepita al terminar estas palabras.

Don Luis no pudo más. Se puso en pie, llegó donde estaba Pepita y la levantó entre sus brazos, estrechándola contra su corazón, apartando blandamente de su cara los rubios rizos que en desorden caían sobre ella, y cubriéndola de apasionados besos.

—Alma mía —dijo por último don Luis—, vida de mi alma, prenda querida de mi corazón, luz de mis ojos, levanta la abatida frente y no te prosternes más delante de mí. El pecador, el flaco de voluntad, el miserable, el sandio y ridículo soy yo, que no tú. Los ángeles y los demonios deben reírse igualmente de mí y no tomarme por lo serio. He sido un santo postizo, que no he sabido resistir y desengañarte desde el principio, como hubiera sido justo, y ahora no acierto tampoco a ser un caballero, un galán, un amante fino, que sabe agradecer en cuanto valen los favores de su dama. No comprendo qué viste en mí para prendarte de ese modo. Jamás hubo en mí virtud sólida, sino hojarasca y pedantería de colegial, que había leído los libros devotos como quien lee novelas, y con ellos se había forjado su novela necia de misiones y contemplaciones. Si hubiera habido virtud sólida en mí, con tiempo te hubiera desengañado y no hubiéramos pecado ni tú ni yo. La verdadera virtud no cae tan fácilmente. A pesar de toda tu hermosura, a pesar de tu talento, a pesar de tu amor hacia mí, yo no hubiera caído si en realidad hubiera sido virtuoso, si hubiera tenido una vocación verdadera. Dios, que todo lo puede, me hubiera dado su gracia. Un milagro, sin duda, algo de sobrenatural se requería para resistir a tu amor; pero Dios hubiera hecho el milagro si yo hubiera sido digno objeto y bastante razón para que lo hiciera. Haces mal en aconsejarme que sea sacerdote. Reconozco mi indignidad. No era más que orgullo lo que me movía. Era una ambición mundana como otra cualquiera. ¡Qué digo como otra cualquiera! Era peor: una ambición hipócrita, sacrílega, simoníaca.

—No te juzgues con tal dureza —replicó Pepita, ya más serena y sonriendo a través de las lágrimas—. No deseo que te juzgues así, ni para que no me halles tan indigna de ser tu compañera; pero quiero que me elijas por amor, libremente, no para reparar una falta, no porque has caído en un lazo que pérfidamente puedes sospechar que te he tendido. Vete si no me amas, si sospechas de mí, si no me estimas. No exhalarán mis labios una queja si para siempre me abandonas y no vuelves a acordarte de mí.

La contestación de don Luis no cabía ya en el estrecho y mezquino tejido del lenguaje humano. Don Luis rompió el hilo del discurso de Pepita sellando los labios de ella con los suyos y abrazándola de nuevo.

Bastante más tarde, con previas toses y resonar de pies, entró Antoñona en el despacho diciendo:

—¡Vaya una plática larga! Este sermón que ha predicado el colegial no ha sido el de las siete palabras, sino que ha estado a punto de ser el de las cuarenta horas. Tiempo es ya de que te vayas, don Luis. Son cerca de las dos de la mañana.

—Bien está —dijo Pepita—, se irá al momento.

Antoñona volvió a salir del despacho y aguardó fuera.

Pepita estaba transformada. Las alegrías que no había tenido en su niñez, el gozo y el contento de que no había gustado en los primeros años de su juventud, la bulliciosa actividad y travesura que una madre adusta y un marido viejo habían contenido y como represado en ella hasta entonces, se diría que brotaron de repente en su alma, como retoñan las hojas verdes de los árboles cuando las nieves y los hielos de un invierno riguroso y dilatado han retardado su germinación.

Una señora de ciudad, que conoce lo que llamamos *conveniencias sociales,* hallará extraño y hasta censurable lo que voy a decir de Pepita; pero Pepita, aunque elegante de suyo, era una criatura muy a lo natural, y en quien no cabían la compostura disimulada y toda la circunspección que en el gran mundo se estilan. Así es que, vencidos los obstáculos que se oponían a su dicha, viendo ya rendido a don Luis, teniendo su promesa espontánea de que la tomaría por mujer legítima, y creyéndose con razón amada, adorada, de aquel a quien amaba y adoraba tanto, brincaba y reía y daba otras muestras de júbilo, que, en medio de todo, tenían mucho de infantil y de inocente.

Era menester que don Luis partiera. Pepita fue por un peine y le alisó con amor los cabellos, besándoselos después.

Pepita le hizo mejor el lazo de la corbata.

—Adiós, dueño amado —le dijo—. Adiós, dulce rey de mi alma. Yo se lo diré todo a tu padre si tú no quieres atreverte. Él es bueno y nos perdonará.

Al cabo los dos amantes se separaron.

*

Cuando Pepita se vio sola, su bulliciosa alegría se disipó, y su rostro tomó una expresión grave y pensativa.

Pepita pensó dos cosas igualmente serias: una de interés mundano; otra de más elevado interés. Lo primero en que pensó fue en que su conducta de aquella noche, pasada la embriaguez del amor, pudiera perjudicarle en el concepto de don Luis. Pero hizo severo examen de conciencia, y, reconociendo que ella no había puesto ni malicia ni premeditación en nada, y que cuanto hizo nació de un amor irresistible y de nobles impulsos, consideró que don Luis no podría menospreciarla nunca, y se tranquilizó por este lado. No obstante, aunque su confesión candorosa de que no entendía el mero amor de los espíritus, y aunque su fuga a lo interior de la alcoba sombría habían sido obra del instinto más inocente, sin prever los resultados, Pepita no se negaba que había pecado después contra Dios, y en este punto no hallaba disculpa. Encomendose, pues, de todo corazón a la Virgen para que la perdonase; hizo promesa a la imagen de la Soledad, que había en el convento de monjas, de comprar siete lindas espadas de oro, de sutil y prolija labor, con que adornar su pecho; y determinó ir a confesarse al día siguiente con el Vicario y someterse a la más dura penitencia que le impusiera para merecer la absolución de aquellos pecados, merced a los cuales venció la terquedad de don Luis, quien, de lo contrario, hubiera llegado a ser cura, sin remedio.

Mientras Pepita discurría así allá en su mente, y resolvía con tanto tino sus negocios del alma, don Luis bajó hasta el zaguán acompañado de Antoñona.

Antes de despedirse, dijo don Luis sin preparación ni rodeos:

—Antoñona, tú que lo sabes todo, dime quién es el conde de Genazahar y qué clase de relaciones ha tenido con tu ama.

—Temprano empiezas a mostrarte celoso.

—No son celos; es curiosidad solamente.

—Mejor es así. Nada más fastidioso que los celos. Voy a satisfacer tu curiosidad. Ese Conde está bastante tronado. Es un perdido, jugador y mala cabeza; pero tiene más vanidad que don Rodrigo en la horca. Se empeñó en que mi niña le quisiera y se casase con él, y como la niña le ha dado mil veces calabazas, está que trina. Esto no impide que se guarde por allá más de mil duros, que hace años le prestó don Gumersindo, sin más hipoteca que un papelucho, por culpa y a ruegos de Pepita, que es mejor que el pan. El tonto del Conde creyó, sin duda, que Pepita, que fue tan buena de casada que hizo que le diesen dinero, había de ser de viuda tan rebuena para él, que le había de tomar por marido. Vino después el desengaño, con la furia consiguiente.

—Adiós, Antoñona —dijo don Luis, y se salió a la calle, silenciosa ya y sombría.

Las luces de las tiendas y puestos de la feria se habían apagado y la gente se retiraba a dormir, salvo los amos de las tiendas de juguetes y otros pobres buhoneros, que dormían al sereno al lado de sus mercancías.

En algunas rejas seguían aún varios embozados, pertinaces e incansables, pelando la pava con sus novias. La mayoría había desaparecido ya.

En la calle, lejos de la vista de Antoñona, don Luis dio rienda suelta a sus pensamientos. Su resolución estaba tomada, y todo acudía a su mente a confirmar su resolución. La sinceridad y el ardor de la pasión que había inspirado a Pepita; su hermosura; la gracia juvenil de su cuerpo y la lozanía primaveral de su alma, se le presentaban en la imaginación y le hacían dichoso.

Con cierta mortificación de la vanidad reflexionaba, no obstante, don Luis en el cambio que en él se había obrado. ¿Qué pensaría el Deán? ¿Qué espanto no sería el del Obispo? Y sobre todo, ¿qué motivo tan grave de queja no había dado don Luis a su padre? Su disgusto, su cólera cuando supiese el compromiso que ligaba a Luis con Pepita, se ofrecían al ánimo de don Luis y le inquietaban sobremanera.

En cuanto a lo que él llamaba su caída antes de caer, fuerza es confesar que le parecía poco honda y poco espantosa después de haber caído. Su misticismo, bien estudiado con la nueva luz que acababa de adquirir, se le antojó que no había tenido ser ni consistencia; que había sido un producto artificial y vano de sus lecturas, de su petulancia de muchacho y de sus ternuras sin objeto de colegial inocente. Cuando recordaba que a veces había creído recibir favores y regalos sobrenaturales, y había oído susurros místicos, y había estado en conversación interior, y casi había empezado a caminar por la vía unitiva, llegando a la oración de quietud, penetrando en el abismo del alma y subiendo al ápice de la mente, don Luis se sonreía y sospechaba que no había estado por completo en su juicio. Todo había sido presunción suya. Ni él había hecho penitencia, ni él había vivido largos años en contemplación, ni él tenía ni había tenido merecimientos bastantes para que Dios le favoreciese con distinciones tan altas. La mayor prueba que se daba a sí propio de todo esto, la mayor seguridad de que los regalos sobrenaturales de que había gozado eran sofísticos, eran simples recuerdos de los autores que leía, nacía de que nada de eso había deleitado tanto su alma como un *te amo* de Pepita, como el toque delicadísimo de una mano de Pepita jugando en los negros rizos de su cabeza.

Don Luis apelaba a otro género de humildad cristiana para justificar a sus ojos lo que ya no quería llamar caída, sino cambio. Se confesaba indigno de ser sacerdote, y se allanaba a ser lego, casado, vulgar, un buen lugareño cualquiera, cuidando de las viñas y los olivos, criando a sus hijos, pues ya los deseaba, y siendo modelo de maridos al lado de su Pepita.

*

Aquí vuelvo yo, como responsable que soy de la publicación y divulgación de esta historia, a creerme en la necesidad de interpolar varias reflexiones y aclaraciones de mi cosecha.

Dije al empezar que me inclinaba a creer que esta parte narrativa o *Paralipómenos* era obra del señor Deán, a fin de completar el cuadro y acabar de relatar los sucesos que las cartas no relatan; pero entonces aún no había yo leído con detención el manuscrito. Ahora, al notar la libertad con que se tratan ciertas materias y la manga ancha que tiene el autor para algunos deslices, dudo de que el señor Deán, cuya rigidez sé de buena tinta, haya gastado la de su tintero en escribir lo que el lector habrá leído. Sin embargo, no hay bastante razón para negar que sea el señor Deán el autor de los *Paralipómenos*.

La duda queda en pie, porque en el fondo nada hay en ellos que se oponga a la verdad católica ni a la moral cristiana. Por el contrario, si bien se examina, se verá que sale de todo una lección contra los orgullosos y soberbios, con ejemplar escarmiento en la persona de don Luis. Esta historia pudiera servir sin dificultad de apéndice a los *Desengaños místicos* del padre Arbiol.

En cuanto a lo que sostienen dos o tres amigos míos discretos, de que el señor Deán, a ser el autor, hubiera referido los sucesos de otro modo, diciendo *mi sobrino* al hablar de don Luis, y poniendo sus consideraciones morales de vez en cuando, no creo que es argumento de gran valer. El señor Deán se propuso contar lo ocurrido y no probar ninguna tesis, y anduvo atinado en no meterse en dibujos y en no sacar moralejas. Tampoco hizo mal, en mi sentir, en ocultar su personalidad y en no mentar su yo, lo cual no sólo demuestra su humildad y modestia, sino buen gusto literario, porque los poetas épicos y los historiadores, que deben servir de Modelo, no dicen yo aunque hablen de ellos mismos y ellos mismos sean héroes y actores de los casos que cuentan. Jenofonte Ateniense, pongo por caso, no dice yo en su *Anábasis,* sino se nombra en tercera persona, cuando es menester, como si fuera uno el que escribió y otro el que ejecutó aquellas hazañas. Y

aun así, pasan no pocos capítulos de la obra sin que aparezca Jenofonte. Sólo poco antes de darse la famosa batalla en que murió el joven Ciro, revistando este príncipe a los griegos y bárbaros que formaban su ejército, y estando ya cerca de su hermano Artajerjes, que había sido visto desde muy lejos, en la extensa llanura sin árboles, primero como nubecilla blanca, luego como mancha negra, y, por último, con claridad y distinción, oyéndose el relinchar de los caballos, el rechinar de los carros de guerra, armados de truculentas hoces, el gruñir de los elefantes y el son de los instrumentos bélicos, y viéndose el resplandor del bronce y del oro de las armas iluminadas por el sol; sólo en aquel instante, digo, y no de antemano, se muestra Jenofonte y habla con Ciro, saliendo de las filas y explicándole el murmullo que corría entre los griegos; el cual no era otro que lo que llamamos *santo y seña* en el día, y que fue en aquella ocasión *Júpiter salvador y Victoria.* El señor Deán, que era un hombre de gusto y muy versado en los clásicos, no había de incurrir en el error de injerirse y entreverarse en la historia a título de tío y ayo del héroe, y de moler al lector saliendo a cada paso un tanto difícil y resbaladizo con un *párate ahí,* con un *¿qué haces?, ¡mira no te caigas, desventurado!,* o con otras advertencias por el estilo. No chistar tampoco, ni oponerse en alguna manera, hallándose presente, al menos en espíritu, sentaba mal en algunos de los lances que van referidos. Por todo lo cual, a no dudarlo, el señor Deán, con la mucha discreción que le era propia, pudo escribir estos *Paralipómenos,* sin dar la cara, como si dijéramos.

Lo que sí hizo fue poner glosas y comentarios de provechosa edificación, cuando tal o cual pasaje lo requería; pero yo los suprimo aquí porque no están de moda las novelas anotadas o glosadas, y porque sería voluminosa esta obrilla si se imprimiese con los mencionados requisitos.

Pondré, no obstante, en este lugar, como única excepción, e incluyéndola en el texto, la nota del señor Deán sobre la rápida transformación de don Luis de místico en no místico. Es curiosa la nota, y derrama mucha luz sobre todo.

—Esta mudanza de mi sobrino —dice— no me ha dado chasco. Yo la preveía desde que me escribió las primeras cartas. Luisito me alucinó al principio. Pensé que tenía una verdadera vocación, pero luego caí en la cuenta de que era un vano espíritu poético; el misticismo fue la máquina de sus poemas, hasta que se presentó otra máquina más adecuada.

¡Alabado sea Dios, que ha querido que el desengaño de Luisito llegue a tiempo! ¡Mal clérigo hubiera sido si no acude tan en sazón Pepita Jiménez! Hasta su impaciencia de alcanzar la perfección de un brinco hubiera debido darme mala espina, si el cariño de tío no me hubiera cegado. Pues qué, ¿los favores del cielo se consiguen en seguida? ¿No hay más que llegar y triunfar? Contaba un amigo mío, marino, que cuando estuvo en ciertas ciudades de América era muy mozo, y pretendía a las damas con sobrada precipitación, y que ellas le decían con un tonillo lánguido americano: «¡Apenas llega y ya quiere!... ¡Haga méritos si puede!». Si esto pudieron decir aquellas señoras, ¿qué no dirá el cielo a los audaces que pretenden escalarle sin méritos y en un abrir y cerrar de ojos? Mucho hay que afanarse, mucha purificación se necesita, mucha penitencia se requiere para empezar a estar bien con Dios y a gozar de sus regalos. Hasta en las vanas y falsas filosofías, que tienen algo de místico, no hay don ni favor sobrenatural sin poderoso esfuerzo y costoso sacrificio. Jámblico no tuvo poder para evocar a los genios del amor y hacerlos salir de la fuente de Edgadara sin haberse antes quemado las cejas a fuerza de estudio y sin haberse maltratado el cuerpo con privaciones y abstinencias. Apolonio de Tiana se supone que se maceró de lo lindo antes de hacer sus falsos milagros. Y en nuestros días, los krausistas, que ven a Dios, según aseguran, con vista real, tienen que leerse y aprenderse antes muy bien toda la *Analítica* de Sanz del Río, lo cual es más dificultoso y prueba más paciencia y sufrimiento que abrirse las carnes a azotes y ponérselas como una breva madura. Mi sobrino quiso de bóbilis-bóbilis ser un varón perfecto, y... ¡vean ustedes en lo que ha venido a parar! Lo que importa ahora es que sea un buen casado, y que, ya que no sirve para grandes cosas, sirva para lo pequeño y doméstico, haciendo feliz a esa muchacha, que al fin no tiene otra culpa que la de haberse enamorado de él como una loca con un candor y un ímpetu selváticos.

Hasta aquí la nota del señor Deán, escrita con desenfado íntimo, como para él solo, pues bien ajeno estaba el pobre de que yo había de jugarle la mala pasada de darla al público.

Sigamos ahora la narración.

*

Don Luis, en medio de la calle a las dos de la noche, iba discurriendo, como ya hemos dicho, en que su vida, que hasta allí había él soñado con que fuese digna de la *Leyenda áurea,* se convirtiese en un suavísimo y perpetuo idilio. No había sabido resistir las asechanzas del amor terrenal; no había sido como un sinnúmero de santos, y entre ellos San Vicente Ferrer, con cierta lasciva señora valenciana; pero tampoco era igual el caso; y si el salir huyendo de aquella daifa endemoniada fue en San Vicente un acto de virtud heroica, en él hubiera sido el salir huyendo del rendimiento, del candor y de la mansedumbre de Pepita algo tan monstruoso y sin entrañas como si cuando Ruth se acostó a los pies de Booz, diciéndole: *Soy tu esclava; extiende tu capa sobre tu sierva,* Booz le hubiera dado un puntapié y la hubiera mandado a paseo. Don Luis, cuando Pepita se le rendía, tuvo, pues, que imitar a Booz y exclamar: *Hija, bendita seas del Señor, que has excedido tu primera bondad con ésta de ahora.* Así se disculpaba don Luis de no haber imitado a San Vicente y a otros santos no menos ariscos. En cuanto al mal éxito que tuvo la proyectada imitación de San Eduardo, también trataban de cohonestarle y disculparle. San Eduardo se casó por razón de Estado, porque los grandes del reino lo exigían, y sin inclinación hacia la reina Edita; pero en él y en Pepita Jiménez no había razón de Estado, ni grandes ni pequeños, sino amor finísimo de ambas partes.

De todos modos, no se negaba don Luis, y esto prestaba a su contento un leve tinte de melancolía, que había destruido su ideal, que había sido vencido. Los que jamás tienen ni tuvieron ideal alguno no se apuran por esto; pero don Luis se apuraba. Don Luis pensó desde luego en sustituir el antiguo y encumbrado ideal con otro más humilde y fácil. Y si bien recordó a don Quijote cuando, vencido por el caballero de la Blanca Luna, decidió hacerse pastor, maldito el efecto que le hizo la burla, sino que pensó en renovar con Pepita Jiménez, en nuestra edad prosaica y descreída, la edad venturosa y el piadosísimo ejemplo de Filemón y de Baucis, tejiendo un dechado de vida patriarcal en aquellos campos amenos; fundando en el lugar que le vio nacer un hogar doméstico lleno de religión, que fuese a la vez asilo de menesterosos, centro de cultura y de amistosa convivencia, y limpio espejo donde pudieran mirarse las familias; y uniendo, por último, el amor conyugal con el amor de Dios para que Dios santificase y visitase la morada de ellos, haciéndola como templo, donde los dos fuesen ministros y sacerdotes, hasta que dispusiese el cielo llevárselos juntos a mejor vida.

Al logro de todo ello se oponían dos dificultades que era menester allanar antes, y don Luis se preparaba a allanarlas.

Era una el disgusto, quizá el enojo de su padre, a quien había defraudado en sus más caras esperanzas. Era la otra dificultad de muy diversa índole y en cierto modo más grave.

Don Luis, cuando iba a ser clérigo, estuvo en su papel no defendiendo a Pepita de los groseros insultos del conde de Genazahar sino con discursos morales, y no tomando venganza de la mofa y desprecio con que tales discursos fueron oídos. Pero, ahorcados ya los hábitos y teniendo que declarar en seguida que Pepita era su novia y que iba a casarse con ella, don Luis, a pesar de su carácter pacífico, de sus ensueños de humana ternura y de las creencias religiosas que en su alma quedaban íntegras, y que repugnaban todo medio violento, no acertaba a compaginar con su dignidad el abstenerse de romper la crisma al Conde desvergonzado. De sobra sabía que el duelo es usanza bárbara; que Pepita no necesitaba de la sangre del Conde para quedar limpia de todas las manchas de la calumnia, y hasta que el mismo Conde, por mal criado y por bruto, y no porque lo creyese ni quizá por un rencor desmedido, había dicho tanto denuesto. Sin embargo, a pesar de todas estas reflexiones, don Luis conocía que no se sufriría a sí propio durante toda su vida, y que, por consiguiente, no llegaría a hacer nunca a gusto el papel de Filemón, si no empezaba por hacer el de Fierabrás, dando al Conde su merecido, si bien pidiendo a Dios que no le volviese a poner en otra ocasión semejante.

Decidido, pues, el lance, resolvió llevarlo a cabo en seguida. Y pareciéndole feo y ridículo enviar padrinos y hacer que trajesen en boca el honor de Pepita, halló lo más razonable buscar camorra con cualquier otro pretexto.

Supuso además que el Conde, forastero y vicioso jugador, sería muy posible que estuviese aún en el casino hecho un tahúr, a pesar de lo avanzado de la noche, y don Luis se fue derecho al casino.

El casino permanecía abierto, pero las luces del patio y de los salones estaban casi todas apagadas. Sólo en un salón había luz. Allí se dirigió don Luis, y desde la puerta vio al conde de Genazahar, que jugaba al monte, haciendo de banquero. Cinco personas nada más apuntaban: dos eran forasteros como el Conde; las otras tres eran el capitán de caballería encargado de la remonta, Currito y el médico. No podían disponerse las cosas más al intento de don Luis. Sin ser visto, por lo afanados que estaban en el juego, don Luis los vio, y apenas los vio, volvió a salir del casino y se fue rápidamente a su casa. Abrió un criado la puerta; preguntó don Luis por su padre, y sabiendo que dormía, para que no le sintiera ni se despertara, subió don Luis de puntillas a su cuarto con una luz, cogió unos tres mil reales que tenía de su peculio, en oro, y se los guardó en el bolsillo. Dijo después al criado que le volviese a abrir, y se fue al casino otra vez.

Entonces entró don Luis en el salón donde jugaban, dando taconazos recios, con estruendo y con aire de taco, como suele decirse. Los jugadores se quedaron pasmados al verle.

—¡Tú por aquí a estas horas! —dijo Currito.

—¿De dónde sale usted, curita? —dijo el médico.

—¿Viene usted a echarme otro sermón? —exclamó el Conde.

—Nada de sermones —exclamó don Luis con mucha calma—. El mal efecto que surtió el último que prediqué me ha probado con evidencia que Dios no me llama por ese camino, y ya he elegido otro. Usted, señor Conde, ha hecho mi conversión. He ahorcado los hábitos; quiero divertirme, estoy en la flor de la mocedad y quiero gozar de ella.

—Vamos, me alegro —interrumpió el Conde—; pero cuidado, niño, que si la flor es delicada, puede marchitarse y deshojarse temprano.

—Ya de eso cuidaré yo —replicó don Luis—. Veo que se juega. Me siento inspirado. Usted talla. ¿Sabe usted, señor Conde, que tendría chiste que yo le desbancase?

—Tendría chiste, ¿eh? ¡Usted ha cenado fuerte!

—He cenado lo que me ha dado la gana.

—Respondonzuelo se va haciendo el mocito.

—Me hago lo que quiero.

—Voto va... —dijo el Conde; y ya se sentía venir la tempestad, cuando el capitán se interpuso y la paz se restableció por completo.

—Ea —dijo el Conde, sosegado y afable—, desembaúle usted los dinerillos y pruebe fortuna.

Don Luis se sentó a la mesa y sacó del bolsillo todo su oro. Su vista acabó de serenar al Conde, porque casi excedía aquella suma a la que tenía él de banca, y ya imaginaba que iba a ganársela al novato.

—No hay que calentarse mucho la cabeza en este juego —dijo don Luis—. Ya me parece que lo entiendo. Pongo dinero a una carta, y si sale la carta, gano, y si sale la contraria, gana usted.

—Así es, amiguito; tiene usted un entendimiento macho.

—Pues lo mejor es que no tengo sólo macho el entendimiento, sino también la voluntad; y con todo, en el conjunto, disto bastante de ser un macho, como hay tantos por ahí.

—¡Vaya si viene usted parlanchín y si saca alicantinas!

Don Luis se calló; jugó unas cuantas veces, y tuvo tan buena fortuna, que ganó casi siempre.

El Conde comenzó a cargarse.

—¿Si me desplumará el niño? —dijo—. Dios protege la inocencia.

Mientras que el Conde se amostazaba, don Luis sintió cansancio y fastidio y quiso acabar de una vez.

—El fin de todo esto —dijo— es ver si yo me llevo esos dineros o si usted se lleva los míos. ¿No es verdad, señor Conde?

—Es verdad.

—Pues ¿para qué hemos de estar aquí en vela toda la noche? Ya va siendo tarde, y siguiendo su consejo de usted, debo recogerme para que la flor de mi mocedad no se marchite.

—¿Qué es eso? ¿Se quiere usted largar? ¿Quiere usted tomar el olivo?

—Yo no quiero tomar olivo ninguno. Al contrario. Curro, dime tú: aquí, en este montón de dinero, ¿no hay ya más que en la banca?

Currito miró y contestó:

—Es indudable.

—¿Cómo explicaré —preguntó don Luis— que juego en un golpe cuanto hay en la banca contra otro tanto?

—Eso se explica —respondió Currito— diciendo: ¡copo!

—Pues copo —dijo don Luis dirigiéndose al Conde—. Va el copo y la red en este rey de espadas, cuyo compañero hará de seguro su epifanía antes que su enemigo el tres.

El Conde, que tenía todo su capital mueble en la banca, se asustó al verle comprometido de aquella suerte; pero no tuvo más que aceptar.

Es sentencia del vulgo que los afortunados en amores son desgraciados al juego; pero más cierta parece la contraria afirmación. Cuando acude la buena dicha, acude para todo, y lo mismo cuando la desdicha acude.

El Conde fue tirando cartas, y no salía ningún tres. Su emoción era grande, por más que lo disimulaba. Por último, descubrió por la pinta el rey de copas y se detuvo.

—Tire usted —dijo el capitán.

—No hay para qué. El rey de copas. ¡Maldito sea! El curita me ha desplumado. Recoja usted el dinero.

El Conde echó con rabia la baraja sobre la mesa.

Don Luis recogió todo el dinero con indiferencia y reposo.

Después de un corto silencio habló el Conde:

—Curita, es menester que me dé usted el desquite.

—No veo la necesidad.

—¡Me parece que entre caballeros!...

—Por esa regla el juego no tiene término —observó don Luis—. Por esa regla lo mejor sería ahorrarse el trabajo de jugar.

—Deme usted el desquite —replicó el Conde, sin atender a razones.

—Sea —dijo don Luis—. Quiero ser generoso.

El Conde volvió a tomar la baraja y se dispuso a echar nueva talla.

—Alto ahí —dijo don Luis—. Entendámonos antes. ¿Dónde está el dinero de la nueva banca de usted?

El Conde se quedó turbado y confuso.

—Aquí no tengo dinero —contestó—, pero me parece que sobra con mi palabra.

Don Luis entonces, con acento grave y reposado, dijo:

—Señor Conde, yo no tendría inconveniente en fiarme de la palabra de un caballero y en llegar a ser su acreedor, si no temiese perder su amistad, que casi voy conquistando; pero desde que vi esta mañana la crueldad con que trató usted a ciertos amigos míos, que son sus acreedores, no quiero hacerme culpado para con usted del mismo delito. No faltaba más sino que yo voluntariamente incurriese en el enojo de usted prestándole dinero, que no me pagaría, como no ha pagado, sino con injurias, el que debe a Pepita Jiménez.

Por lo mismo que el hecho era cierto, la ofensa fue mayor. El Conde se puso lívido de cólera, y ya de pie, pronto a venir a las manos con el colegial, dijo con voz alterada:

—¡Mientes, deslenguado! ¡Voy a deshacerte entre mis manos, hijo de la grandísima...!

Esta última injuria, que recordaba a don Luis la falta de su nacimiento, y caía sobre el honor de la persona cuya memoria le era más querida y respetada, no acabó de formularse, no acabó de llegar a sus oídos.

Don Luis, por encima de la mesa, que estaba entre él y el Conde, con agilidad asombrosa y con tino y fuerza, tendió el brazo derecho, armado de un junco o bastoncillo flexible y cimbreante, y cruzó la cara de su enemigo, levantándole al punto un verdugón amoratado.

No hubo ni grito, ni denuesto, ni alboroto posterior. Cuando empiezan las manos suelen callar las lenguas. El Conde iba a lanzarse sobre don Luis para destrozarle si podía; pero la opinión había dado una gran vuelta desde aquella mañana, y entonces estaba en favor de don Luis. El capitán, el médico y hasta Currito, ya con más ánimo, contuvieron al Conde, que pugnaba y forcejeaba ferozmente por desasirse.

—Dejadme libre, dejadme que le mate —decía.

—Yo no trato de evitar un duelo —dijo el capitán—. El duelo es inevitable. Trato sólo de que no luchéis aquí como dos ganapanes. Faltaría a mi decoro si presenciase tal lucha.

—Que vengan armas —dijo el Conde— . No quiero retardar el lance ni un minuto... En el acto... aquí.

—¿Queréis reñir al sable? —dijo el capitán.

—Bien está —respondió don Luis.

—Vengan los sables —dijo el Conde.

Todos hablaban en voz baja para que no se oyese nada en la calle. Los mismos criados del casino, que dormían en sillas, en la cocina y en el patio, no llegaron a despertar.

Don Luis eligió para testigos al capitán y a Currito. El Conde, a los dos forasteros. El médico quedó para hacer su oficio, y enarboló la bandera de la Cruz Roja.

Era todavía de noche. Se convino en hacer campo de batalla de aquel salón, cerrando antes la puerta.

El capitán fue a su casa por los sables, y los trajo al momento debajo de la capa que para ocultarlos se puso.

Ya sabemos que don Luis no había empuñado en su vida un arma. Por fortuna, el Conde no era mucho más diestro en la esgrima, aunque nunca había estudiado teología ni pensado en ser clérigo.

Las condiciones del duelo se redujeron a que, una vez el sable en la mano, cada uno de los dos combatientes hiciera lo que Dios le diera a entender.

Se cerró la puerta de la sala.

Las mesas y las sillas se apartaron en un rincón para despejar el terreno. Las luces se colocaron de un modo conveniente. Don Luis y el Conde se quitaron levitas y chalecos, quedaron en mangas de camisa y tomaron las armas. Se hicieron a un lado los testigos. A una señal del capitán empezó el combate.

Entre dos personas que no sabían parar ni defender, la lucha debía de ser brevísima, y lo fue.

La furia del Conde, retenida por algunos minutos, estalló y le cegó. Era robusto; tenía unos puños de hierro, y sacudía con el sable una lluvia de tajos sin orden ni concierto. Cuatro veces tocó a don Luis, por fortuna siempre de plano. Lastimó sus hombros, pero no le hirió. Menester fue de todo el vigor del joven teólogo para no caer derribado a los tremendos golpes y con el dolor de las contusiones. Todavía tocó el Conde por quinta vez a don Luis, y le dio en el brazo izquierdo. Aquí la herida fue de filo, aunque de soslayo. La sangre de don Luis empezó a correr en abundancia. Lejos de contenerse un poco, el Conde arremetió con más ira para herir de nuevo: casi se metió bajo el sable de don Luis. Éste, en vez de prepararse a parar, dejó caer el sable con brío y acertó con una cuchillada en la cabeza del Conde. La sangre salió con ímpetu, y se extendió por la frente y corrió sobre los ojos. Aturdido por el golpe, dio el Conde con su cuerpo en el suelo.

Toda la batalla fue negocio de algunos segundos.

Don Luis había estado sereno, como un filósofo estoico, a quien la dura ley de la necesidad obliga a ponerse en semejante conflicto, tan contrario a sus costumbres y modo de pensar; pero no bien miró a su contrario por tierra, bañado en sangre y como muerto, don Luis sintió una angustia grandísima y temió que le diese una congoja. Él, que no se creía capaz de matar un gorrión, acaso acababa de matar a un hombre. Él, que aún estaba resuelto a ser sacerdote, a ser misionero, a ser ministro y nuncio del Evangelio hacía cinco o seis horas, había cometido o se acusaba de haber cometido en nada de tiempo todos los delitos, y de haber infringido todos los mandamientos de la ley de Dios. No había quedado pecado mortal de que no se contaminase. Sus propósitos de santidad heroica y perfecta se habían desvanecido primero. Sus propósitos de santidad más fácil, cómoda y *burguesa* se desvanecían después. El diablo desbarataba sus planes. Se le antojaba que ni siquiera podía ya ser un Filemón cristiano, pues no era buen principio para el idilio perpetuo el de rasgar la cabeza al prójimo de un sablazo.

El estado de don Luis, después de las agitaciones de todo aquel día, era el de un hombre que tiene fiebre cerebral.

Currito y el capitán, cada uno de un lado, le agarraron y le llevaron a su casa.

*

Don Pedro de Vargas se levantó sobresaltado cuando le dijeron que venía su hijo herido. Acudió a verle; examinó las contusiones y la herida del brazo, y vio que no eran de cuidado; pero puso el grito en el cielo diciendo que iba a tomar venganza de aquella ofensa, y no se tranquilizó hasta que supo el lance, y que don Luis había sabido tomar venganza por sí, a pesar de su teología.

El médico vino poco después a curar a don Luis, y pronosticó que en tres o cuatro días estaría don Luis para salir a la calle, como si tal cosa. El Conde, en cambio, tenía para meses. Su vida, sin embargo, no corría peligro. Había vuelto de su desmayo, y había pedido que le llevasen a su pueblo, que no dista más que una legua del lugar en que pasaron estos sucesos. Habían buscado un carricoche de alquiler y le habían llevado, yendo en su compañía su criado y los dos forasteros que le sirvieron de testigos.

A los cuatro días del lance se cumplieron, en efecto, los pronósticos del doctor, y don Luis, aunque magullado de los golpes y con la herida abierta aún, estuvo en estado de salir, y prometiendo un restablecimiento completo en plazo muy breve.

El primer deber que don Luis creyó que necesitaba cumplir, no bien le dieron de alta, fue confesar a su padre sus amores con Pepita, y declararle su intención de casarse con ella.

Don Pedro no había ido al campo ni se había empleado sino en cuidar a su hijo durante la enfermedad. Casi siempre estaba a su lado acompañándole y mimándole con singular cariño.

En la mañana del día 27 de junio, después de irse el médico, don Pedro quedó solo con su hijo, y entonces la tan difícil confesión para don Luis tuvo lugar del modo siguiente:

—Padre mío —dijo don Luis—, yo no debo seguir engañando a usted por más tiempo. Hoy voy a confesar a usted mis faltas y a desechar la hipocresía.

—Muchacho, si es confesión lo que vas a hacer, mejor será que llames al padre Vicario. Yo tengo muy holgachón el criterio, y te absolveré de todo, sin que la absolución te valga para nada. Pero si quieres confiarme algún hondo secreto como a tu mejor amigo, empieza, que te escucho.

—Lo que tengo que confiar a usted es una gravísima falta mía, y me da vergüenza...

—Pues no tengas vergüenza con tu padre y di sin rebozo.

Aquí don Luis, poniéndose muy colorado y con visible turbación, dijo:

—Mi secreto es que estoy enamorado de... Pepita Jiménez, y que ella...

Don Pedro interrumpió a su hijo con una carcajada y continuó la frase:

—Y que ella está enamorada de ti, y que la noche de la velada de San Juan estuviste con ella en dulces coloquios hasta las dos de la mañana, y que por ella buscaste un lance con el conde de Genazahar, a quien has roto la cabeza. Pues, hijo, bravo secreto me confías. No hay perro ni gato en el lugar que no esté ya al corriente de todo. Lo único que parecía posible ocultar era la duración del coloquio hasta las dos de la mañana, pero unas gitanas buñoleras te vieron salir de la casa, y no pararon hasta contárselo a todo bicho viviente. Pepita, además, no disimula cosa mayor; y hace bien, porque sería el disimulo de Antequera... Desde que estás enfermo viene aquí Pepita dos veces al día, y otras dos o tres veces envía a Antoñona a saber de tu salud; y si no han entrado a verte, es porque yo me he opuesto, para que no te alborotes.

La turbación y el apuro de don Luis subieron de punto cuando oyó contar a su padre toda la historia en lacónico compendio.

—¡Qué sorpresa! —dijo—. ¡Qué asombro habrá sido el de usted!

—Nada de sorpresa ni de asombro, muchacho. En el lugar sólo se saben las cosas hace cuatro días, y, la verdad sea dicha, ha pasmado tu transformación. ¡Miren el cógelas a tientas y mátalas callando; miren el santurrón y el gatito muerto, exclaman las gentes, con lo que ha venido a descolgarse! El padre Vicario, sobre todo, se ha quedado turulato. Todavía está haciéndose cruces al considerar cuánto trabajaste en la vida del Señor en la noche del 23 al 24, y cuán variados y diversos fueron tus trabajos. Pero a mí no me cogieron las noticias de susto, salvo tu herida. Los viejos sentimos crecer la hierba. No es fácil que los pollos engañen a los recoveros.

—Es verdad; he querido engañar a usted. ¡He sido hipócrita!

—No seas tonto: no lo digo por motejarte. Lo digo para darme tono de perspicaz. Pero hablemos con franqueza: mi jactancia es inmotivada. Yo sé punto por punto el progreso de tus amores con Pepita, desde hace más de dos meses; pero lo sé porque tu tío el Deán, a quien escribías tus impresiones, me lo ha participado todo. Oye la carta acusadora de tu tío, y oye la contestación que le di, documento importantísimo de que he guardado minuta.

Don Pedro sacó del bolsillo unos papeles, y leyó lo que sigue:

Carta del Deán. —«Mi querido hermano: Siento en el alma tener que darte una mala noticia; pero confío en Dios que habrá de concederte paciencia y sufrimientos bastantes para que no te enoje y acibare demasiado. Luisito me escribe hace días extrañas cartas, donde descubro, al través de su exaltación mística, una inclinación harto terrenal y pecaminosa hacia cierta viudita, guapa, traviesa y coquetísima que hay en ese lugar. Yo me había engañado hasta aquí, creyendo firme la vocación de Luisito, y me lisonjeaba de dar en él a la Iglesia de Dios un sacerdote sabio, virtuoso y ejemplar; pero las cartas referidas han venido a destruir mis ilusiones. Luisito se muestra en ellas más poeta que verdadero varón piadoso, y la viuda, que ha de ser de la piel de Barrabás, le rendirá con poco que haga. Aunque yo escribo a Luisito amonestándole para que huya de la tentación, doy ya por seguro que caerá en ella. No debiera esto pesarme, porque si ha de faltar y ser galanteador y cortejante, mejor es que su mala condición se descubra con tiempo, y no llegue a ser clérigo. No vería yo, por lo tanto, grave inconveniente en que Luisito siguiera ahí y fuese ensayado y analizado en la piedra de toque y crisol de tales amores, a fin de que la viudita fuese el reactivo por medio del cual se descubriera el oro puro de sus virtudes clericales o la baja liga con que el oro está mezclado; pero tropezamos con el escollo de que la dicha viuda, que habíamos de convertir en fiel contraste, es tu pretendida y no sé si tu enamorada. Pasaría, pues, de castaño oscuro el que resultase tu hijo rival tuyo. Esto sería un escándalo monstruoso, y para evitarle con tiempo, te escribo hoy a fin de que, pretextando cualquiera cosa, envíes o traigas a Luisito por aquí, cuanto antes mejor».

Don Luis escuchaba en silencio y con los ojos bajos. Su padre continuó:

—A esta carta del Deán contesté lo que sigue:

Contestación. —«Hermano querido y venerable padre espiritual: Mil gracias te doy por las noticias que me envías y por tus avisos y consejos. Aunque me precio de listo, confieso mi torpeza en esta ocasión. La vanidad me cegaba. Pepita Jiménez, desde que vino mi hijo, se me mostraba tan afable y cariñosa, que yo me las prometía felices. Ha sido menester tu carta para hacerme caer en la cuenta. Ahora comprendo que, al haberse humanizado, al hacerme tantas fiestas y al bailarme el agua delante, no miraba en mí la pícara de Pepita, sino al papá del teólogo barbilampiño. No te lo negaré: me mortificó y afligió un poco este desengaño en el primer momento; pero después lo reflexioné todo con la madurez debida, y mi mortificación y mi aflicción se convirtieron en gozo. El chico es excelente. Yo le he tomado mucho más afecto desde que está conmigo. Me separé de él y te lo entregué para que lo educases, porque mi vida no era muy ejemplar, y en este pueblo, por lo dicho y por otras razones, se hubiera criado como un salvaje. Tú fuiste más allá de mis esperanzas y aun de mis deseos, y por poco no sacas de Luisito un Padre de la Iglesia. Tener un hijo santo hubiera lisonjeado mi vanidad; pero hubiera sentido yo quedarme sin un heredero de mi casa y nombre, que me diese lindos nietos, y que después de mi muerte disfrutase de mis bienes, que son mi gloria, porque los he adquirido con ingenio y trabajo, y no haciendo fullerías y chanchullos. Tal vez la persuasión en que estaba yo de que no había remedio, de que Luis iba a catequizar a los chinos, a los indios y a los negritos de Monicongo, me decidió a casarme para dilatar mi sucesión. Naturalmente, puse mis ojos en Pepita Jiménez, que no es de la piel de Barrabás, como imaginas, sino una criatura remonísima, más bendita que los cielos y más apasionada que coqueta. Tengo tan buena opinión de Pepita, que si volviese ella a tener dieciséis años y una madre imperiosa que la violentara, y yo tuviese ochenta años como don Gumersindo, esto es, si viera ya la muerte en puertas, tomaría a Pepita por mujer para que me sonriese al morir como si fuera el ángel de mi guarda que había revestido cuerpo humano, y para dejarle mi posición, mi caudal y mi nombre. Pero ni Pepita tiene ya dieciséis años, sino veinte, ni está sometida al culebrón de su madre, ni yo tengo ochenta años, sino cincuenta y cinco. Estoy en la peor edad, porque empiezo a sentirme harto averiado, con un poquito de asma, mucha tos, bastantes dolores reumáticos y otros alifafes, y, sin embargo, maldita la gana que tengo de morirme. Creo que ni en veinte años me moriré, y como le llevo treinta y cinco a Pepita, calcula el desastroso porvenir que le aguardaba con este viejo perdurable. Al cabo de los pocos años de casada conmigo hubiera tenido que aborrecerme, a pesar de lo buena que es. Porque es buena y discreta no ha querido, sin duda, aceptarme por marido, a pesar de la insistencia y de la obstinación con que se lo he propuesto. ¡Cuánto se lo agradezco ahora! La misma puntita de vanidad, lastimada por sus desdenes, se embota ya al considerar que si no me ama, ama mi sangre; se prenda del hijo mío. Si no quiere esta fresca y lozana hiedra enlazarse al viejo tronco, carcomido ya, trepe por él, me digo, para subir al renuevo tierno y al verde y florido pimpollo. Dios los bendiga a ambos y prosperen estos amores. Lejos de llevarte al chico otra vez, le retendré aquí, hasta por fuerza, si es necesario. Me decido a conspirar contra su vocación. Sueño ya con verle casado. Me voy a remozar contemplando a la gentil pareja unida por el amor. ¿Y cuando me den unos cuantos chiquillos? En vez de ir de misionero y de traerme de Australia, o de Madagascar, o de la India, varios neófitos con jetas de a palmo, negros como la tizne, o amarillos como el estezado y con ojos de mochuelo, ¿no será mejor que Luisito predique en casa y me saque en abundancia una serie de catecumenillos rubios, sonrosados, con ojos como los de Pepita, y que parezcan querubines sin alas? Los catecúmenos que me trajese de por allá sería menester que estuvieran a respetable distancia para que no me inficionasen, y éstos de por acá me olerían a rosas del paraíso, y vendrían a ponerse sobre mis rodillas, y jugarían conmigo, y me besarían, y me llamarían abuelito, y me darían palmaditas en la calva que ya voy teniendo. ¿Qué quieres? Cuando estaba yo en todo mi vigor no pensaba en las delicias domésticas; mas ahora, que estoy tan próximo a la vejez, si ya no estoy en ella, como no me he de hacer cenobita, me complazco en es-

perar que haré el papel de patriarca. Y no entiendas que voy a
limitarme a esperar que cuaje el naciente noviazgo, sino que
he de trabajar para que cuaje. Siguiendo tu comparación, pues
que transformas a Pepita en crisol y a Luis en metal, yo bus-
caré, o tengo buscado ya, un fuelle o soplete utilísimo que con-
tribuya a avivar el fuego para que el metal se derrita pronto.
Este soplete es Antoñona, nodriza de Pepita, muy lagarta, muy
sigilosa y muy afecta a su dueña. Antoñona se entiende ya
conmigo, y por ella sé que Pepita está muerta de amores. Hemos convenido en que yo siga haciendo la vista gorda y no
dándome por entendido de nada. El padre Vicario, que es un
alma de Dios, siempre en babia, me sirve tanto o más que Antoñona, sin advertirlo él, porque todo se le vuelve hablar de
Luis con Pepita, y de Pepita con Luis; de suerte que este excelente señor, con medio siglo en cada pata, se ha convertido,
¡oh milagro del amor y de la inocencia!, en palomito mensa-
jero, con quien los dos amantes se envían sus requiebros y fi-
nezas, ignorándolo también ambos. Tan poderosa combina-
ción de medios naturales y artificiales debe dar un resultado
infalible. Ya te lo diré al darte parte de la boda, para que ven-
gas a hacerla, o envíes a los novios tu bendición y un buen regalo».

Así acabó don Pedro de leer su carta, y al volver a mirar a
don Luis, vio que don Luis había estado escuchando con los
ojos llenos de lágrimas.

El padre y el hijo se dieron un abrazo muy apretado y muy
prolongado.

*

Al mes justo de esta conversación y de esta lectura, se cele-
braron las bodas de don Luis de Vargas y de Pepita Jiménez.

Temeroso el señor Deán de que su hermano le embromase
demasiado con que el misticismo de Luisito había salido
huero, y conociendo además que su papel iba a ser poco airoso
en el lugar, donde todos dirían que tenía mala mano para sacar

santos, dio por pretexto sus ocupaciones y no quiso venir, aunque envió su bendición y unos magníficos zarcillos, como presente para Pepita.

El padre Vicario tuvo, pues, el gusto de casarla con don Luis.

La novia, muy bien engalanada, pareció hermosísima a todos y digna de trocarse por el cilicio y las disciplinas.

Aquella noche dio don Pedro un baile estupendo en el patio de su casa y salones contiguos. Criados y señores, hidalgos y jornaleros, las señoras y señoritas y las mozas del lugar asistieron y se mezclaron en él, como en la soñada primera edad del mundo, que no sé por qué llaman de oro. Cuatro diestros, o si no diestros, infatigables guitarristas, tocaron el fandango. Un gitano y una gitana, famosos cantadores, entonaron las coplas más amorosas y alusivas a las circunstancias. Y el maestro de escuela leyó un epitalamio en verso heroico.

Hubo hojuelas, pestiños, gajorros, rosquillas, mostachones, bizcotelas y mucho vino para la gente menuda. El señorío se regaló con almíbares, chocolate, miel de azahar y miel de prima, y varios rosolis y místelas aromáticas y refinadísimas.

Don Pedro estuvo hecho un cadete: bullicioso, bromista y galante. Parecía que era falso lo que declaraba en su carta al Deán del reuma y demás alifafes. Bailó el fandango con Pepita, con sus más graciosas criadas y con otras seis o siete mozuelas. A cada una, al volverla a su asiento, cansada ya, le dio con efusión el correspondiente y prescrito abrazo, y a las menos serias, algunos pellizcos, aunque esto no forma parte del ceremonial. Don Pedro llevó su galantería hasta el extremo de sacar a bailar a doña Casilda, que no pudo negarse, y que, con sus diez arrobas de humanidad y los calores de julio, vertía un chorro de sudor por cada poro. Por último, don Pedro atracó de tal suerte a Currito, y le hizo brindar tantas veces por la felicidad de los nuevos esposos, que el mulero Dientes tuvo que llevarle a su casa a dormir la mona, terciado en una borrica como un pellejo de vino.

El baile duró hasta las tres de la madrugada; pero los novios se eclipsaron discretamente antes de las once y se fueron a casa de Pepita. Don Luis volvió a entrar con luz, con pompa y majestad, y como dueño y señor adorado, en aquella limpia alcoba donde poco más de un mes antes había entrado a oscuras, lleno de turbación y zozobra.

Aunque en el lugar es uso y costumbre, jamás interrumpida, dar una terrible cencerrada a todo viudo o viuda que contrae segundas nupcias, no dejándolos tranquilos con el resonar de los cencerros en la primera noche del consorcio, Pepita era tan simpática y don Pedro tan venerado y don Luis tan querido, que no hubo cencerros ni el menor conato de que resonasen aquella noche: caso raro, que se registra como tal en los anales del pueblo.

III

EPÍLOGO

CARTAS DE MI HERMANO

La historia de Pepita y Luisito debiera terminar aquí. Este epílogo está de sobra; pero el señor Deán lo tenía en el legajo, y ya que no lo publiquemos por completo, publicaremos parte; daremos una muestra siquiera.

A nadie debe quedar la menor duda en que don Luis y Pepita, enlazados por un amor irresistible, casi de la misma edad, hermosa ella, él gallardo y agraciado, y discretos y llenos de bondad los dos, vivieron largos años, gozando de cuanta felicidad y paz caben en la tierra; pero esto, que para la generalidad de las gentes es una consecuencia dialéctica bien deducida, se convierte en certidumbre para quien lee el epílogo.

El epílogo, además, da algunas noticias sobre los personajes secundarios que en la narración aparecen, y cuyo destino puede acaso haber interesado a los lectores.

Se reduce el epílogo a una colección de cartas, dirigidas por don Pedro de Vargas a su hermano el señor Deán, desde el día de la boda de su hijo hasta cuatro años después.

Sin poner las fechas, aunque siguiendo el orden cronológico, trasladaremos aquí pocos y breves fragmentos de dichas cartas, y punto concluido.

*

Luis muestra la más viva gratitud a Antoñona, sin cuyos servicios no poseería a Pepita; pero esta mujer, cómplice de la única falta que él y Pepita han cometido, y tan íntima en la casa y tan enterada de todo, no podía menos de estorbar. Para librarse de ella, favoreciéndola, Luis ha logrado que vuelva a reunirse con su marido, cuyas borracheras diarias no quería ella sufrir. El hijo del maestro Cencias ha prometido no volver a emborracharse casi nunca; pero no se ha atrevido a dar un *nunca* absoluto y redondo. Fiada, sin embargo, en esta semi-promesa, Antoñona ha consentido en volver bajo el techo con-yugal. Una vez reunidos estos esposos, Luis ha creído eficaz el método homeopático para curar de raíz al hijo del maestro Cencias, pues habiendo oído afirmar que los confiteros aborrecen el dulce, ha inferido que los taberneros deben aborrecer el vino y el aguardiente, y ha enviado a Antoñona y a su marido a la capital de esta provincia, donde les ha puesto de su bol-sillo una magnífica taberna. Ambos viven allí contentos, se han proporcionado muchos marchantes y probablemente se ha-rán ricos. Él se emborracha aún algunas veces; pero Anto-ñona, que es más forzuda, le suele sacudir para que acabe de corregirse.

*

Currito, deseoso de imitar a su primo, a quien cada día ad-mira más, y notando y envidiando la felicidad doméstica de Pepita y de Luis, ha buscado novia a toda prisa, y se ha ca-sado con la hija de un rico labrador de aquí, sana, frescota, colorada como las amapolas, y que promete adquirir en breve un volumen y una densidad superiores a los de su suegra doña Casilda.

*

El conde de Genazahar, a los cinco meses de cama, está ya curado de su herida, y, según dicen, muy enmendado de sus

pasadas insolencias. Ha pagado a Pepita, hace poco, más de la mitad de la deuda, y pide espera para pagar lo restante.

*

Hemos tenido un disgusto grandísimo, aunque harto le preveíamos. El padre Vicario, cediendo al peso de la edad, ha pasado a mejor vida. Pepita ha estado a la cabecera de su cama hasta el último instante, y le ha cerrado la entreabierta boca con sus hermosas manos. El padre Vicario ha tenido la muerte de un bendito siervo de Dios. Más que muerte, parecía tránsito dichoso a más serenas regiones. Pepita, no obstante, y todos nosotros también, le hemos llorado de veras. No ha dejado más que cinco o seis duros y sus muebles, porque todo lo repartía de limosna. Con su muerte habrían quedado aquí huérfanos los pobres, si Pepita no viviese.

*

Mucho lamentan todos en el lugar la muerte del padre Vicario, y no faltan personas que le dan por santo verdadero y merecedor de estar en los altares, atribuyéndole milagros. Yo no sé de esto; pero sé que era un varón excelente, y debe de haber ido derechito a los cielos, donde tendremos en él un intercesor. Con todo, su humildad y su modestia y su temor de Dios eran tales, que hablaba de sus pecados en la hora de la muerte, como si los tuviese, y nos rogaba que pidiésemos su perdón y que rezásemos por él al Señor y a María Santísima.

En el ánimo de Luis han hecho honda impresión esta vida y esta muerte ejemplares de un hombre, menester es confesarlo, simple y de cortas luces, pero de una voluntad sana, de una fe profunda y de una caridad fervorosa. Luis se compara con el Vicario, y dice que se siente humillado. Esto ha traído cierta amarga melancolía a su corazón; pero Pepita, que sabe mucho, la disipa con sonrisas y cariño.

*

Todo prospera en casa. Luis y yo tenemos unas candioteras que no las hay mejores en España, si prescindimos de Jerez. La cosecha de aceite ha sido este año soberbia. Podemos permitirnos todo género de lujos, y yo aconsejo a Luis y a Pepita que den un buen paseo por Alemania, Francia e Italia, no bien salga Pepita de su cuidado y se restablezca. Los chicos pueden, sin imprevisión ni locura, derrochar unos cuantos miles de duros en la expedición y traer muchos primores de libros, muebles y objetos de arte para adornar su vivienda.

*

Hemos aguardado dos semanas para que sea el bautizo el día mismo del primer aniversario de la boda. El niño es un sol de bonito y muy robusto. Yo he sido el padrino, y le hemos dado mi nombre. Yo estoy soñando con que Periquito hable y diga gracias.

*

Para que todo les salga bien a estos enamorados esposos, resulta ahora, según cartas de La Habana, que el hermano de Pepita, cuyas tunanterías recelábamos que afrentasen a la familia, casi o sin casi va a honrarla y a encumbrarla haciéndose personaje. En tanto tiempo como hacía que no sabíamos de él, ha aprovechado bien las coyunturas y le ha soplado la suerte. Ha tenido nuevo empleo en las aduanas, ha comerciado luego en negros, ha quebrado después, que viene a ser para ciertos hombres de negocios como una buena poda para los árboles, la cual hace que retoñen con más brío, y hoy está tan boyante, que tiene resuelto ingresar en la primera aristocracia, titulando de marqués o de duque. Pepita se asusta y se escandaliza de esta improvisada fortuna, pero yo le digo que no sea tonta; si su hermano es y había de ser de todos modos un pillete, ¿no es mejor que lo sea con buena estrella?

*

Así pudiéramos seguir extractando, si no temiésemos fatigar a los lectores. Concluiremos, pues, copiando un poco de una de las últimas cartas.

*

Mis hijos han vuelto de su viaje bien de salud, y con Periquito muy travieso y precioso.

Luis y Pepita vienen resueltos a no volver a salir del lugar, aunque les dure más la vida que a Filemón y a Baucis. Están enamorados como nunca el uno del otro.

Traen lindos muebles, muchos libros, algunos cuadros y no sé cuántas otras baratijas elegantes que han comprado por esos mundos y principalmente en París, Roma, Florencia y Viena.

Así como el afecto que se tienen, y la ternura y cordialidad con que se tratan y tratan a todo el mundo, ejercen aquí benéfica influencia en las costumbres, así la elegancia y el buen gusto, con que acabarán de ordenar su casa, servirán de mucho para que la cultura exterior cunda y se extienda.

La gente de Madrid suele decir que en los lugares somos gansos y soeces, pero se quedan por allá y nunca se toman el trabajo de venir a pulirnos; antes al contrario, no bien hay alguien en los lugares que sabe o vale, o cree saber y valer, no para hasta que se larga, si puede, y deja los campos y los pueblos de provincias abandonados.

Pepita y Luis siguen el opuesto parecer, y yo los aplaudo con toda el alma.

Todo lo van mejorando y hermoseando para hacer de este retiro su edén.

No imagines, sin embargo, que la afición de Luis y de Pepita al bienestar material haya entibiado en ellos, en lo más mínimo, el sentimiento religioso. La piedad de ambos es más profunda cada día, y en cada contento o satisfacción de que gozan o que pueden proporcionar a sus semejantes ven un nuevo beneficio del cielo, por el cual se reconocen más obligados a demostrar su gratitud. Es más: esa satisfacción y ese contento no lo serían, no tendrían precio, ni valor, ni sustancia para ellos si la consideración y la firme creencia en las cosas divinas no se lo prestasen.

Luis no olvida nunca, en medio de su dicha presente, el rebajamiento del ideal con que había soñado. Hay ocasiones en que su vida de ahora le parece vulgar, egoísta y prosaica, comparada con la vida de sacrificio, con la existencia espiritual a que se creyó llamado en los primeros años de su juventud; pero Pepita acude solícita a disipar estas melancolías, y entonces comprende y afirma Luis que el hombre puede servir a Dios en todos los estados y condiciones, y concierta la viva fe y el amor de Dios, que llenan su alma, con este amor lícito de lo terrenal y caduco. Pero en todo ello pone Luis como un fundamento divino, sin el cual, ni en los astros que pueblan el éter, ni en las flores y frutos que hermosean el campo, ni en los ojos de Pepita, ni en la inocencia y belleza de Periquito, vería nada de amable. El mundo mayor, toda esa fábrica grandiosa del Universo, dice él que sin su Dios providente le parecería sublime, pero sin orden, ni belleza, ni propósito. Y en cuanto al mundo menor, como suele llamar al hombre, tampoco le amaría si por Dios no fuera. Y esto, no porque Dios lo mande amarle, sino porque la dignidad del hombre y el merecer ser amado estriban en Dios mismo, quien no sólo hizo el alma humana a su imagen, sino que ennobleció el cuerpo humano, haciéndole templo vivo del Espíritu, comunicando con él por medio del Sacramento, y sublimándole hasta el extremo de unir con él su Verbo increado. Por estas razones, y por otras que yo no acierto a explicarte aquí, Luis se consuela y se conforma con no haber sido un varón místico, extático y apostólico, y desecha la especie de envidia generosa que le inspiró el padre Vicario el día de su muerte; pero tanto él como Pepita siguen con gran devoción cristiana dando gracias a Dios por el bien de que gozan, y no viendo base, ni razón, ni motivo de este bien, sino en el mismo Dios.

En la casa de mis hijos hay, pues, algunas salas que parecen preciosas capillitas católicas o devotos oratorios; pero he de confesar que tienen ambos también su poquito de paganismo, como poesía rústica amoroso-pastoril, la cual ha ido a refugiarse extramuros.

La huerta de Pepita ha dejado de ser huerta, y es un jardín amenísimo con sus araucarias, con sus higueras de la India, que crecen aquí al aire libre, y con su bien dispuesta, aunque pequeña, estufa, llena de plantas raras.

El merendero o cenador, donde comimos las fresas aquella tarde, que fue la segunda vez que Pepita y Luis se vieron y se hablaron, se ha transformado en un airoso templete, con pórtico y columnas de mármol blanco. Dentro hay una espaciosa sala con muy cómodos muebles. Dos bellas pinturas la adornan: una representa a Psiquis, descubriendo y contemplando extasiada, a la luz de su lámpara, el Amor, dormido en su lecho; otra representa a Cloe cuando la cigarra fugitiva se le mete en el pecho, donde, creyéndose segura, y a tan grata sombra, se pone a cantar, mientras que Dafnis procura sacarla de allí.

Una copia, hecha con bastante esmero en mármol de Carrara, de la Venus de Médicis, ocupa el preferente lugar, y como que preside en la sala. En el pedestal tiene grabados, en letras de oro, estos versos de Lucrecio:

> *Nec sine te quidquam dias in luminis oras*
> *Exoritur, neque fit lætum, neque amabile quidquam.*

PRÓLOGO DE LA EDICIÓN DE 1888

La presente edición es la novena de esta novela, que ha tenido un éxito muy superior a lo que el autor podía imaginarse. Se publicó por vez primera *Pepita Jiménez* en la *Revista de España. El Imparcial* la publicó después en su edición de provincias, de la que hace una tirada de 30.000 ejemplares. Y, por último, en tomo aparte se ha publicado cinco veces: una vez por cuenta del autor; otra, por cuenta del señor don Abelardo de Carlos y tres por cuenta de los señores Perojo y Alvarez.

En otros países no ha alcanzado menor favor con el público la mencionada novela.

En Francia ha dado de ella, si no una traducción, un compendio bastante extenso el acreditado *Journal des Débats,* y ha sido traducida al portugués, al inglés, al polaco, al alemán, al bohemio y al italiano, siendo fiel y elegantísima la traducción hecha en este último idioma por Daniel Rubbi, y publicada en Milán en *La Perseveranza,* y en tomo por el señor Farina.

En Buenos Aires y en Caracas han reimpreso también a *Pepita Jiménez,* publicándola en los periódicos y haciendo de ella los encomios más lisonjeros.

Todo esto anima al autor a hacer una edición nueva, y como nada tiene que decir sobre su obra que ya no haya dicho, se limita a reproducir aquí los primeros párrafos del prólogo de la edición que hizo el señor De Carlos, y que son como siguen:

«El favor con que el público ha acogido mi novela de *Pepita Jiménez* me induce a hacer de ella esta nueva edición, más esmerada.

»Poco tengo que decir de la novela misma, en la cual no he hecho variación alguna. Diré sólo, para descargo de mi conciencia, que al escribir *Pepita Jiménez* no tuve ningún propósito de demostrar esto o de impugnar aquello; de burlarme de un *ideal* y de encomiar otro; de mostrarme más pío o menos pío. Mi propósito se limitó a escribir una obra de entretenimiento. Si la gente se ha entretenido un rato leyendo mi novela, lo he conseguido y no aspiro a más.

»Es evidente, sin embargo, que una novela bonita no puede consistir en la servil, prosaica y vulgar representación de la vida humana: una novela bonita debe ser poesía y no historia; esto es, debe pintar las cosas no como son, sino más bellas de lo que son, iluminándolas con luz que tenga cierto hechizo.

»En busca de esta luz, tuve yo la ocurrencia dichosa, y perdóneseme la inmodestia con que me alabo, de acudir a nuestros místicos de los siglos XVI y XVII. De ellos tomé a manos llenas cuanto me pareció más adecuado a mi asunto, y de aquí el encanto que no dudo que hay en *Pepita Jiménez,* y que más se debe a dichos autores que a mí, que los he despojado para ataviarme.

»La malicia que algunos críticos presumen hallar en el narrador se me figura que está más en ellos que en mí. El señor Deán, y no yo, es quien narra; y cuanto suena a burlas en lo que dice va contra la petulancia juvenil de su sobrino, contra la falta de solidez de sus intentos y contra lo vano de su vocación, no contra la vocación misma.

»Es inútil defenderme de los pudorosos que me condenan porque llevo las cosas al último extremo a fin de que don Luis abandone su vocación. ¿Qué poesía ni qué arte habría de hacerle desistir fría y razonadamente de ser un santo misionero para casarse por sus pasos contados y del modo más *correcto,* y sin el menor trastorno de trámites, con su Pepita? Al cabo, la vocación de don Luis, aunque entraba por mucho en ella el amor propio, el orgullo, los inexpertos ensueños ambiciosos del colegial y el entusiasmo, más fantástico que firme, que los libros elocuentes, las hermosas teorías y doctrinas y todo el brillo poético de nuestra religión habían infundido en su alma, era una vocación que no podía desvanecerse sin la violencia de pasión grandísima y sin el esfuerzo extraordinario de una mujer enamorada, con quien conspiran, a sabiendas o sin saberlo, el padre de don Luis, Antoñona y hasta el excelente y candoroso señor Vicario.

»Prueba clara, por último, de que no estaba en la mente del autor el censurar la vocación de don Luis es que, apartado de ella, careciendo ya del impulso que hubiera bastado a superar obstáculos, a vencer tentaciones y a seguirla, la vocación vale a don Luis, sembrando en su alma gérmenes de virtud, que hacen de él un marido excelente y un dechado de padres de familia, lo cual no es tan poco».

PRÓLOGO PARA LA EDICIÓN EN INGLÉS (APPLETON)

A LOS SEÑORES APPLETON:

Muy estimados señores míos: Era mi propósito escribir un prólogo para autorizar, como autor, la edición que van ustedes a hacer de *Pepita Jiménez* en lengua inglesa; pero, al considerarlo mejor, me retrae el recuerdo de cierta anécdota que oí contar en mis mocedades.

Deseando un galán que le presentasen en casa de un señorón, que daba espléndido baile, se fió de un amigo, que se jactaba de ser íntimo del señorón y de gozar con él de gran privanza. Fueron allá, y el galán logró ser presentado; pero el señorón dijo al presentador: «Y a usted, ¿quién le presenta?, porque yo no le conozco». Como respeto y amo mucho este país, y además carezco del desenfado que semejante caso requiere, no habría yo de replicar lo que dicen que replicó el presentador de mi cuento: «Ahora mismo me voy y no tengo necesidad de que me presente ni recomiende nadie».

Deduzco, por lo tanto, como evidente moraleja, que no debo dirigirme al público de los Estados Unidos, al cual he sido siempre extraño como escritor, por más que con su Gobierno haya tenido buenas y amistosas relaciones, representando al mío.

Así pues, lo más atinado y prudente es que yo me limite a dar a ustedes encarecidas gracias porque me han pedido una venia de que no necesitaban ni por ley ni por tratado; porque quieren dar a conocer a sus compatriotas el menos desabrido fruto de mi estéril ingenio, y porque piensan generosamente en galardonarme con derechos de autor.

Esto no quita que, al dar a ustedes tales gracias en letras de molde, contraiga yo un compromiso que nunca contraje, ni en Alemania, ni en Italia, ni en otros países, donde se han traducido obras mías. Si allí no gustasen de ellas, aunque me doliese, yo me encogería de hombros y echaría la culpa a quien las tradujo y las dio a la estampa; pero aquí me hago yo cómplice de ustedes y comparto, o más bien recibo, todo el desaire del mal éxito, si le hay.

Pepita Jiménez ha sido celebradísima en España y aun entre todas las otras naciones que hablan lengua española. Yo disto infinito de creer que los españoles de hoy seamos o más fáciles de contentar, o más rudos, o gente de peor gusto literario que los hombres de cualquier otra región de la tierra; pero esto no basta a desvanecer mi recelo de que mi novela sea recibida con desdén o con censura, si se traduce para público algo prevenido contra España por conceptos fantásticos y tal vez poco lisonjeros.

Mi novela es, por la forma y por el fondo, de lo más castizo y propio nuestro que puede concebirse. Su valer, dado que le tenga, estriba en el lenguaje y en el estilo, y no en las aventuras, que son de las que ocurren a cada paso; ni en el enredo, harto sencillo o casi nulo.

No faltan, a mi ver, en los caracteres individualidad que los determine y verdad humana que los haga parecer de personas vivas; pero siendo la acción tan pobre, esto se nota y sale de realce por el análisis sutil y por la expresión de los afectos, que en la traducción pueden perderse. En mi novela además hay cierta ironía bondadosa y cándida, y cierto humor, más parecido al humor inglés que al *esprit* de los franceses; las cuales prendas, si bien no dependen por dicha de retruécanos y juegos de palabras, sino que están en la substancia, necesitan, a fin de que no se queden en el original, que la traducción se haga con esmero.

La causa principal, por último, de que *Pepita Jiménez* haya alcanzado en mi país extraordinario aplauso está en algo que por acá puede dejar de ser notado por los lectores poco atentos.

Yo soy partidario del arte por el arte. Creo de pésimo gusto, impertinente siempre y pedantesco con frecuencia, tratar de probar tesis escribiendo cuentos. Escríbanse para tal fin disertaciones o libros pura y severamente didácticos. El fin de una novela ha de ser deleitar, imitando pasiones y actos humanos y creando, merced a esta imitación, una obra bella. Objeto del arte es la creación de la belleza, y le humilla quien le somete a otro fin, por alta que sea su utilidad. Pero puede ocurrir, por conjunto de circunstancias favorables, por inspiración dichosa, porque en un momento dado todo esté dispuesto como por magia o sobrenatural determinación, que el alma de un autor venga a ser como limpio y halado espejo, donde se reflejen las ideas y los sentimientos todos que agitan el espíritu colectivo de un pueblo, y pierdan allí la discordancia y se agrupen y combinen en suave conciliación y armonía.

En esto consiste el hechizo de *Pepita Jiménez*. Yo la escribí cuando todo en España estaba movido y fuera de su asiento por una revolución radical, que arrancó de cuajo el trono secular y la unidad religiosa. Yo la escribí cuando todo en fusión, como metales derretidos, podía entrar en el molde y amalgamarse fácilmente. Yo la escribí cuando más brava ardía la lucha entre los antiguos y los nuevos ideales. Y yo la escribí en la más robusta plenitud de mi vida, cuando más sana y alegre estaba mi alma, con optimismo envidiable, y con un *panfilismo* simpático a todos, que nunca más se mostrará ya en lo íntimo de mi ser, por desgracia.

Si yo hubiese procurado dialéctica y reflexivamente conciliar opiniones y creencias, el desagrado hubiera sido general; pero como el espíritu conciliador y sincrético se manifestó de modo instintivo, en un cuento alegre, todos le aceptaron y aprobaron, sacando cada cual de mi obra las conclusiones que más le cuadraban. Así fue que desde el más ortodoxo padre jesuita hasta el revolucionario más furibundo, y desde el ultracatólico, que sueña con restablecer la Inquisición, hasta el racionalista, acérrimo enemigo de las religiones, todos gustaron de *Pepita Jiménez.*

Curioso, y no fuera de razón, será explicar aquí cómo acerté a complacer a todos, sin proponérmelo, sin saberlo y por casualidad.

Hace años hubo en España un ministro conservador que envió a un ahijado suyo a estudiar filosofía en Alemania. Por rara aventura, este ahijado, que se llamaba Julián Sanz del Río, era hombre de clara y profunda inteligencia, de aplicación infatigable y de todas las energías conducentes a hacer de él algo a modo de apóstol, formó su sistema, obtuvo la cátedra de Metafísica en la Universidad de Madrid y fundó escuela, de la que ha salido brillante pléyade de filósofos, de políticos y de varones ilustres, por saber, elocuencia y virtudes. Entre ellos descuellan Nicolás Salmerón, Francisco Giner, Gumersindo Azcárate, Federico de Castro y Urbano González Serrano.

El partido clerical empezó pronto a mover guerra al maestro, a los discípulos y a la doctrina que divulgaban. Acusábanlos de panteísmo místico.

Yo, que me había burlado a veces de los enmarañados términos, del aparato y del método de que los nuevos filósofos se valían, me admiraba de ellos, no obstante, y salí, en periódicos y en revistas, a su defensa, por no trillado camino.

Ya había sostenido yo antes que nuestros grandes teólogos dogmáticos, con especialidad el glorioso Domingo de Soto, habían sido más liberales que los liberales racionalistas del día, pues afirman la soberanía del pueblo por derecho divino; porque si el poder viene de Dios, según San Pablo, es por medio del pueblo, a quien Dios inspira para que le funde, y porque no hay poder de origen divino inmediato sino el de la Iglesia.

Entonces me empeñé en demostrar que si Sanz del Río y los de su escuela eran panteístas, nuestros teólogos místicos de los siglos XVI y XVII lo eran también, y que si los unos tenían por predecesores a Fichte, Schelling, Hegel y Krause, Santa Teresa, San Juan de la Cruz y el iluminado y extático padre

Miguel de la Fuente, por ejemplo, seguían a Tauler y a otros alemanes, sin que yo negase a ninguno la originalidad española, sino reconociendo en esta encadenada transmisión de doctrina el progresivo enlace de la civilización europea.

Para llevar adelante mi empeño leí y estudié con fervor cuanto libro español, devoto, ascético y místico, me vino a las manos, enamorándome cada vez más de la abundancia de nuestra literatura en tales libros, del tesoro de poesía que encierran, del atrevimiento y libertad de los autores, de la profunda y delicada observación con que examinan las facultades del alma, en lo cual se adelantan a la escuela escocesa, y de cómo llegan a penetrar y a abismarse en el centro de la mente, en la suprema raíz del propio espíritu para ver allí a Dios y unirse con Dios, no perdiendo la personalidad, ni el valor para la vida activa, sino saliendo de los arrobos y raptos de amor divino más capaces para toda operación útil a la especie humana, como sale más templado, acicalado y limpio el acero después de estar candente en la fragua.

De todo esto, en lo que tiene de más poético y de más fácil de entender, quise yo dar muestra al público español de ahora, que lo tenía olvidado; pero como yo era hombre de mi tiempo, profano, no muy ejemplar por mi vida penitente y con fama de descreído, no me atreví a hablar en mi nombre, e inventé a un estudiante de clérigo para que hablase. Imaginé luego que pintaría yo con más viveza las ideas y los sentimientos de dicho estudiante contraponiéndolos a un amor terrenal, y así nació *Pepita Jiménez.* Así fui yo novelista cuando menos lo pensaba. Mi novela tuvo, pues, la frescura y la espontaneidad de lo impremeditado.

Todas las novelas que he escrito después con premeditación han sido peores.

Pepita Jiménez, además, agradó mucho por lo trascendente, según ya he dicho.

Supusieron los racionalistas que yo desechaba los ideales antiguos, como el héroe de mi cuento ahorca los hábitos. Y los creyentes, con mejor acuerdo y más verdad, me compararon al falso profeta que fue a maldecir al pueblo de Israel, y sin querer le ensalzó y le bendijo. Lo cierto es que, si alguna consecuencia debe sacarse de un cuento, lo que del mío se infiere es que la fe en Dios, personal y providente, y el amor de este Dios, que asiste en el centro del alma, aun cuando faltemos a la más alta vocación a que nos induce y solicita, aun cuando, como don Luis, cometamos en una sola noche, arrastrados por violentas pasiones mundanas, casi todos los pecados capitales, eleva el alma, purifica los otros amores, sostiene la dignidad humana y presta poesía, nobleza y santidad a los más vulgares estados, condiciones y maneras de vida.

Tal es, en mi sentir, la novela que ustedes van a presentar al público americano, pues yo repito que no tengo derecho para hacer la presentación.

Acaso, aun prescindiendo de lo trascendente, mi novela interese y divierta por un par de horas a dicho público y obtenga algún favor con él, porque lee mucho, es indulgente, y, por su espíritu abierto y cosmopolita, se distingue del público inglés, tan exclusivo.

Siempre tuve por mala ilusión de la vanidad patriótica el creer o el esperar que hay o que habrá algo que, con legítima y clara independencia, deba llamarse literatura americana. Grecia se dilató por el mundo en florecientes colonias, y, después de las conquistas de Alejandro, creó poderosos Estados en Egipto, en Siria y hasta en la Bactriana, entre gentes que tenían civilización propia elevada y no eran como los indios de América. Y, sin embargo, a pesar de esta dilatación, y a pesar de esta independencia, no hubo más que literatura griega, lo mismo en Siracusa, en Antioquía y en Alejandría que en Atenas. En mi concepto, pues, y por idénticas razones, no habrá más que literatura inglesa, lo mismo en Nueva York y en Boston que en Londres y en Edimburgo; así como no habrá más que literatura española lo mismo en Méjico y en Buenos Aires que en Madrid, y literatura portuguesa lo mismo en Río Janeiro que en Lisboa. La unión política se rompe; pero entre gentes de la misma lengua y casta son indisolubles los lazos de fraternidad espiritual, como la civilización no se hunda. Hay reyes o emperadores inmortales que reinan e imperan en América por verdadero derecho divino y contra quienes no hay Washington ni Bolívar que prevalezca. No hay Franklin que consiga arrancarles el cetro. Estos tiranos se llaman Miguel de Cervantes, Guillermo Shakespeare y Luis de Camoens.

Todo ello no impide que el pueblo nuevo traiga al acervo común y *pro indiviso* de la cultura de su raza ricos elementos, bellos rasgos de carácter y quizá superiores glorias. Así es como yo veo, en esta cultura de la América de origen y de idioma ingleses, cierta amplitud de miras, cierto cosmopolitismo y cierta comprensión afectuosa de lo extranjero, extensa como el continente en que habitan los yankees, y que se contrapone a la estrechez exclusiva de los ingleses isleños. Por estas calidades me atrevo a esperar buen éxito para mi pobre libro, y en estas calidades fundo mi esperanza de que los frutos del ingenio español, en general, han de ser mejor conocidos y estimados aquí que en la Gran Bretaña. Ya, en parte y atinada y discretamente, han realizado esta esperanza W. Irving, Prescott, Ticknor, Longfellow, Howells y otros, traduciendo, juzgando y encomiando a nuestros autores.

Dispensen ustedes que los haya cansado con tan larga carta y ténganme por su agradecido amigo.

JUAN VALERA
Nueva York, 18 de abril de 1886

AUSTRAL

www.australeditorial.com

www.planetadelibros.com